瑞蘭國際

國立政治大學外國語文學院

進階外語 俄語 篇

國立政治大學
江慧婉、茅慧青 編著

　　國立政治大學外國語文學院自民國108年起執行教育部「高教深耕計畫」，以教育部「北區大學外文中心計畫」完成之基礎外語教材為基底，賡續推動《進階外語》，目的在能夠提供全國大專院校學生更多元學習外語的自學管道。本計畫主要由本院英國語文學系招靜琪老師帶領，第一階段首先開發日語、韓語、土耳其語、俄語、越南語等5語種之基礎教材，第二階段繼續完成上述5語種之進階教材。為確保教材之品質，5語種之進階教材皆各由2位匿名審查人審核通過。

　　5語種教材之製作團隊由本院10餘位教授群親自策畫與撰寫，此外本校學生亦參與部分編輯、製作等工作。除內容力求保有本院實體課程一貫之紮實與豐富性之外，也強調創新實用與活潑生動。進階課程為針對具語言基礎者量身打造，深入淺出，不論是語言教學重點如字母、句型、文法、閱讀、聽力等，或相關主題如語言應用、文化歷史介紹、日常生活等，皆以活用為目的。

　　本套教材除可供自學，亦適用於國內大專院校、技職學校、高中AP課程、甚至相關機構單位，期望能提高語言學習成效，並將外語學習帶入嶄新的里程碑。

國立政治大學外國語文學院院長

　　《進階外語　俄語篇》總共有12課，除了選用一般生活實用的主題，如「到博物館」、「商店購物」、「就醫」、「入住飯店」……等，又加入濃厚的俄羅斯文化色彩，如「俄羅斯城市介紹」、「作家介紹」、「節慶」、「名勝景點」，力求把生活實用與文化傳統融合於學習當中。

　　每課內容包括課文、對話、語法、句型及練習測驗。每課課文有二至三篇，並以電話對話、俄羅斯紀念品、天氣如何、餐廳用餐、參觀博物館、為朋友慶生、商店購物、跟人問路、就醫、入住飯店、聊嗜好等主題，編寫一至五則對話。讓學習者循序漸進、反覆練習，輕鬆學習俄語。每篇課文後面會依據課文內容作問答練習，同時針對課文及對話內容提供相關詞彙及語法說明。

　　配合每一課課文及對話，依序學習俄語語法，語法內容包括名詞的複數一至六格之變化、形容詞/物主代詞/指示代詞及限定代詞的六格變化、俄國人姓名的變格、時間的表示、定向和不定向運動動詞、第二人稱命令式、加前綴的運動動詞、無人稱句、-ся動詞等單元。此外，從課文或對話中選列基本常用句型，以利讀者有效學習。每課最後有練習測驗，針對課文、對話內容、語法主題供學習者自我檢測，以便充分掌握該課的學習內容。

　　所有錄音主要由母語人士錄製，掃描QR Code即可隨時聆聽，增強聽力的同時也能跟著說出一口流利的俄語。本教材得以編寫完成要感謝很多人的幫忙、指導與協助，其中仍不免有疏漏和錯誤之處，尚期各方人士及讀者提出寶貴意見，編著者將不勝感激。

目次

Уро́к 1

本課學習目標：1. 課文：Го́род на Во́лге、Царь и руба́шка
            2. 對話：Разгово́р по телефо́ну
            3. 語法：陽性/中性形容詞、物主代詞、
                    指示代詞及限定代詞的六格變化
            4. 句型：... тот, кто / ... то, что
                    кому́ ну́жно что
                    тако́й ..., что

Текст-1 ▶ MP3-01

Го́род на Во́лге

Плёс нахо́дится на **пра́вом** берегу́ Во́лги. На **ка́рте** ми́ра нет э́того го́рода. Плёс – о́чень ма́ленький **стари́нный** ру́сский го́род. Э́тому го́роду уже́ 500 (пятьсо́т) лет. **Наибо́лее те́сно** был **свя́зан** с Плёсом Исаа́к Ильи́ч Левита́н, кото́рый написа́л здесь **замеча́тельные** карти́ны.

В Плёсе есть Дом-музе́й худо́жника Исаа́ка Левита́на. Э́тот изве́стный худо́жник о́чень люби́л приро́ду, поэ́тому он жил и рабо́тал в э́том **ти́хом** зелёном го́роде. Он ви́дел **вокру́г** краси́вые, **живопи́сные** места́, невысо́кие **го́ры**, леса́, **ре́ку** Во́лгу. Левита́н провёл в Плёсе три ле́та. Здесь он написа́л карти́ны: «Ве́чер. **Золото́й** Плёс», «По́сле дождя́. Плёс»[1] и други́е **произведе́ния**, кото́рые принесли́ ему́ **широ́кую изве́стность**.

Ру́сский писа́тель Анто́н Па́влович Че́хов **дружи́л** с И.И. Левита́ном. Он хорошо́ знал и люби́л э́того худо́жника. Они́ писа́ли **друг дру́гу**[2] пи́сьма, встреча́лись. А.П. Че́хов ча́сто быва́л в Плёсе в до́ме э́того изве́стного худо́жника.

И ра́ньше, и сейча́с тури́сты и молоды́е худо́жники ча́сто быва́ют в Плёсе. Им нра́вятся э́ти краси́вые живопи́сные места́. Они́ **интересу́ются** э́тим го́родом и его́ исто́рией. Худо́жники лю́бят рабо́тать здесь, рисова́ть. Их всегда́ мо́жно встре́тить на берегу́ Во́лги. Они́ о́чень лю́бят э́тот прекра́сный го́род. А е́сли вы хоти́те узна́ть об э́том го́роде **бо́льше**, вы мо́жете пое́хать туда́ и **уви́деть** его́ **свои́ми глаза́ми**.

1   «По́сле дождя́. Плёс» 一畫請參考 http://isaak-levitan.ru/master/2.php ; «Ве́чер. Золото́й Плёс» 一畫請參考 http://isaak-levitan.ru/master/1.php

2   друг дру́га; друг дру́гу; друг дру́гом 或帶有前置詞 друг о дру́ге; друг на дру́га 等，後一個 詞的格取決於與整個詞組連用的動詞，意為「彼此、互相」。

пра́вый	右邊的	наибо́лее	(副) 最
те́сно	(副) 緊密地		
свя́зан (短尾形容詞；長尾：свя́занный)			與…有關
замеча́тельные	出色的	ка́рта	地圖
стари́нный	古老的	ти́хий	寧靜的
вокру́г	(副) 周圍、四周	живопи́сный	如畫的
гора́	山	река́	河
золото́й	金黃色的	произведе́ние	作品
широ́кий	寬闊的、廣大的	изве́стность (она́)	名聲、聲望
дружи́ть (未完；дружу́, дру́жишь) с кем	作朋友		
друг дру́гу	彼此、互相		
интересова́ться (未完；интересу́юсь, интересу́ешься) кем-чем			對…感興趣
бо́льше (мно́го 的比較級)		更多	
уви́деть свои́ми глаза́ми		親眼目睹	

Отве́тьте на вопро́сы:

1. Где нахо́дится го́род Плёс?
2. Э́тот го́род есть на ка́рте ми́ра?
3. Ско́лько лет го́роду Плёсу?
4. Кто был наибо́лее те́сно свя́зан с Плёсом?
5. Како́й музе́й есть в э́том го́роде?
6. Почему́ И.И. Левита́н жил и рабо́тал в э́том го́роде?
7. Ско́лько вре́мени Левита́н провёл в Плёсе?
8. Где ча́сто быва́л А.П. Че́хов и почему́?
9. Почему́ тури́сты и молоды́е худо́жники ча́сто быва́ют в Плёсе?

10. Где лю́бят быва́ть тури́сты в э́том го́роде?

11. А вы хоти́те бо́льше узна́ть об э́том го́роде? Вы хоти́те побыва́ть в э́том го́роде?

Текст-2 ▶МР3-02

Царь и руба́шка

Оди́н царь **заболе́л**. Ка́ждый день ему́ бы́ло **всё ху́же и ху́же**, и он сказа́л:

— Са́мый дорого́й пода́рок дам тому́, кто мне помо́жет!

До́лго все са́мые хоро́шие врачи́ ду́мали, что де́лать. Са́мый ста́рый врач сказа́л:

— **На́до** взять руба́шку са́мого **счастли́вого** челове́ка и дать царю́ — э́то ему́ помо́жет.

До́лго **иска́ли** са́мого счастли́вого челове́ка, но **нигде́ не** могли́ его́ найти́. Оди́н челове́к о́чень **бога́тый**, но больно́й. Друго́й **здоро́вый**, но **бе́дный**. Очень тру́дно найти́ счастли́вого челове́ка!

Но **оди́н раз** сы́ну царя́ сказа́ли, что есть оди́н челове́к, кото́рый ка́ждый ве́чер говори́т: «Сего́дня **порабо́тал**, поу́жинал — бу́ду спать. Что мне ещё **ну́жно**? Счастли́вый я челове́к!»

Сказа́л сын царя́, что на́до идти́ к э́тому челове́ку, дать ему́ са́мый дорого́й пода́рок и взять его́ руба́шку **для** царя́, — она́ царю́ помо́жет. Хоте́ли они́ так де́лать, но не могли́: са́мый счастли́вый челове́к был **тако́й** бе́дный, **что** у него́ не́ было руба́шки. Так он не получи́л от царя́ са́мый дорого́й пода́рок — да он ему́ и не был ну́жен.

9

царь (он)	沙皇		
заболе́ть (完；заболе́ю, заболе́ешь)	得病、患病		
всё ху́же и ху́же	愈來愈差	на́до＋動詞不定式	(副) 應該、應當
счастли́вый	幸福的、有福氣的	иска́ть (未完；ищу́, и́щешь)	尋找
нигде́ … не	哪兒也不(沒)	бога́тый	富有的
здоро́вый	健康的	бе́дный	貧窮的、可憐的
оди́н раз	有一次		
порабо́тать (完；порабо́таю, порабо́таешь)			工作一些時候
ну́жно (短尾形容詞；ну́жен/ нужна́/ нужны́)			需要的、必須的
для + кого́-чего́	為了、給…	тако́й …, что	如此…，以致於

Отве́тьте на вопро́сы:

1. Почему́ царь даст са́мый дорого́й пода́рок тому́, кто ему́ помо́жет?
2. Что реши́ли де́лать са́мые хоро́шие врачи́?
3. Они́ нашли́ са́мого счастли́вого челове́ка? Почему́?
4. К како́му челове́ку хоте́л идти́ сын царя́? Почему́?
5. Они́ взя́ли руба́шку э́того челове́ка и да́ли царю́? Почему́?
6. Этот счастли́вый челове́к получи́л от царя́ са́мый дорого́й пода́рок? Почему́?

Разгово́р по телефо́ну

Диало́г-1 ▶MP3-03

Ири́на Петро́вна: Алло́!

Воло́дя: Здра́вствуйте, Ири́на Петро́вна! Это Воло́дя. **Мо́жно Ната́шу**?

Ири́на Петро́вна: А, Воло́дя! Здра́вствуй! Ната́ши нет. **Позвони́** ве́чером часо́в в 8.

Воло́дя: Спаси́бо. До свида́ния.

Ири́на Петро́вна: До свида́ния.

разгово́р по телефо́ну	電話交談	разгово́р	交談、談話
Мо́жно Ната́шу?	可以請娜塔莎聽電話嗎？		
звони́ть (未完；звоню́, звони́шь)/ позвони́ть (完；позвоню́, позвони́шь) кому́			打電話
позвони́(те)	позвони́ть 命令式		

Диало́г-2 ▶MP3-04

Та́ня: Приве́т! Ма́ша, э́то ты? Говори́т Та́ня.

Ма́ма Ма́ши: Это не Ма́ша. Это её ма́ма.

Та́ня: Извини́те. А Ма́ша до́ма?

Ма́ма Ма́ши: Нет, Ма́ши ещё нет. Она́ в университе́те.

Та́ня: А когда́ она́ бу́дет? Часо́в в 6 бу́дет?

Ма́ма Ма́ши: Ты спра́шиваешь, бу́дет **ли** она́ в 6? Не зна́ю.
Что ей переда́ть?

Та́ня: Скажи́те ей, пожа́луйста, что звони́ла Та́ня.

Ма́ма Ма́ши: Хорошо́.

Та́ня: Спаси́бо. До свида́ния.

ли	(連) 是不是、是否	Что ей переда́ть?	有什麼要轉告她的？

Диало́г-3 ▶MP3-05

Сестра́ Ле́ны: Слу́шаю.

Анто́н: Мо́жно Ле́ну?

Сестра́ Ле́ны: Её нет. Она́ бу́дет ве́чером. Что переда́ть?

Анто́н: Переда́йте, пожа́луйста, что звони́л Анто́н и что́бы
она́ позвони́ла мне. Мой телефо́н 475-50-13.

Сестра́ Ле́ны: **Повтори́те**, пожа́луйста.

Анто́н: 475-50-13.

Сестра́ Ле́ны: Она́ позвони́т вам ве́чером.

Анто́н: Спаси́бо. До свида́ния.

повторя́ть (未完；повторя́ю, повторя́ешь)/	重複、重說
повтори́ть (完；повторю́, повтори́шь) что	

повтори́(те)	повтори́ть 的命令式

Диало́г-4 ▶MP3-06

Ван Мин: Здра́вствуйте! Это банк?

Слу́жащий ба́нка: Да.

Ван Мин: Мо́жно Ивано́ва Фёдора Петро́вича?

Слу́жащий ба́нка: Его́ сейча́с нет. Он бу́дет часа́ че́рез два.
　　　　　　　　 Что переда́ть?

Ван Мин: Переда́йте, пожа́луйста, что звони́л Ван Мин. Я
　　　　　перезвоню́ ещё раз.

Слу́жащий ба́нка: Хорошо́. Я переда́м. До свида́ния.

Ван Мин: До свида́ния.

слу́жащий	職員	
перезва́нивать (未完；перезва́ниваю, перезва́ниваешь)/ перезвони́ть (完；перезвоню́, перезвони́шь)		重打一次電話
ещё раз	再次	

語法

　　形容詞、物主代詞、指示代詞及限定代詞用來說明名詞，並與名詞在性、數、格上保持一致。

1. 陽性、中性形容詞的六格變化

	陽性		中性	
第一格	но́вый	си́ний	но́вое	си́нее
第二格	**но́вого**	**си́него**	**но́вого**	**си́него**
第三格	но́вому	си́нему	но́вому	си́нему
第四格	同一或二	同一或二	同一	同一
第五格	но́вым	си́ним	но́вым	си́ним
第六格	о но́вом	о си́нем	о но́вом	о си́нем

2. 以 -ч, -ж, -ш, -щ 結尾的陽性、中性形容詞的六格變化

	陽性		中性	
	重音在詞根	重音在詞尾	重音在詞根	重音在詞尾
第一格	хоро́ший	большо́й	хоро́шее	большо́е
第二格	хоро́шего	большо́го	хоро́шего	большо́го
第三格	хоро́шему	большо́му	хоро́шему	большо́му
第四格	同一或二	同一或二	同一	同一
第五格	хоро́шим	больши́м	хоро́шим	больши́м
第六格	о хоро́шем	о большо́м	о хоро́шем	о большо́м

3. 陽性、中性物主代詞的六格變化

	陽性			中性		
第一格	чей	мой	наш	чьё	моё	на́ше
第二格	чьего́	моего́	на́шего	чьего́	моего́	на́шего
第三格	чьему́	моему́	на́шему	чьему́	моему́	на́шему
第四格	同一或二	同一或二	同一或二	同一	同一	同一
第五格	чьим	мои́м	на́шим	чьим	мои́м	на́шим
第六格	о чьём	о моём	о на́шем	о чьём	о моём	о на́шем

*твой, свой 的變格與 мой 相同，ваш 的變格與 наш 相同。

4. 陽性、中性指示代詞與限定代詞的六格變化

	陽性		中性	
第一格	э́тот	весь	э́то	всё
第二格	э́того	всего́	э́того	всего́
第三格	э́тому	всему́	э́тому	всему́
第四格	同一或二	同一或二	同一	同一
第五格	э́тим	всем	э́тим	всем
第六格	об э́том	обо всём	об э́том	обо всём

例句：

Это но́вый учи́тель.
Здесь нет но́вого учи́теля.
Студе́нт звони́л но́вому учи́телю.
Я ви́дел но́вого учи́теля.
Студе́нт поздоро́вался (打招呼) с но́вым учи́телем.
Студе́нты говори́ли о но́вом учи́теле.

Это большо́й стол.
Здесь нет большо́го стола́.
Ива́н идёт к большо́му столу́.
Я ви́дел большо́й стол.
Ря́дом (在…旁邊) с больши́м столо́м стои́т телеви́зор.
Ва́за стои́т на большо́м столе́.

5. кто/ что的六格變化

第一格	кто	что
第二格	кого́	чего́
第三格	кому́	чему́
第四格	кого́	что
第五格	кем	чем
第六格	о ком	о чём

Кто э́то? | Что э́то?

Кого́ здесь нет? | Чего́ здесь нет?

Кому́ звони́л студе́нт? | К чему́ идёт Ива́н?

Кого́ ты ви́дел? | Что ты ви́дел?

С кем поздоро́вался студе́нт? | Чем занима́ется ваш друг?

О ком говори́ли студе́нты? | На чём он е́дет на да́чу?

6. 反身代詞себя́的變格和用法

себя́ 用來表示動作的客體，而這個客體又是動作的主體本身。себя́ 沒有第一格的形式。

第二格	себя́	Ты всегда́ занима́ешься у себя́ в ко́мнате?
第三格	себе́	Вчера́ она́ купи́ла себе́ но́вое пла́тье.
第四格	себя́	Мой брат лю́бит то́лько себя́.
第五格	собо́й	Обы́чно я беру́ с собо́й слова́рь на уро́к.
第六格	о себе́	Он ду́мает то́лько о себе́.

句型

1. ... тот, кто / ... то, что

　　　主句中的 тот, то 與從屬句中的 кто, что 呼應，其變格則視個別在主句和從屬句中的功能而變化。

Я до́лго ду́мал о том, что ты сказа́л.	關於你說的事我想了很久。
Вы купи́ли то, что хоте́ли купи́ть?	你們買了想要買的東西了嗎？
Здесь нет того́, кто вам ну́жен.	這裡沒有您要找的人。
Мы не зна́ем того́, о ком вы говори́те.	我們不認識你們說的那個人。

2. кому́ ну́жно что … (人) 需要 … (人/物)

кому́	ну́жен ＋ 陽性名詞
	ну́жно ＋ 中性名詞
	нужна́ ＋ 陰性名詞
	нужны́ ＋ 複數名詞

例：

Мне ну́жен Ива́н.	我需要伊凡。
Инне ну́жно пла́тье.	茵娜需要洋裝。
Ему́ нужна́ кни́га.	他需要書。
Де́душке нужны́ очки́.	爺爺需要眼鏡。

3. тако́й ..., что (如此…，以致於)

Она́ така́я симпати́чная де́вушка, что все её лю́бят.
她這麼可愛，所以大家都喜愛她。
Этот челове́к был тако́й бе́дный, что у него́ не́ было руба́шки.
這個人窮到連一件襯衫都沒有。
Экза́мен был тако́й тру́дный, что никто́ его́ не сдал.
考試這麼難，以致於沒人通過考試。

4. ли (是不是、是否)

　　　ли 為疑問語氣詞，在說明從句中可做連接詞，置於疑問中心詞之後。

Я не зна́ю, бу́дет ли у неё свобо́дное вре́мя.
我不知道，她有沒有空。
Я не зна́ю, есть ли у него́ свой компью́тер.
我不知道他是否有自己的電腦。
Вы не зна́ете, вернётся ли он сего́дня?
您知不知道，他今天會不會回來？

練習測驗

1. 請說出各樓層的人在做什麼

6	(Антóн, рабóтать на компью́тере)	Образéц: *Антóн рабóтает на компью́тере на шестóм этажé.*
5	(Игорь, смотрéть телеви́зор)	1) _____ _____
4	(брáтья, разговáривать)	2) _____ _____
3	(мáльчик, отдыхáть)	3) _____ _____
2	(профéссор, писáть письмó)	4) _____ _____
1	(Ивáн Петрóвич, читáть журнáл)	5) _____ _____

2. 請依示例回答下列問題

Образéц: У вас есть нóвый журнáл? → *У меня́ нет нóвого журнáла.*

1) У вас есть росси́йский пáспорт?

_____

2) У вас есть крáсный карандáш?

_____

3) У вас есть чёрный хлеб?

_____

4) У вас есть ста́рший брат?

_____

5) В го́роде есть истори́ческий музе́й?

_____

6) В общежи́тии есть чита́льный зал?

_____

3. 請以括弧內提示回答下列問題

1) Како́му худо́жнику вы пока́зывали карти́ны? (изве́стный)

_____

2) Како́му студе́нту Андре́й подари́л слова́рь? (иностра́нный)

_____

3) Како́му студе́нту Анто́н помога́ет гото́вить дома́шнее зада́ние? (кита́йский)

_____

4) Како́му ма́льчику ба́бушка чита́ет расска́зы? (у́мный)

_____

5) Како́му бра́ту вы ча́сто пи́шете пи́сьма? (мла́дший)

_____

4. 請以括弧內提示回答下列問題

1) Кем стал ваш шко́льный друг? (тала́нтливый музыка́нт)

_____

2) Чем занима́ется твой друг? (совреме́нное иску́сство)

_____

3) Кем рабо́тает ваш оте́ц? (гла́вный врач)

_____

4) С кем вы ходи́ли в теа́тр? (хоро́ший друг)

_____

5) С кем вы говори́ли в па́рке? (шко́льный това́рищ)

_____

5. 請依示例改寫下列句子

Образе́ц: Они́ е́здили в стари́нный ру́сский го́род.

→ *Они́ бы́ли в стари́нном ру́сском го́роде.*

1) Они́ е́здили на Чёрное мо́ре.

_____

2) Мы е́здили на большо́й заво́д.

_____

3) Студе́тны ходи́ли в но́вое общежи́тие.

_____

4) Ива́н ходи́л в кни́жный магази́н.

_____

5) Друзья́ ходи́ли на интере́сный спекта́кль.

_____

6. 填充題

1) ста́рый друг

a. В теа́тре он уви́дел _____.

b. Этот диск мне подари́л _____.

c. В суббо́ту я был в гостя́х _____.

d. Вчера́ я позвони́л _____.

e. В письме́ он написа́л _____.

f. Я ходи́л в бассе́йн _____.

2) наш преподава́тель

a. На столе́ портфе́ль _____.

b. В магази́не мы встре́тили _____.

c. Оте́ц знако́м _____.

d. Я хочу́ рассказа́ть вам _____.

e. Неда́вно в Москву́ прие́хал _____.

f. Мы принесли́ цветы́ _____.

3) ма́ленькое о́зеро

a. Де́ти пла́вают _____.

b. Недалеко́ от да́чи есть _____.

c. Де́вушка идёт _____.

d. Ря́дом _____ стои́т краси́вая це́рковь.

e. На́ша да́ча нахо́дится о́коло _____.

7. 請依提示回答下列問題

Образе́ц: наш но́вый преподава́тель

Кто э́то? → *Наш но́вый преподава́тель.*

1) молодо́й инжене́р

a. Кому́ ты звони́л? _____

b. С кем ты идёшь на вы́ставку? _____

c. О ком ты говори́шь? _____

d. Кого́ ты ча́сто встреча́ешь? _____

e. Кто тебе́ звони́л? _____

f. У кого́ есть э́тот журна́л? _____

2) мой хоро́ший знако́мый

a. Чья э́то кварти́ра? _____

b. О ком вы вспомина́ете? _____

c. Кому́ нра́вится э́та де́вушка? _____

d. С кем вы игра́ли в футбо́л? _____

e. Кого́ ты ви́дел у́тром? _____

f. Кто э́тот челове́к? _____

3) горя́чее (熱的) молоко́

    a. Что стои́т на столе́?   _____

    b. С чем он пьёт ко́фе?   _____

    c. О чём ма́льчик не хоте́л слы́шать?   _____

    d. Что ты обы́чно пьёшь у́тром?   _____

    e. Чего́ нет в кафе́?   _____

8. 連詞成句

1) В, э́тот, дом, мы, встре́титься, с, ру́сский, поэ́т.

_____

_____

2) На, уро́к, преподава́тель, объясни́ть, э́тот, тру́дный, упражне́ние.

_____

_____

3) На, конце́рт, ря́дом, с, я, сиде́ть, оди́н, высо́кий, де́вушка.

_____

_____

4) Мать, купи́ть, сын, э́тот, костю́м, в, большо́й, магази́н.

_____

_____

5) В, э́тот, го́род, нет, музыка́льный, теа́тр, и, истори́ческий, музе́й.

_____

_____

9. 聽力測驗 ▶MP3-07

1) На стене́ больша́я _____.   a. карти́на   b. ка́рта   c. фотогра́фия

2) У меня́ _____ семья́.   a. больша́я   b. ма́ленькая

3) Бабушке _____.　　　a. 64 года　　b. 74 года　　c. 84 года

4) Отцу _____.　　　　a. 45 лет　　b. 46 лет　　c. 47 лет

5) Маме _____.　　　　a. 37 лет　　b. 38 лет　　c. 39 лет

6) Брату _____.　　　　a. 31 год　　b. 21 год　　c. 11 лет

7) Сестре _____.　　　a. 15 лет　　b. 16 лет　　c. 17 лет

8) Мне _____.　　　　　a. 17 лет　　b. 18 лет　　c. 19 лет

練習測驗解答

1. 請說出各樓層的人在做什麼

　　1) Игорь смотрит телевизор на пятом этаже́.

　　2) Бра́тья разгова́ривают на четвёртом этаже́.

　　3) Ма́льчик отдыха́ет на тре́тьем этаже́.

　　4) Профе́ссор пи́шет письмо́ на второ́м этаже́.

　　5) Ива́н Петро́вич чита́ет журна́л на пе́рвом этаже́.

2. 請依示例回答下列問題

　　1) У меня́ нет росси́йского па́спорта.

　　2) У меня́ нет кра́сного карандаша́.

　　3) У меня́ нет чёрного хле́ба.

　　4) У меня́ нет ста́ршего бра́та.

　　5) В го́роде нет истори́ческого музе́я.

　　6) В общежи́тии нет чита́льного за́ла.

3. 請以括弧內提示回答下列問題

　　1) Я пока́зывал карти́ны изве́стному худо́жнику.

　　2) Андре́й подари́л слова́рь иностра́нному студе́нту.

　　3) Анто́н помога́ет гото́вить дома́шнее зада́ние кита́йскому студе́нту.

　　4) Ба́бушка чита́ет расска́зы у́мному ма́льчику.

　　5) Я ча́сто пишу́ пи́сьма мла́дшему бра́ту.

4. 請以括弧內提示回答下列問題

　　1) Мой шко́льный друг стал тала́нтливым музыка́нтом.

　　2) Мой друг занима́ется совреме́нным иску́сством.

3) Мой оте́ц рабо́тает гла́вным врачо́м.

4) Я ходи́л в теа́тр с хоро́шим дру́гом.

5) Я говори́л в па́рке со шко́льным това́рищем.

5. 請依示例改寫下列句子

1) Они́ бы́ли на Чёрном мо́ре.

2) Мы бы́ли на большо́м заво́де.

3) Студе́нты бы́ли в но́вом общежи́тии.

4) Ива́н был в кни́жном магази́не.

5) Друзья́ бы́ли на интере́сном спекта́кле.

6. 填充題

1) ста́рого дру́га, ста́рый друг, у ста́рого дру́га, ста́рому дру́гу, о ста́ром дру́ге, со ста́рым дру́гом

2) на́шего преподава́теля, на́шего преподава́теля, с на́шим преподава́телем, о на́шем преподава́теле, наш преподава́тель, на́шему преподава́телю

3) в ма́леньком о́зере, ма́ленькое о́зеро, к ма́ленькому о́зеру, с ма́леньким о́зером, ма́ленького о́зера

7. 請依提示回答下列問題

1) Молодо́му инжене́ру, С молоды́м инжене́ром, О молодо́м инжене́ре, Молодо́го инжене́ра, Молодо́й инжене́р, У молодо́го инжене́ра.

2) Моего́ хоро́шего знако́мого, О моём (своём) хоро́шем знако́ме, Моему́ хоро́шему знако́мому, С мои́м (Со свои́м) хоро́шим знако́мым, Моего́ (Своего́) хоро́шего знако́мого, Мой хоро́ший знако́мый.

3) Горя́чее молоко́, С горя́чим молоко́м, О горя́чем молоке́, Горя́чее молоко́, Горя́чего молока́.

8. 連詞成句

1) В э́том до́ме мы встре́тились с ру́сским поэ́том.

2) На уро́ке преподава́тель объясни́л э́то тру́дное упражне́ние.

3) На конце́рте ря́дом со мной сиде́ла одна́ высо́кая де́вушка.

4) Мать купи́ла сы́ну э́тот костю́м в большо́м магази́не.

5) В э́том го́роде нет музыка́льного теа́тра и истори́ческого музе́я.

9. 聽力測驗

  1) c   2) a   3) b   4) a   5) c   6) b   7) a   8) b

     На стене́ больша́я фотогра́фия. На фотогра́фии вы ви́дите на́шу семью́. В це́нтре сиди́т ба́бушка. Ей се́мьдесят четы́ре го́да. Сле́ва сиди́т мой оте́ц. Ему́ со́рок пять лет. Спра́ва сиди́т моя́ ма́ма. Она́ ещё молода́я. Ей три́дцать де́вять лет. Это мой ста́рший брат Макси́м. Ему́ два́дцать оди́н год. Ря́дом стои́т моя́ мла́дшая сестра́ Анна. Ей пятна́дцать лет. А э́то я. Мне восемна́дцать лет.

Уро́к 2

本課學習目標：1. 課文：Сме́лые лю́ди、Внук Ю́рия Гага́рина
2. 對話：Ру́сские сувени́ры
3. 語法：陰性形容詞、物主代詞、指示代詞及限定代詞的六格變化
4. 句型：че́рез vs. наза́д
до́лжен/ должна́/ должны́＋動詞不定式
что тако́е/ кто тако́й (така́я)

Текст-1　▶ MP3-08

Сме́лые лю́ди

Эта исто́рия **произошла́** на се́вере страны́. В ма́ленькой дере́вне на о́строве **тяжело́** заболе́ла **же́нщина**. На э́том о́строве рабо́тал молодо́й врач. Но он не мог помо́чь больно́й. Он **вы́звал** врача́ из го́рода, кото́рый находи́лся на берегу́ мо́ря. В хоро́шую пого́ду на о́стров **лета́л вертолёт**. Но сего́дня он не мог **лете́ть**: **дул си́льный ве́тер**, шёл дождь со сне́гом.

Там, на о́строве, была́ больна́я же́нщина, а врач не мог помо́чь ей. **Тогда́** оди́н ста́рый **рыба́к** сказа́л, что есть доро́га по воде́. Он зна́ет **ме́лкие** места́, где мо́жно **пройти́** пешко́м, и е́сли врач не **бои́тся**, они́ мо́гут пойти́ по э́той доро́ге. Врач **согласи́лся** и пошёл со ста́рым рыбако́м.

До́лго шли сме́лые лю́ди по холо́дной воде́. Доро́га была́ тру́дной. Си́льный

ве́тер **меша́л** идти́. Наконе́ц они́ уви́дели бе́рег. На берегу́ их жда́ли **жи́тели** ма́ленькой дере́вни. **По́мощь** больно́й же́нщине пришла́ **во́время**. Врач **сде́лал** больно́й же́нщине **опера́цию**. Весь день он **боро́лся за** её **жизнь**. Че́рез два дня **ей ста́ло лу́чше**. Жи́тели ма́ленькой дере́вни и же́нщина поблагодари́ли врача́ за по́мощь.

сме́лый	勇敢的		
произойти́ (完；произойду́, произойдёшь; произошёл, произошла́)/ произходи́ть (未完；происхожу́, происхо́дишь)	發生		
тяжело́	(副) 嚴重	же́нщина	婦女、女性
вызыва́ть (未完；вызыва́ю, вызыва́ешь)/ вы́звать (完；вы́зову, вы́зовешь) кого́-что			召請、找來
лета́ть (未完/不定向；лета́ю, лета́ешь)	飛		
вертолёт	直升機		
лете́ть (未完/定向；лечу́, лети́шь)	飛		
дуть (未完；ду́ю, ду́ешь)	颳、吹		
си́льный	強烈的、強壯的	ве́тер	風
тогда́	(副) 那時候	рыба́к	漁夫
ме́лкий	淺的		
проходи́ть (未完；прохожу́, прохо́дишь)/ пройти́ (完；пройду́, пройдёшь; прошёл, прошла́)			走過去、通過
боя́ться (未完；бою́сь, бои́шься) кого́-чего́			害怕
соглаша́ться (未完；соглаша́юсь, соглаша́ешься)/ согласи́ться (完；соглашу́сь, согласи́шься) на что			同意、答應
меша́ть (未完；меша́ю, меша́ешь) кому́	打擾、妨礙		
жи́тель (он)	居民	по́мощь (она́)	幫助
во́время	(副) 及時	опера́ция	手術
сде́лать опера́цию	動手術		
боро́ться (未完；борю́сь, бо́решься) за что			為…奮鬥
жизнь (она́)	生命、生活	ей ста́ло лу́чше	她的病情好轉

Отве́тьте на вопро́сы:

1. Где произошла́ э́та исто́рия?

2. Кто тяжело́ заболе́л?

3. Молодо́й врач не мог помо́чь больно́й. Что он сде́лал?

4. Почему́ сего́дня вертолёт не мог лете́ть?

5. Что сказа́л рыба́к?

6. Что сде́лал врач?

7. По како́й воде́ шли сме́лые лю́ди?

8. Кака́я была́ доро́га?

9. Что меша́ло идти́?

10. Кто ждал их на берегу́?

11. Как пришла́ по́мощь больно́й же́нщине?

12. Что врач сде́лал больно́й же́нщине?

13. Как до́лго врач боро́лся за её жизнь?

14. Когда́ ей ста́ло лу́чше?

15. За что поблагодари́ли врача́ жи́тели ма́ленькой дере́вни и же́нщина?

Текст-2 ▶MP3-09

1991

ПОЧТА СССР

25к   Ю.А.Гагарин

Вну́к Юрия Гага́рина

Посмотри́те на э́того ма́льчика. Он о́чень **похо́ж на** пе́рвого **росси́йского космона́вта** Юрия Алексе́евича Гага́рина. У него́ то́же **откры́тое** ру́сское **лицо́, живы́е** глаза́. И, са́мое гла́вное, **улы́бка** ма́льчика похо́жа на до́брую и **приве́тливую** улы́бку Гага́рина. Этот **симпати́чный** ма́льчик — внук Гага́рина. Зову́т его́ то́же Юрий, и́ли Юра. Он роди́лся в 1990 (ты́сяча девятьсо́т девяно́стом) году́, че́рез 29 лет по́сле **полёта** Гага́рина. Он **ка́ждую неде́лю** занима́ется **те́ннисом**, игра́ет в футбо́л, танцу́ет, лю́бит чита́ть **фанта́стику**. Его́ мать — дочь Юрия Гага́рина — **преподаёт эконо́мику** в моско́вском институ́те. Его́ оте́ц —

де́тский врач, рабо́тает в де́тской больни́це. Юра то́же мечта́ет о профе́ссии врача́. Он хо́чет стать де́тским врачо́м, как его́ оте́ц.

Юра **никогда́ не** ви́дел своего́ **знамени́того** де́душку, потому́ что он **поги́б** мно́го лет **наза́д** в 1968 (ты́сяча девятьсо́т шестьдеся́т восьмо́м) году́. Но ма́ма ча́сто расска́зывала Юре о де́душке, поэ́тому он зна́ет, что в 1961 (ты́сяча девятьсо́т шестьдеся́т пе́рвом) году́ его́ де́душка **полете́л** в **ко́смос**. Он та́кже зна́ет, что де́душка был пе́рвым космона́втом в э́том **огро́мном** ко́смосе. В ко́мнате ма́льчика есть **моде́ль самолёта** «МИГ», на кото́ром лета́л пе́рвый космона́вт. Юра **уве́рен**, что челове́к **до́лжен** лета́ть в ко́смос, что́бы изуча́ть други́е **плане́ты**. Он **счита́ет**, что то́лько о́чень у́мный, си́льный и сме́лый челове́к мо́жет стать космона́втом. У его́ **де́да** был **и́менно** тако́й **хара́ктер**.

похо́ж (短尾形容詞；長尾: похо́жий) на кого́			像…的
росси́йский	俄羅斯的	космона́вт	太空人
откры́тый	坦率的	лицо́	臉
живо́й	靈活的、生動的	улы́бка	微笑
приве́тливый	和藹親切的	симпати́чный	可愛的
полёт	飛行	ка́ждую неде́лю	每個星期
те́ннис	網球	фанта́стика	奇幻作品
преподава́ть (未完；преподаю́, преподаёшь) что кому́-чему́			教(學)、授(課)
эконо́мика	經濟	де́тский	兒童的
никогда́ не	從未…	знамени́тый	著名的
погиба́ть (未完；погиба́ю, погиба́ешь)/ погибнуть (完；поги́бну, поги́бнешь; поги́б, поги́бла)			(非自然)死亡
наза́д	(副) 以前、之前		
полете́ть (完；полечу́, полети́шь)		飛往、起飛	
ко́смос	宇宙	огро́мный	巨大的、龐大的
моде́ль (она́)	模型	самолёт	飛機
уве́рен (短尾形容詞；長尾：уве́ренный)			確信的
до́лжен (短尾形容詞；до́лжен, должна́, должны́)＋不定式			應該、必定
плане́та	星球		
счита́ть (未完；счита́ю, счита́ешь)		認為	
дед	祖父、外祖父	и́менно	(語氣) 正是、恰恰是
хара́ктер	性格、個性		

Отве́тьте на вопро́сы:

1. Кто тако́й Юрий Алексе́евич Гага́рин? Что вы зна́ли о нём ра́ньше?

2. Почему́ мо́жно сказа́ть, что ма́льчик о́чень похо́ж на Юрия Гага́рина?

3. Кто э́тот ма́льчик? Как его́ зову́т? Ско́лько ему́ лет?

4. Чем он занима́ется ка́ждую неде́лю?

5. Кто его́ роди́тели?

6. Кем он хо́чет стать?

7. Почему́ Юра никогда́ не ви́дел своего́ де́душку?

8. Что он зна́ет о де́душке?

9. Что у него́ есть в ко́мнате?

10. Како́й челове́к мо́жет стать космона́втом?

Ру́сские сувени́ры

Диало́г-1 ▶MP3-10

Ван Мин: Ли́да, каки́е ру́сские сувени́ры ты **посове́туешь** мне купи́ть?

Ли́да: Коне́чно, **матрёшки**. И ещё я сове́тую тебе́ купи́ть па́лехские **шкату́лки**, но они́ сто́ят о́чень **до́рого**.

Ван Мин: А **что тако́е** «Па́лехская»?

Ли́да: Па́лех — э́то дере́вня, в кото́рой де́лают э́ти шкату́лки.

Ван Мин: Их де́лают то́лько в Па́лехе?

Ли́да: Да. Э́то **оригина́льное** наро́дное иску́сство.

Ван Мин: Очень интере́сно.

Ли́да: Есть больши́е и ма́ленькие шкату́лки, но все о́чень краси́вые.

Ван Мин: Я обяза́тельно куплю́ па́лехскую шкату́лку. Спаси́бо за сове́т!

сове́товать (未完；сове́тую, сове́туешь)/ посове́товать (完；посове́тую, посове́туешь) кому́＋動詞不定式			建議
матрёшка	俄羅斯套娃	шкату́лка	(存放貴重物品)小匣子
до́рого	(副) 貴	что тако́е	究竟是什麼
оригина́льный	獨創的、原創的		

Диало́г-2 ▶MP3-11

Ли́да: Ван Мин, каки́е ру́сские сувени́ры ты зна́ешь?

Ван Мин: Коне́чно, я зна́ю матрёшки, **самова́ры**.

Ли́да: Что ещё?

Ван Мин: Ещё краси́вые же́нские **платки́**. Не зна́ю, как они́ называ́ются.

Ли́да: Па́влово-поса́дские платки́, потому́ что их де́лают в го́роде, кото́рый называ́ется Па́вловский Поса́д[1]. Ещё есть оренбу́ргские платки́. Они́ бе́лые, **тёплые** и о́чень **лёгкие**. Их де́лают в го́роде Оренбу́рге[2].

Ван Мин: Я куплю́ э́ти платки́ ма́ме и подру́ге. А мои́ друзья́ лю́бят иску́сство. Каки́е сувени́ры им мо́жно купи́ть в Москве́?

Ли́да: Купи́ жо́стовские[3] **подно́сы**, **изде́лия** из Гже́ли и Хохломы́[4] и́ли па́лехские шкату́лки. Это оригина́льное ру́сское наро́дное иску́сство.

Ван Мин: А где мо́жно купи́ть всё э́то?

Ли́да: Мо́жно пое́хать в Изма́йловский парк[5]. Там есть большо́й **ры́нок**.

---

[1] Па́вловский Поса́д 為俄羅斯莫斯科省的一個小村莊，距莫斯科市 68 公里遠，以生產頭巾披肩著稱。

[2] Оренбу́рг 為俄羅斯烏拉山南方的城市，附近盛產天然氣、石油、煤炭、岩鹽，工業以食品和輕工為主。

[3] Жо́стово 為俄羅斯莫斯科省的一個小村莊，以彩繪托盤著稱。

[4] Гжель 為俄羅斯莫斯科省的一個小村莊，以生產俄羅斯傳統陶瓷聞名；Хохлома́ 位於下諾夫哥羅德區，其彩繪木製器皿遠近馳名。

[5] Изма́йловский парк 為莫斯科最大的公園之一，這裡有個露天市場，賣一些比較有代表性的紀念品，像是俄羅斯套娃、琥珀、大方巾等等。

самова́р	俄式茶炊	плато́к	頭巾、手帕
тёплый	溫暖的	лёгкий	輕的
подно́с	托盤	изде́лие	產品、製品
ры́нок	市場		

語法

1. 陰性形容詞的六格變化

	陰性	
第一格	нóвая	сúняя
第二格	нóвой	сúней
第三格	нóвой	сúней
第四格	нóвую	сúнюю
第五格	нóвой	сúней
第六格	о нóвой	о сúней

2. 以 -ч, -ж, -ш, -щ 結尾的陰性形容詞的六格變化

	陰性	
	重音在詞根	重音在詞尾
第一格	хорóшая	большáя
第二格	хорóшей	большóй
第三格	хорóшей	большóй
第四格	хорóшую	большýю
第五格	хорóшей	большóй
第六格	о хорóшей	о большóй

3. 陰性物主代詞的六格變化

	陰性		
第一格	чья	моя́	нáша
第二格	чьей	моéй	нáшей
第三格	чьей	моéй	нáшей
第四格	чью	мою́	нáшу
第五格	чьей	моéй	нáшей
第六格	о чьей	о моéй	о нáшей

*твоя́, своя́ 的變格與 моя́ 相同，вáша 的變格與 нáша 相同。

4. 陰性指示代詞與限定代詞的六格變化

	陰性	
第一格	э́та	вся
第二格	э́той	всей
第三格	э́той	всей
第四格	э́ту	всю
第五格	э́той	всей
第六格	об э́той	обо всей

例句：

Это но́вая учи́тельница.

Здесь нет но́вой учи́тельницы.

Студе́нт звони́л но́вой учи́тельнице.

Я ви́дел но́вую учи́тельницу.

Студе́нт поздоро́вался (打招呼) с но́вой учи́тельницей.

Студе́нты говори́ли о но́вой учи́тельнице.

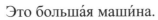

Это больша́я маши́на.

Здесь нет большо́й маши́ны.

Ива́н идёт к большо́й маши́не.

Я ви́дел большу́ю маши́ну.

Ря́дом (在…旁邊) с большо́й маши́ной стои́т де́вушка.

Мы е́здили на да́чу на большо́й маши́не.

句型

1. че́рез （過了…）vs. наза́д （…前）

че́рез 與 наза́д 均為前置詞，加名詞第四格。че́рез 可用於過去式或未來式，наза́д 則用於過去式。

Я бу́ду до́ма че́рез час.	我一小時後會在家。
Анто́н пое́дет в Москву́ че́рез неде́лю.	再過一星期安東要去莫斯科。
Мы бы́ли на стадио́не неде́лю наза́д.	一星期前我們去了大運動場。
Я за́втракал час наза́д.	我一小時前吃過早餐。

2. до́лжен/ должна́/ должны́＋動詞不定式（應該）

до́лжен/ должна́/ должны́ 為短尾形容詞，需與主詞一致。過去式為 до́лжен был/ должна́ была́/ должны́ бы́ли； 未來式則為 я до́лжен бу́ду/ ты до́лжен бу́дешь/ мы должны́ бу́дем…，以此類推，詞的排序不可顛倒。

Ты до́лжен мне помо́чь.
你應該幫助我。
Послеза́втра мы должны́ пое́хать в Ирку́тск на конфере́нцию.
後天我們應該去伊爾庫茨克參加會議。
Че́рез год я должна́ бу́ду пое́хать рабо́тать в Росси́ю.
一年後我應該去俄羅斯工作。
Ты до́лжен был нам помога́ть.
你應該幫助我們。

---

3. что тако́е/ кто тако́й (така́я)

что тако́е 用來問事物，кто тако́й (така́я) 用來問人，對象是男性時用 кто тако́й，女性則用 кто така́я。

— Что тако́е Во́лга?	— Во́лга — э́то река́.
窩瓦究竟是什麼？	窩瓦是條河。
— Кто тако́й Оле́г?	— Оле́г — мой ста́рший брат.
阿列格究竟是誰？	阿列格是我哥哥。
— Кто така́я Анна Петро́вна?	— Анна Петро́вна — на́ша преподава́тельница.
安娜彼得洛夫娜究竟是誰？	安娜彼得洛夫娜是我們的老師。

練習測驗

1. 請以括弧內提示回答下列問題

	1) С како́й соба́кой вы гуля́ете? (больша́я, бе́лая) _____
	2) В како́й больни́це рабо́тает твой оте́ц? (городска́я) _____

	3) Каку́ю кни́гу вы прочита́ли? (интере́сная) _____ _____
	4) Чьи э́то цветы́? (моя́, мла́дшая сестра́) _____ _____
	5) Како́й же́нщине Никола́й подари́л духи́? (симпати́чная) _____ _____

2. 請依示例回答下列問題

Образе́ц: У вас есть но́вая кни́га? → *У меня́ нет но́вой кни́ги.*

1) У вас есть больша́я маши́на?

_____

2) У вас есть кра́сная ру́чка?

_____

3) У вас есть ста́ршая сестра́?

_____

4) В ко́мнате есть насто́льная ла́мпа?

_____

5) В го́роде есть музыка́льная шко́ла?

_____

6) В го́роде есть бе́лая це́рковь?

_____

3. 請以括弧內提示回答下列問題

Образе́ц: Они́ ходи́ли в дорогу́ю гости́ницу.

→ *Они́ бы́ли в дорого́й гости́нице.*

1) Он ходи́л в на́шу библиоте́ку.

_____

2) Ле́на ходи́ла на интере́сную ле́кцию.

_____

3) Студе́нты ходи́ли на кни́жную вы́ставку.

_____

4) Тури́сты ходи́ли на Кра́сную пло́щадь.

_____

5) Ива́н ходи́л в но́вую библиоте́ку.

_____

6) Ми́ша ходи́л в э́ту лаборато́рию.

_____

4. 請以括弧內提示回答下列問題

1) Како́й де́вушке вы пока́зывали свою́ но́вую маши́ну? (люби́мая)

_____

2) Како́й студе́нтке Андре́й подари́л слова́рь? (иностра́нная)

_____

3) Како́й студе́нтке Анто́н помога́ет гото́вить дома́шнее зада́ние? (кита́йская)

_____

4) Како́й де́вочке ба́бушка чита́ет расска́зы? (у́мная)

_____

5) Како́й сестре́ вы ча́сто пи́шете пи́сьма? (ста́ршая)

_____

5. 請以括弧內提示回答下列問題

　　1) Кем ста́ла ва́ша шко́льная подру́га? (медици́нская сестра́)

　　　　_____

　　2) Чем занима́ется твой друг? (совреме́нная му́зыка)

　　　　_____

　　3) Кем хо́чет стать твоя́ сестра́? (изве́стная журнали́стка)

　　　　_____

　　4) С кем вы ходи́ли в теа́тр? (хоро́шая подру́га)

　　　　_____

　　5) С кем вы говори́ли в па́рке? (краси́вая де́вушка)

　　　　_____

6. 請依示例改寫下列句子

　　Образе́ц: Он до́лжен писа́ть пи́сьма. → *Вчера́ он до́лжен был писа́ть пи́сьма.*

　　1) Она́ должна́ отвеча́ть уро́к.

　　　　Утром _____.

　　2) Вы должны́ повтори́ть э́тот текст.

　　　　Вчера́ _____.

　　3) Жена́ должна́ гото́вить обе́д.

　　　　За́втра _____.

　　4) Студе́нты должны́ купи́ть слова́рь.

　　　　Че́рез неде́лю _____.

　　5) Я до́лжен прочита́ть расска́з.

　　　　За́втра _____.

7. 填充題

　　1) ста́рая подру́га

　　　　a. В теа́тре он уви́дел _____.

　　　　b. Этот диск мне подари́ла _____.

　　　　c. В суббо́ту я был в гостя́х _____

d. Вчера́ я позвони́л _____.

e. В письме́ он написа́л _____.

f. Я ходи́л в бассе́йн _____.

2) на́ша студе́нтка

a. На столе́ портфе́ль _____.

b. В магази́не мы встре́тили _____.

c. Оте́ц знако́м _____.

d. Я хочу́ рассказа́ть вам _____.

e. Неда́вно в Москву́ прие́хала _____.

f. Мы принесли́ цветы́ _____.

3) ма́ленькая река́

a. Де́ти пла́вают _____.

b. Недалеко́ от да́чи _____.

c. Де́вушка идёт _____.

d. Ря́дом _____ стои́т краси́вая це́рковь.

e. На́ша да́ча нахо́дится о́коло _____.

8. 請依提示回答下列問題

Образе́ц: на́ша но́вая преподава́тельница

Кто э́то? → *На́ша но́вая преподава́тельница.*

1) моя́ знако́мая де́вушка

a. Чья э́то фотогра́фия? _____

b. Кого́ ты ждёшь? _____

c. Кому́ ты купи́л биле́ты в кино́? _____

d. Кто э́то? _____

e. С кем ты разгова́ривал? _____

f. О ком вы говори́те? _____

2) Кра́сная пло́щадь

   a. Что э́то там? _____

   b. Что ты хо́чешь показа́ть дру́гу? _____

   c. Где мы встре́тимся? _____

   d. Куда́ вы е́здили вчера́? _____

3) симпати́чная ба́бушка

   a. У кого́ вы бы́ли в гостя́х? _____

   b. К кому́ они́ ходи́ли в го́сти? _____

   c. С кем вы ходи́ли в теа́тр? _____

   d. Чьи э́то очки́? _____

   e. Кого́ вы пригласи́ли в рестора́н? _____

   f. О ком вы ча́сто ду́маете? _____

9. 連詞成句

1) Мой, сестра́, интересова́ться, ру́сский, литерату́ра, и, му́зыка.

_____

2) В, суббо́та, мы, встре́титься, с, шко́льный, подру́га.

_____

3) Наш, мать, нра́виться, э́тот, карти́на.

_____

4) Ива́н, купи́ть, свой, люби́мый, де́вушка, краси́вый, цветы́.

_____

5) У, они́, в, ма́ленький, дере́вня, есть, но́вый, больни́ца.

_____

10. 聽力測驗　▶MP3-12

1) Ири́на Влади́мировна — моя́ _____.
　　a. ма́ма　　　　　b. сестра́　　　　　c. подру́га

2) Ири́на Влади́мировна — _____.
　　a. журнали́стка　b. врач　　　　　　c. инжене́р

3) Моя́ мама́ рабо́тает на _____ заво́де.
　　a. большо́м　　　b. ма́леньком　　　c. но́вом

4) Бори́с Никола́евич — мой _____.
　　a. брат　　　　　b. па́па　　　　　　c. друг

5) Бори́с Никола́евич — _____.
　　a. учи́тель　　　b. инжене́р　　　　c. хи́мик

6) Мой па́па рабо́тает в _____ фи́рме.
　　a. небольшо́й　　b. ста́рой　　　　　c. иностра́нной

7) Моего́ бра́та зову́т _____.
　　a. Анто́н　　　　b. Са́ша　　　　　　c. Ива́н

8) Мой брат у́чится в _____.
　　a. университе́те　b. шко́ле　　　　　c. медици́нскоминститу́те

9) Мою́ сестру́ зову́т _____.
　　a. Мари́на　　　　b. Инна　　　　　　c. Анна

10) Я _____.
　　a. студе́нт　　　b. инжене́р　　　　c. шко́льник

練習測驗解答

1. 請以括弧內提示回答下列問題

1) Я гуля́ю с большо́й бе́лой соба́кой.

2) Он рабо́тает в городско́й больни́це.

3) Я прочита́л интере́сную кни́гу.

4) Это цветы́ мое́й мла́дшей сестры́.

5) Никола́й подари́л духи́ симпати́чной же́нщине.

2. 請依示例回答下列問題

1) У меня́ нет большо́й маши́ны.

2) У меня́ нет кра́сной ру́чки.

3) У меня́ нет ста́ршей сестры́.

4) В ко́мнате нет насто́льной ла́мпы.

5) В го́роде нет музыка́льной шко́лы.

6) В го́роде нет бе́лой це́ркви.

3. 請以括弧內提示回答下列問題

1) Он был в на́шей библиоте́ке.

2) Ле́на была́ на интере́сной ле́кции.

3) Студе́нты бы́ли на кни́жной вы́ставке.

4) Тури́сты бы́ли на Кра́сной пло́щади.

5) Ива́н был в но́вой библиоте́ке.

6) Ми́ша был в э́той лаборато́рии.

4. 請以括弧內提示回答下列問題

1) Я пока́зывал свою́ но́вую маши́ну люби́мой де́вушке.

2) Андре́й подари́л слова́рь иностра́нной студе́нтке.

3) Анто́н помога́ет гото́вить дома́шнее зада́ние кита́йской студе́нтке.

4) Ба́бушка чита́ет расска́зы у́мной де́вочке.

5) Я ча́сто пишу́ пи́сьма ста́ршей сестре́.

5. 請以括弧內提示回答下列問題

1) Моя́ шко́льная подру́га ста́ла медици́нской сестро́й.

2) Мой друг занима́ется совреме́нной му́зыкой.

3) Моя́ сестра́ хо́чет стать изве́стной журнали́сткой.

4) Я ходи́л в теа́тр с хоро́шей подру́гой.

5) Я говори́л в па́рке с краси́вой де́вушкой.

6. 請依示例改寫下列句子

1) Утром она́ должна́ была́ отвеча́ть уро́к.

2) Вчера́ вы должны́ бы́ли повтори́ть э́тот текст.

3) За́втра жена́ должна́ бу́дет гото́вить обе́д.

4) Че́рез неде́лю студе́нты должны́ бу́дут купи́ть слова́рь.

5) За́втра я до́лжен бу́ду прочита́ть расска́з.

7. 填充題

1) ста́рую подру́гу, ста́рая подру́га, у ста́рой подру́ги, ста́рой подру́ге, о ста́рой подру́ге, со ста́рой подру́гой.

2) на́шей студе́нтки, на́шу студе́нтку, с на́шей студе́нткой, о на́шей студе́нтке, на́ша студе́нтка, на́шей студе́нтке.

3) в ма́ленькой реке́, ма́ленькая река́, к ма́ленькой реке́, с ма́ленькой реко́й, ма́ленькой реки́.

8. 請依提示回答下列問題

1) Мое́й знако́мой де́вушки, Мою́ знако́мую де́вушку, Мое́й знако́мой де́вушке, Моя́ знако́мая де́вушка, С мое́й знако́мой де́вушкой, О мое́й знако́мой де́вушке.

2) Кра́сная пло́щадь, Кра́сную пло́щадь, На Кра́сной пло́щади, На Кра́сную пло́щадь.

3) У симпати́чной ба́бушки, К симпати́чной ба́бушке, С симпати́чной ба́бушкой, Симпати́чной ба́бушки, Симпати́чную ба́бушку, О симпати́чной ба́бушке.

9. 連詞成句

1) Моя́ сестра́ интересу́ется ру́сской литерату́рой и му́зыкой.
2) В суббо́ту мы встре́тились со шко́льной подру́гой.
3) На́шей ма́тери нра́вится э́та карти́на.
4) Ива́н купи́л свое́й люби́мой де́вушке краси́вые цветы́.
5) У них в ма́ленькой дере́вне есть но́вая больни́ца.

10. 聽力測驗

1) a   2) c   3) a   4) b   5) c   6) c   7) b   8) c   9) a   10) c

　　Мою́ ма́му зову́т Ири́на Влади́мировна. Она́ инжене́р, рабо́тает на большо́м заво́де. Моего́ па́пу зову́т Бори́с Никола́евич. Он хи́мик, рабо́тает в иностра́нной фи́рме. У меня́ есть брат Са́ша, он студе́нт, у́чится в медици́нском институ́те. А я ещё учу́сь в шко́ле. Моя́ сестра́ Мари́на то́же шко́льница.

Уро́к 3

本課學習目標：1. 課文：Улица Арба́т、Анна Ахма́това
2. 對話：Кака́я пого́да?
3. 語法：複數名詞、形容詞、物主代詞的第二格
數字200-2000
俄國人姓名的變格
4. 句型：оди́н/ одна́/ одно́ из＋名詞複數第二格
Кака́я пого́да? (天氣的表示)

Текст-1　▶MP3-13

Улица Арба́т

«Ах, Арба́т, мой Арба́т, ты моё **Оте́чество**...», — писа́л об э́той у́лице **чуде́сный** поэ́т Була́т Окуджа́ва.

И москвичи́ разделя́ют его́ **чу́вства.**

Арба́т — одна́ из са́мых ста́рых **моско́вских** у́лиц. У неё **многовекова́я** исто́рия. На Арба́те нет совреме́нных **многоэта́жных** зда́ний, кото́рые **похо́жи**[1] **одно́ на друго́е как две ка́пли воды́.** Здесь ка́ждый дом **име́ет своё лицо́.** А ря́дом — небольши́е **переу́лки.** Ти́хие, **ую́тные. Арба́тские** переу́лки, да и сам Арба́т — жива́я исто́рия Москвы́. О **про́шлом**

э́того **уголка́** го́рода расска́зывают **назва́ния** переу́лков: **Де́нежный, Хле́бный, Столо́вый**...

В ти́хих, ую́тных арба́тских переу́лках[2] ты **забыва́ешь**, что нахо́дишься в огро́мном **шу́мном** го́роде, **вспомина́ешь** тех, кто жил здесь **когда́-то**, быва́л здесь. Это изве́стные в Росси́и **имена́. В их числе́** — **национа́льный** поэ́т А. С. Пу́шкин, кото́рый в 1831 (ты́сяча восемьсо́т три́дцать пе́рвом) году́ жил здесь, на Арба́те, в до́ме № 53. Он то́лько что **жени́лся** на ю́ной моско́вской **краса́вице** Ната́лье Гончаро́вой и **по́сле сва́дьбы** три ме́сяца жил в э́том до́ме. Это бы́ли са́мые счастли́вые дни его́ жи́зни.

43

Арба́т лю́бят все. Почему́ москвичи́ так лю́бят э́ти ти́хие переу́лки? Мо́жет быть, потому́ что они́ **храня́т черты́** ста́рой Москвы́, потому́ что Арба́т — одна́ из **страни́ц** ру́сской исто́рии.

оте́чество	祖國	чуде́сный	神奇的、非常好的
москви́ч	莫斯科人		
разделя́ть (未完；разделя́ю, разделя́ешь)/ раздели́ть (完；разделю́, разде́лишь) что			同意、贊同
чу́вство	感覺	моско́вский	莫斯科的
многовеково́й	很多世紀的	многоэта́жный	許多樓層的
похо́ж на кого́-что		相似、類似	
похо́жи одно́ на друго́е		彼此相似	
ка́пля	一滴、滴	как две ка́пли воды́	非常像
име́ть (未完；име́ю, име́ешь) кого́-что		有、擁有	
лицо́	面貌、特徵	име́ть своё лицо́	有自己的特色
переу́лок	小巷	ую́тный	舒適的
арба́тский	Арбат 的	про́шлое	(用作名詞) 過去
уголо́к (у́гол指小)	小角落	назва́ние	名稱
де́нежный	錢的、貨幣的	хле́бный	麵包的
столо́вый	桌子的、吃飯用的		
забыва́ть (未完；забыва́ю, забыва́ешь)/ забы́ть (完；забу́ду, забу́дешь) кого́-что, о ком-чём			忘記
шу́мный	喧嘩的、吵雜的		
вспомина́ть (未完；вспомина́ю, вспомина́ешь)/ вспо́мнить (完；вспо́мню, вспо́мнишь) кого́-что, о ком-чём			想起、回憶起
когда́-то	(副) 曾經、在某個時候	и́мя (複數：имена́)	名字
число́	數量、數目	в их числе́	其中
национа́льный	民族的		
жени́ться (未完；женю́сь, же́нишься)/ пожени́ться (完；поженю́сь, поже́нишься) на ком			娶…為妻
по́сле＋кого́-чего́	在…之後	сва́дьба	婚禮

храни́ть (未完；храню́, храни́шь) что		保存	
черта́	面容、臉龐	страни́ца	頁

Отве́тьте на вопро́сы:

1. Арба́т но́вая и́ли ста́рая у́лица?
2. Кака́я у э́той у́лицы исто́рия?
3. На э́той у́лице есть совреме́нные многоэта́жные зда́ния?
4. Арба́тские дома́ похо́жи оди́н на друго́й?
5. Каки́е переу́лки ря́дом?
6. О чём забыва́ешь в арба́тских переу́лках? Кого́ вспомина́ешь здесь?
7. А. С. Пу́шкин жил в одно́м[1] из арба́тских переу́лков и́ли на у́лице Арба́т? В како́м до́ме он жил? Когда́ и ско́лько вре́мени он жил в э́том до́ме?
8. Каки́е э́то бы́ли дни для Пу́шкина?
9. Москвичи́ лю́бят Арба́т? Почему́?

[1] 數詞 оди́н 的六格變化

	он	оно́	она́
第一格	оди́н	одно́	одна́
第二格	одного́	одного́	одно́й
第三格	одному́	одному́	одно́й
第四格	оди́н	одно́	одну́
第五格	одни́м	одни́м	одно́й
第六格	об одно́м	об одно́м	об одно́й

Текст-2 ▶ MP3-14

Анна Ахма́това

Анна Ахма́това — **я́ркая звезда́** ру́сской **поэ́зии**. Её стихи́ зна́ют и лю́бят все в Росси́и.

Пе́рвая кни́га стихо́в Анны Ахма́товой называ́лась «Ве́чер». Эта кни́га **появи́лась** в 1912 (ты́сяча девятьсо́т двена́дцатом) году́, когда́ молодо́й **поэте́ссе** бы́ло то́лько 23 го́да.

Это была́ молода́я, краси́вая, у́мная, тала́нтливая и уже́ изве́стная поэте́сса, кото́рая писа́ла о любви́. Тала́нтливые **компози́торы сочиня́ли** му́зыку на её стихи́.

Лу́чшие поэ́ты **посвяща́ли** стихи́ э́той **необыкнове́нной** же́нщине. У Ахма́товой бы́ло о́чень краси́вое, **вырази́тельное** лицо́.

Мно́гие изве́стные худо́жники рисова́ли её портре́ты. В Москве́ в **Литерату́рном** музе́е нахо́дится 200 (две́сти) её портре́тов и фотогра́фий. А в Петербу́рге, где **до́лгие** го́ды жила́ Анна Ахма́това, есть её музе́й.

Анна Ахма́това **прожила́** тру́дную, но интере́сную жизнь. У неё всегда́ бы́ло мно́го друзе́й, кото́рые бы́ли ря́дом с ней и **в ра́дости**, и в **го́ре**, кото́рые помога́ли ей в са́мые тру́дные мину́ты её жи́зни.

Мно́го стихо́в она́ посвяти́ла своему́ му́жу и дру́гу, изве́стному ру́сскому поэ́ту Никола́ю Гумилёву. Мно́гие её произведе́ния **опубликова́ли** не то́лько **при** жи́зни **а́втора**, но и **в тече́ние бо́лее чем** двух **десятиле́тий** по́сле её **сме́рти**. **Тво́рчество** Ахма́товой **получи́ло мирово́е призна́ние**.

я́ркий	明亮的	звезда́	星星
поэ́зия	詩、詩歌		
появля́ться (未完；появля́юсь, появля́ешься)/ появи́ться (完；появлю́сь, поя́вишься)			出現
поэте́сса	女詩人	компози́тор	作曲家
сочиня́ть (未完；сочиня́ю, сочиня́ешь)/ сочини́ть (完；сочиню́, сочини́шь) что			編寫
лу́чший	最好的、(最)優秀的		
посвяща́ть (未完；посвяща́ю, посвяща́ешь)/ посвяти́ть (完；посвящу́, посвяти́шь) что кому́-чему́			貢獻、獻給
необыкнове́нный	非凡的	вырази́тельный	富於表情的
литерату́рный	文學的	до́лгий	長久的
прожива́ть (未完；прожива́ю, прожива́ешь)/ прожи́ть (完；проживу́, проживёшь) что			居住(若干時間)
ра́дость (она́)	喜悅	в ра́дости	喜悅時
го́ре	痛苦、悲傷		
публикова́ть (未完；публику́ю, публику́ешь)/ опубликова́ть (完；опублику́ю, опублику́ешь) что			刊載、發表
при ком-чём	在…時候、…在世時	а́втор	作者
тече́ние	水流、流	в тече́ние чего́	在…期間
бо́лее чем	比…多	десятиле́тие	十年

смéрть (онá)	死亡	твóрчество	創作、作品
получáть (未完；получáю, получáешь)/ получи́ть (完；получу́, полу́чишь) что			得到、獲得
мировóй	世界的	призна́ние	承認、讚揚
получи́ть призна́ние		獲得承認	

Отвéтьте на вопрóсы:

1. Кто такáя Áнна Ахмáтова?
2. Скóлько лет бы́ло Áнне Ахмáтовой, когдá вы́шла её пéрвая кни́га?
3. Как называ́лась пéрвая кни́га Áнны Ахмáтовой?
4. О чём писáла Áнна Ахмáтова?
5. Скóлько портрéтов и фотогрáфий Áнны Ахмáтовой нахóдится в Литератýрном музéе?
6. Какáя былá жизнь у Áнны Ахмáтовой?
7. Комý Áнна Ахмáтова посвяти́ла мнóгие свои́ стихи́?
8. Когдá опубликовáли произведéния Áнны Ахмáтовой?
9. Áнну Ахмáтову знáет весь мир?

Какáя погóда?

Диалóг-1 ▶ MP3-15

Ми́ша: Ира, какáя сегóдня погóда?

Ира: Сегóдня теплó.

Ми́ша: А какáя **температýра** сегóдня?

Ира: Сегóдня +10° (дéсять **грáдусов**).

Ми́ша: Зáвтра мы пойдём в **зоопáрк**. Ты знáешь, какáя погóда бýдет зáвтра?

Ира: По телеви́зору **передавáли**, что бýдет хóлодно. Нóчью -5° (**ми́нус** пять грáдусов), **днём** +2° (два грáдуса **теплá**). Си́льный вéтер.

температýра	溫度、氣溫	грáдус	度數
зоопáрк	動物園		
передавáть (未完；передаю́, передаёшь)/ передáть (完；передáм, передáшь, передáст, передади́м, передади́те, передадýт)			轉播、播報
ми́нус	負號、負數、零下	днём	(副) 白天時
теплó	溫暖、零上氣溫		

Диало́г-2 ▶MP3-16

Ван Мин: Серге́й, скажи́те, пожа́луйста, кака́я пого́да
обы́чно ле́том в Москве́?

Серге́й: Обы́чно тепло́, +20° (два́дцать гра́дусов), +22°
(два́дцать два гра́дуса). **Све́тит** со́лнце. В ию́ле
иногда́ **жа́рко**, **до** + 30° (тридцати́ гра́дусов). В
а́вгусте **прохла́днее**.

Ван Мин: А о́сенью?

Серге́й: Осенью всегда́ **прохла́дно**. Ча́сто идёт дождь. Температу́ра в сентябре́
+10° (де́сять гра́дусов), +12° (двена́дцать гра́дусов), в октябре́ уже́ хо́лодно,
от 0° (**нуля́**[1] гра́дусов) до -2° (ми́нус двух гра́дусов). Иногда́ идёт снег.

Ван Мин: А зимо́й в Москве́ всегда́ хо́лодно?

Серге́й: Обы́чно зимо́й хо́лодно. Температу́ра **от** -10° (ми́нус десяти́ гра́дусов) до
-20° (ми́нус двадцати́ гра́дусов). Ча́сто идёт снег, ду́ет си́льный ве́тер. **Моро́з**
иногда́ до -30° (ми́нус тридцати́ гра́дусов).

[1] нуль или ноль 均表示數字「零」，電話號碼用 ноль 表示，溫度以 нуль 表示。

свети́ть (未完；свечу́, све́тишь)		發光、照耀
жа́рко	(副) 炎熱地	
до＋кого́-чего́	到(表示時間、空間的距離)	
прохла́дно (比較級：прохла́днее)		(副) 涼爽地
от＋кого́-чего́	從(表示範圍的起點)　нуль (或ноль；он)	數字「零」
моро́з	嚴寒、零下氣溫	

Диало́г-3 ▶MP3-17

Лари́са: Алексе́й, ты не зна́ешь, кака́я пого́да бу́дет **в
ближа́йшие дни**?

Алексе́й: Я купи́л газе́ту. Сейча́с посмо́трим. Так...
За́втра бу́дет тепло́, днём +15° (пятна́дцать
гра́дусов), +18° (восемна́дцать гра́дусов), дождя́
не бу́дет. **Послеза́втра** бу́дет ещё **тепле́е**. Но,
мо́жет быть, бу́дет до́ждь.

Лари́са: А ты не зна́ешь, кака́я температу́ра сего́дня?

Алексе́й: Я ду́маю, гра́дусов 10[1]. А ты как ду́маешь?

Лари́са: Я ду́маю, **ме́ньше**, гра́дусов 7-8.

¹ 10 гра́дусов 為「10 度」，гра́дусов 10 表示「約 10 度」。

ближа́йший (бли́зкий 的最高級)	最近的	
в ближа́йшие дни 最近幾天	послеза́втра	(副) 後天
тепле́е (тепло́ 的比較級)	較溫暖	
ме́ньше (ма́ло 的比較級)	較少	

語法

1. 複數名詞的第二格

性	單數第一格	複數第二格	註　解
陽	студе́нт дом оте́ц	студе́нт**ов** дом**о́в** отц**о́в**	子音＋ **-ов**
陽	ме́сяц геро́й	ме́сяц**ев** геро́**ев**	非重音的 **-ц** ＋ **-ев** **-й** — **-ев**
陽	слова́рь писа́тель врач това́рищ каранда́ш нож	словар**е́й** писа́тел**ей** врач**е́й** това́рищ**ей** карандаш**е́й** нож**е́й**	**-ь** — **-ей**, **-ж, -ч, -ш, -щ** ＋ **-ей**
中	письмо́ окно́	пи́сем о́кон	**-о** — 去字尾
中	мо́ре по́ле	мор**е́й** пол**е́й**	**-е** — **-ей**
中	зда́ние собра́ние	зда́н**ий** собра́н**ий**	**-ие** — **-ий**
陰	кни́га сестра́ пе́сня	книг сестёр пе́сен	**-а, -я** — 去字尾
陰	тетра́дь пло́щадь	тетра́д**ей** площад**е́й**	**-ь** — **-ей**
陰	аудито́рия ста́нция	аудито́р**ий** ста́нц**ий**	**-ия** — **-ий**

註：以 -o, -a, -я 結尾的名詞，構成複數第二格時，去字尾後若為兩個連續子音，
　　則在兩子音間加入母音 o 或 e。

　　1) 若第一個子音為 ж, ч, ш, щ 時，加母音 e。

　　　　例：руба́шка － руба́шек　　　　　　　ло́жка － ло́жек

　　　　　　де́вушка － де́вушек　　　　　　　ру́чка － ру́чек

　　2) 若兩子音中有 к, г, х 而另一個子音不是 ж, ч, ш, щ 時，加母音 o。

　　　　例：студе́нтка － студе́нток　　　　　ви́лка － ви́лок

　　　　　　ша́пка － ша́пок　　　　　　　　окно́ － о́кон

　　3) 其他情形時，加母音 e。

　　　　例：сестра́ － сестёр　　　　　　　　пе́сня － пе́сен

　　　　　　письмо́ － пи́сем　　　　　　　　дере́вня － дереве́нь

例外：

單數第一格	複數第一格	複數第二格
мать	ма́тери	матере́й
дочь	до́чери	дочере́й
сын	сыновья́	сынове́й
друг	друзья́	друзе́й
муж	мужья́	муже́й
челове́к	лю́ди	люде́й
ребёнок	де́ти	дете́й
брат	бра́тья	бра́тьев
стул	сту́лья	сту́льев
де́рево	дере́вья	дере́вьев
пла́тье	пла́тья	пла́тьев

2. 形容詞的第二格

	陽性		中性		陰性		複數	
第一格	но́вый	си́ний	но́вое	си́нее	но́вая	си́няя	но́вые	си́ние
第二格	но́вого	си́него	но́вого	си́него	но́вой	си́ней	но́вых	си́них
詞尾	-ого/ -его		-ого/ -его		-ой/ -ей		-ых/ -их	

3. 物主代詞的第二格

	陽性		中性		陰性		複數	
第一格	мой	наш	моё	на́ше	моя́	на́ша	мои́	на́ши
第二格	моего́	на́шего	моего́	на́шего	мое́й	на́шей	мои́х	на́ших

4. 指示代詞與限定代詞的第二格

	陽性		中性		陰性		複數	
第一格	э́тот	весь	э́то	всё	э́та	вся	э́ти	все
第二格	э́того	всего́	э́того	всего́	э́той	всей	э́тих	всех

例：

Как мно́го де́вушек хоро́ших!

Ско́лько книг, ско́лько словаре́й, ско́лько уче́бников!

5. 數字200-2000

	數字	序數
200	две́сти	двухсо́тый
300	три́ста	трёхсо́тый
400	четы́реста	четырёхсо́тый
500	пятьсо́т	пятисо́тый
600	шестьсо́т	шестисо́тый
700	семьсо́т	семисо́тый
800	восемьсо́т	восьмисо́тый
900	девятьсо́т	девятисо́тый
1000	ты́сяча	ты́сячный
2000	две ты́сячи	двухты́сячный

6. 第二格的用法

（1）所有格的表示，或整體的一部份。

Он чита́л стихи́ молоды́х поэ́тов.

Это зда́ние на́шего университе́та.

（2）у кого́表示誰有，或東西在誰那兒。

У мои́х роди́телей есть маши́на.

（3）表示否定。

現在式　Сего́дня отца́ нет до́ма.

過去式　Вчера́ отца́ не́ было до́ма.

未來式　За́втра отца́ не бу́дет до́ма.

（4）與數詞連用：

2, 3, 4 ＋ 單數第二格

5-20, ско́лько, не́сколько, мно́го, ма́ло ＋ 複數第二格

У кого́	чего́ нет?	
	нет	журна́лов.
У студе́нтов	нет	газе́т.
	нет	пи́сем.
	нет	словаре́й.
У студе́нток	нет	тетра́дей.

7. 俄國人姓名的變格

俄國人的姓名全稱由三個部分組成：名字（и́мя）、父稱（о́тчество）和姓（фами́лия）。例如：Алекса́ндр Серге́евич Пу́шкин, Анто́н Па́влович Че́хов.

名字和父稱的變格：名字和父稱的變格與陽性名詞相同。

第一格	Ива́н Петро́вич	Анна Петро́вна
第二格	Ива́на Петро́вича	Анны Петро́вны
第三格	Ива́ну Петро́вичу	Анне Петро́вне
第四格	Ива́на Петро́вича	Анну Петро́вну
第五格	Ива́ном Петро́вичем	Анной Петро́вной
第六格	об Ива́не Петро́виче	об Анне Петро́вне

（1）姓的變格

① 以 -ов, -ев, -ин, -ын 結尾的男性的姓氏，依陽性名詞變格，但第五格詞尾為 -ым。

第一格	Гумилёв	Че́хов	Пу́шкин
第二格	Гумилёва	Че́хова	Пу́шкина
第三格	Гумилёву	Че́хову	Пу́шкину
第四格	Гумилёва	Че́хова	Пу́шкина
第五格	Гумилёвым	Че́ховым	Пу́шкиным
第六格	о Гумилёве	о Че́хове	о Пу́шкине

② 以 -ова, -ева, -ина, -ына 結尾的女性姓氏，第四格詞尾為 -у，其他各格的詞尾都是 -ой。

第一格	Ахма́това	Че́хова	Пу́шкина
第二格	Ахма́товой	Че́ховой	Пу́шкиной
第三格	Ахма́товой	Че́ховой	Пу́шкиной
第四格	Ахма́тову	Че́хову	Пу́шкину
第五格	Ахма́товой	Че́ховой	Пу́шкиной
第六格	об Ахма́товой	о Че́ховой	о Пу́шкиной

③ 以形容詞結尾的姓氏，依形容詞變格。

第一格	Остро́вский	Чайко́вская
第二格	Остро́вского	Чайко́вской
第三格	Остро́вскому	Чайко́вской
第四格	Остро́вского	Чайко́вскую
第五格	Остро́вским	Чайко́вской
第六格	об Остро́вском	о Чайко́вской

Это па́мятник (銅像) Петру́ Пе́рвому.

Это портре́т Алекса́ндра Серге́евича Пу́шкина.

句型

1. оди́н/ одна́/ одно́ из＋名詞複數第二格

Пу́шкин — оди́н из са́мых изве́стных писа́телей в Росси́и.
普希金是俄羅斯最有名的作家之一。

Арба́т — одна́ из са́мых ста́рых моско́вских у́лиц.
阿爾巴特街是莫斯科最古老的街道之一。

Байка́л — одно́ из са́мых глубо́ких озёр в ми́ре.
貝加爾湖是世界上最深的湖之一。

2. Кака́я пого́да? （天氣的表示）

現在式	過去式	未來式
Кака́я сего́дня пого́да?	Кака́я пого́да **была́** вчера́?	Кака́я пого́да **бу́дет** за́втра?
Сего́дня хоро́шая пого́да.	Вчера́ **была́** хоро́шая пого́да.	За́втра **бу́дет** хоро́шая пого́да.
плоха́я пого́да.	плоха́я пого́да.	плоха́я пого́да.
тепло́.	**бы́ло** тепло́.	тепло́.
хо́лодно.	хо́лодно.	хо́лодно.
хорошо́.	хорошо́.	хорошо́.
пло́хо.	пло́хо.	пло́хо.

練習測驗

1. 請寫出下列物品的價格

1) 800 руб.	—Ско́лько сто́ит су́мка? _____ _____
2) 450 руб.	—Ско́лько сто́ит ла́мпа? _____ _____
3) 2500 руб.	—Ско́лько сто́ит костю́м? _____ _____
4) 2200 руб.	—Ско́лько сто́ит ша́пка? _____ _____
5) 350 руб.	—Ско́лько сто́ит кни́га? _____ _____
6) 990 руб.	—Ско́лько сто́ят часы́? _____ _____

2. 請依示例改寫下列句子

　　Образец: В библиотéке есть инострáнные журнáлы?

　　　　→ *В библиотéке нет инострáнных журнáлов.*

　1) В э́том гóроде есть дéтские теáтры?

　　_____

　2) На э́той у́лице есть высóкие здáния?

　　_____

　3) В э́том райóне (地區) есть большúе магазúны?

　　_____

　4) В э́том киóске (售貨亭) есть ру́сские газéты?

　　_____

　5) В аудитóрии есть свобóдные местá?

　　_____

　6) В э́том учéбнике есть тру́дные упражнéния?

　　_____

3. 填充題

　1) У Натáши однá сестрá и три _____. (брат)

　2) В саду́ сидя́т преподавáтель и дéсять _____. (студéнт)

　3) Шкóльники ужé сдéлали четы́ре _____. (упражнéние)

　4) На столé лежúт нéсколько _____. (словáрь)

　5) В нáшем университéте пять _____. (библиотéка)

　6) У нас в гóроде мнóго _____. (ресторáн)

4. 請寫出下列各圖中的數量

1) На столé (2) _____, (3) _____ и (4) _____.

56

2) На по́лке (5) _____, (6) _____ и (7) _____.

3) В библиоте́ке мно́го _____, _____ и _____.

4) В универма́ге мно́го _____, _____, _____ и _____.

5) В го́роде не́сколько _____, _____, _____ и _____.

5. 請依示例改寫下列句子

Образе́ц: На столе́ лежа́т тетра́ди мои́х бра́тьев.
→ *На столе́ лежи́т тетра́дь моего́ бра́та.*

1) Около до́ма стоя́т маши́ны на́ших преподава́телей.

_____

2) На стене́ вися́т фотогра́фии мои́х сестёр.

_____

3) В коридо́ре стоя́т велосипе́ды ва́ших друзе́й.

_____

4) На по́лке стоя́т словари́ кита́йских студе́нтов.

_____

5) В за́ле на стене́ вися́т карти́ны изве́стных худо́жников.

_____

6. 填充题

1) На уро́ке мы говори́ли об _____. (Алекса́ндр Пу́шкин)

2) Мой друг лю́бит стихи́ _____. (Анна Ахма́това)

3) Когда́ _____ испо́лнилось девятна́дцать лет, он отпра́вился в Москву́, что́бы поступи́ть в шко́лу. (Михаи́л Ломоно́сов)

4) Ру́сский худо́жник Исаа́к Левита́н дружи́л с писа́телем _____ _____. (Анто́н Че́хов)

5) Э́тот ма́льчик о́чень похо́ж на космона́вта _____. (Юрий Гага́рин)

7. 填充题

1) Мы чита́ем расска́зы _____. (ру́сские писа́тели)

2) Студе́нты бы́ли на вы́ставке _____. (совреме́нные худо́жники)

3) В про́шлом ме́сяце студе́нты _____ е́здили в Петербу́рг. (ста́ршие ку́рсы)

4) Ученики́ чита́ют стихи́ _____. (изве́стные поэ́ты)

5) Оле́г показа́л нам фотогра́фии _____. (его́ бли́зкие друзья́)

8. 連詞成句

1) Сего́дня, день, рожде́ние, у, Па́вел, поэ́тому, друзья́, купи́ть, он, мно́го, пода́рок.

_____

_____

2) У, они́, в, дере́вня, не́сколько, шко́ла, и, небольшо́й, библиоте́ка.

_____

_____

3) В, э́тот, аудито́рия, есть, два, дверь, и, не́скллко, окно́.

_____

_____

4) На, се́вер, наш, страна́, мно́го, река́, на, восто́к, мно́го, гора́, и, лес.

_____

_____

5) На, стол, наш, преподава́тель, обы́чно, лежа́ть, не́сколько, уче́бник, слова́рь, и, тетра́дь, студе́нты.

_____

_____

_____

9. 聽力測驗　▶MP3-18

1) Я _____.
   a. тайва́нец　　　　b. москви́ч　　　　c. петербу́ржец

2) Мой друг Ван Мин _____.
   a. тайва́нец　　　　b. москви́ч　　　　c. петербу́ржец

3) Мы у́чимся в _____.
   a. шко́ле　　　　b. институ́те　　　　c. университе́те

4) По́сле уро́ков мы обы́чно занима́емся в _____.
   a. общежи́тии　　b. свое́й ко́мнате　　c. библиоте́ке

5) Я помога́ю своему́ дру́гу изуча́ть _____ язы́к.
   a. ру́сский　　　　b. англи́йский　　　c. кита́йский

6) В свобо́дное вре́мя мы ча́сто быва́ем _____.
   a. в па́рке и в бассе́йне　　　　　　b. на стадио́не и в кино́
   c. на ры́нке и в магази́не

練習測驗解答

1. 請寫出下列物品的價格

   1) Су́мка сто́ит восемьсо́т рубле́й.

   2) Ла́мпа сто́ит четы́реста пятьдеся́т рубле́й.

   3) Костю́м сто́ит две ты́сячи пятьсо́т рубле́й.

4) Ша́пка сто́ит две ты́сячи две́сти рубле́й.

5) Кни́га сто́ит три́ста пятьдеся́т рубле́й.

6) Часы́ стоя́т девятьсо́т девяно́сто рубле́й.

2. 請依示例改寫下列句子

1) В э́том го́роде нет де́тских теа́тров.

2) На э́той у́лице нет высо́ких зда́ний.

3) В э́том райо́не нет больши́х магази́нов.

4) В э́том кио́ске нет ру́сских газе́т.

5) В аудито́рии нет свобо́дных мест.

6) В э́том уче́бнике нет тру́дных упражне́ний.

3. 填充題

1) бра́та   2) студе́нтов.   3) упражне́ния.

4) словаре́й.   5) библиоте́к.   6) рестора́нов.

4. 請寫出下列各圖中的數量

1) На столе́ две таре́лки, три стака́на и четы́ре ча́шки.

2) На по́лке пять ноже́й, шесть ви́лок и семь ло́жек.

3) В библиоте́ке мно́го книг, журна́лов и словаре́й.

4) В универма́ге мно́го руба́шек, пальто́, пла́тьев и ша́пок.

5) В го́роде не́сколько стадио́нов, теа́тров, апте́к и ста́нций метро́.

5. 請依示例改寫下列句子

1) Около до́ма стои́т маши́на на́шего преподава́теля.

2) На стене́ виси́т фотогра́фия мое́й сестры́.

3) В коридо́ре стои́т велосипе́д ва́шего дру́га.

4) На по́лке стои́т слова́рь кита́йского студе́нта.

5) В за́ле на стене́ виси́т карти́на изве́стного худо́жника.

6. 填充題

1) Алекса́ндре Пу́шкине.   2) Анны Ахма́товой.

3) Михаи́лу Ломоно́сову.   4) Анто́ном Че́ховым.

5) Юрия Гагари́на.

7. 填充題

1) ру́сских писа́телей.   2) совреме́нных худо́жников.   3) ста́рших ку́рсов.

4) изве́стных поэ́тов.   5) свои́х бли́зких друзе́й.

8. 連詞成句

1) Сего́дня день рожде́ния у Па́вла, поэ́тому друзья́ купи́ли ему́ мно́го пода́рков.

2) У них в дере́вне не́сколько школ и небольши́х библиоте́к.

3) В э́той аудито́рии есть две две́ри и не́сколько о́кон.

4) На се́вере на́шей страны́ мно́го рек, на восто́ке мно́го гор и лесо́в.

5) На столе́ на́шего преподава́теля обы́чно лежа́т не́сколько уче́бников, словаре́й и тетра́дей студе́нтов.

9. 聽力測驗

1) b   2) a   3) c   4) c   5) a   6) b

Мой родно́й го́род — Москва́. Здесь я роди́лся и живу́. Я уже́ ко́нчил шко́лу и сейча́с учу́сь в университе́те. У меня́ мно́го друзе́й. Они́ то́же студе́нты. Оди́н из них прие́хал с Тайва́ня. Его́ зову́т Ван Мин. Ве́чером, по́сле уро́ков, мы с ним обы́чно занима́емся вме́сте в библиоте́ке. Я помога́ю ему́ изуча́ть ру́сский язы́к. В свобо́дное вре́мя мы ча́сто быва́ем на стадио́не и в кино́, а иногда́ — в теа́тре, на вы́ставке.

63

Уро́к 4

本課學習目標：1. 課文：Пе́рвая любо́вь、Не́сколько слов о Пастерна́ке
               2. 對話：В рестора́не «Ру́сская изба́»
               3. 語法：複數名詞、形容詞、物主代詞的第四格
               4. 句型：(人) начина́ть, конча́ть, продолжа́ть
                       (事物) начина́ться, конча́ться, продолжа́ться

Текст-1 ▶ MP3-19

Пе́рвая любо́вь

Одна́жды мы с друзья́ми[1] сиде́ли на берегу́ реки́ и разгова́ривали. Мы говори́ли о любви́ и её **значе́нии** в жи́зни ка́ждого челове́ка. Мои́ друзья́ бы́ли уже́ **немолоды́е** лю́ди. У них был большо́й **жи́зненный о́пыт**. Они́ говори́ли о том, что любо́вь мо́жет быть ра́зная. Мо́жно люби́ть роди́телей и дете́й, мо́жно люби́ть Ро́дину. А мо́жно люби́ть де́вушку и́ли же́нщину. **Бо́льше всего́** мне понра́вился расска́з Вади́ма Алекса́ндровича. Вот что он рассказа́л о свое́й пе́рвой **романти́ческой** любви́.

«Когда́ мне бы́ло 15 лет, я **влюби́лся** в одну́ де́вушку. Она́ была́ высо́кой, **стро́йной**, у неё бы́ли краси́вые и до́брые глаза́. Мы учи́лись в одно́й шко́ле. Ка́ждое у́тро я **приходи́л** во двор до́ма, где она́ жила́, и ждал, когда́ она́ пойдёт в шко́лу. Я встреча́л её, она́ говори́ла мне то́лько «Здра́вствуй!», и мы вме́сте шли в шко́лу и **молча́ли**. Она́ о́чень нра́вилась мне, но я не мог сказа́ть ей об э́том.

Тогда́ я реши́л написа́ть ей о том, как я её люблю́, и отда́ть письмо́ свое́й **люби́мой**. Но когда́ я встре́тился с ней, я опя́ть сказа́л ей то́лько «Здра́вствуй!», а письмо́ так и не смог **отда́ть**.

Ка́ждое у́тро я реша́л: «Сего́дня я обяза́тельно отда́м ей письмо́». Но когда́ я встреча́л её, я не мог сде́лать э́того и **не мог сказа́ть ей ни одного́ сло́ва**. Так **продолжа́лось** два го́да. Я о́чень люби́л э́ту де́вушку, но не мог сказа́ть ей об э́том. Всё э́то вре́мя я **наде́ялся,** что я то́же нра́влюсь ей...

Но одна́жды мы не встре́тились во дворе́ её до́ма. Я **узна́л**, что она́ уе́хала в друго́й го́род. Я и сейча́с **по́мню** её до́брые глаза́ и ти́хий **го́лос**, кото́рый говори́л мне: «Здра́вствуй!»

[1] друзья́ми 為 друзья́ 的第五格。

значе́ние	意義	немолодо́й	年紀不輕的、中年的
жи́зненный	生命的、生活的	о́пыт	經驗、閱歷
бо́льше всего́	最	романти́ческий	浪漫的
влюбля́ться (未完；влюбля́юсь, влюбля́ешься)/ влюби́ться (完；влюблю́сь, влю́бишься) в кого́-что			愛上…
стро́йный	苗條的		
приходи́ть (未完；прихожу́, прихо́дишь)/ прийти́ (完；приду́, придёшь; пришёл, пришла́)			來到
молча́ть (未完；молчу́, молчи́шь)		沈默	
люби́мый	(用作名詞) 喜愛的人		
отдава́ть (未完；отдаю́, отдаёшь) кого́-что/ отда́ть (完；отда́м, отда́шь, отда́ст, отдади́м, отдади́те, отдаду́т)			交給、送給
не мог сказа́ть ей ни одного́ сло́ва		連一個字也無法對她說	
продолжа́ться (未完；продолжа́ется, продолжа́ются)			持續(一段時間)
наде́яться (未完；наде́юсь, наде́ешься) на что			希望
узнава́ть (未完；узнаю́, узнаёшь) / узна́ть (完；узна́ю, узна́ешь) кого́-что, о ком-чём			得知、發現
по́мнить (未完；по́мню, по́мнишь) кого́-что, о ком-чём			記得、記住
го́лос	聲音		

Отве́тьте на вопро́сы:

1. Что говори́ли о любви́ мой друзья́?
2. Чей расска́з мне понра́вился бо́льше всего́?
3. Когда́ у Вади́ма Алекса́ндровича была́ пе́рвая любо́вь?
4. В каку́ю де́вушку влюби́лся Вади́м?
5. Как они́ познако́мились?
6. Что она́ говори́ла, когда́ они́ встреча́лись?
7. Что Вади́м реши́л сде́лать, что́бы сказа́ть де́вушке о любви́?
8. В конце́ концо́в (最終) Вади́м о́тдал де́вушке письмо́? Почему́?
9. Как вы ду́маете, нра́вится ли (是否) Вади́м де́вушке?

Текст-2 ▶MP3-20

Не́сколько слов о Пастерна́ке

Бори́с Леони́дович Пастерна́к — изве́стный росси́йский поэ́т и писа́тель, тала́нтливый перево́дчик. Он роди́лся в Москве́. Его́ оте́ц был **замеча́тельным** худо́жником, мать — прекра́сной **пиани́сткой**. В де́тстве он мог ви́деть в своём до́ме **мно́гих** изве́стных композиторов, худо́жников, писа́телей. Осо́бенно Бори́с люби́л компози́тора Алекса́ндра Скря́бина. Он да́же мечта́л стать компози́тором.

До **поступле́ния** в **гимна́зию** Пастерна́к смог получи́ть прекра́сное **дома́шнее образова́ние**. По́сле гимна́зии он учи́лся в Моско́вском университе́те и **око́нчил** его́ в 1913 (ты́сяча девятьсо́т трина́дцатом) году́. Пастерна́к о́чень интересова́лся **филосо́фией**. Поэ́тому он **продолжа́л** изуча́ть филосо́фию в **Герма́нии**.

Всё э́то вре́мя он не забыва́л му́зыку. Бори́с **прослу́шал предме́ты композиторского** факульте́та **консервато́рии** и хоте́л сдать экза́мены. Когда́ он верну́лся в Москву́, он реши́л выступа́ть как пиани́ст. Но **вско́ре** Пастерна́к по́нял, что его́ **призва́ние** не му́зыка, а поэ́зия.

Стихи́ он на́чал писа́ть ле́том 1909 (ты́сяча девятьсо́т девя́того) го́да. Пе́рвая кни́га стихо́в «Сестра́ моя́ — жизнь» **име́ла успе́х у чита́телей**. В 1935 (ты́сяча девятьсо́т три́дцать пя́том) году́ он на́чал переводи́ть Шекспи́ра. **Перево́дами**[1] книг иностра́нных писа́телей он продолжа́л занима́ться всю жизнь. **В то же вре́мя** он писа́л **по́вести, рома́ны**. Са́мый знамени́тый рома́н Пастерна́ка — «**До́ктор Жива́го**». Произведе́ния Пастерна́ка лю́бят чита́ть не то́лько в Росси́и, но и во всём ми́ре.

---

[1]   перево́дами 為 перево́ды 的第五格。

не́сколько	(數) 一些、幾個	замеча́тельный	優秀、出色的
пиани́ст(ка)	男(女)鋼琴家	мно́гие	許多的、很多的
поступле́ние	進入	гимна́зия	(舊俄的)中學
дома́шний	家庭的	образова́ние	教育

ока́нчивать (未完；ока́нчиваю, ока́нчиваешь)/ око́нчить (完；око́нчу, око́нчишь) что		完成、結束	
филосо́фия	哲學		
продолжа́ть (未完；продолжа́ю, продолжа́ешь) что/動詞不定式		繼續	
Герма́ния	德國		
прослу́шать (完；прослу́шаю, прослу́шаешь) что		聽完(某課程)	
предме́т	科目	компози́торский	作曲的
консервато́рия	音樂學院	вско́ре	(副) 很快(就)
призва́ние	天賦、天職	успе́х	歡迎、讚許
чита́тель (он)	讀者		
име́ть успе́х у чита́телей		受到讀者歡迎	
перево́д	翻譯	в то же вре́мя	同時
по́весть (она́)	中篇小說	рома́н	長篇小說
До́ктор Жива́го	齊瓦哥醫生		

Отве́тьте на вопро́сы:

1. Кто тако́й Бори́с Леони́дович Пастерна́к?

2. Где он роди́лся?

3. Кем бы́ли его́ роди́тели?

4. Кого́ он мог ви́деть в своём до́ме в де́тстве?

5. Кем он мечта́л стать?

6. Чем Пастерна́к интересова́лся? Что и где он продолжа́л изуча́ть?

7. Когда́ он на́чал писа́ть стихи́?

8. Как называ́ется его́ пе́рвая кни́га стихо́в?

9. Чьи произведе́ния он на́чал переводи́ть в 1935 году́?

10. Что он писа́л в то же вре́мя?

11. Как называ́ется са́мый знамени́тый рома́н Пастерна́ка?

12. Кто лю́бит чита́ть произведе́ния Пастерна́ка?

В рестора́не «Ру́сская изба́»

Диало́г ▶MP3-21

Ири́на: Вот мы и пришли́.

(Ван Мин и Ири́на **вхо́дят** в рестора́н «Ру́сская **изба́**».)

Ири́на: Извини́те, э́тот сто́лик **свобо́ден**?

Официа́нт: К сожале́нию, за́нят. Сади́тесь[1], пожа́луйста, **сюда́**.

(Ван Мин **с интере́сом рассма́тривает зал**.)

Ван Мин: Мне здесь нра́вится. Почти́ как в **дереве́нской** избе́.

Ири́на: Мо́жно **меню́**?

Официа́нт: Пожа́луйста.

(Ван Мин и Ири́на смо́трят меню́.)

Ван Мин: **Мне повезло́**. Здесь есть **марино́ванные грибы́**. Я давно́ хоте́л их **попро́бовать**. **Никогда́** не ел марино́ванных грибо́в.

Ири́на: А я возьму́ **овощно́й** сала́т. Суп бу́дем есть?

Ван Мин: Коне́чно. Мне о́чень нра́вится... Как э́то называ́ется по-ру́сски?... Вспо́мнил — борщ.

Ири́на: А я возьму́ **уху́ по-ца́рски**.

Ван Мин: Уха́? А что э́то тако́е?

Ири́на: Это **ры́бный** суп. А что возьмём на второ́е? Мо́жет быть, мя́со **по-дома́шнему**.

Ван Мин: Прекра́сно, берём мя́со по-дома́шнему.

(**Подхо́дит** официа́нт.)

Официа́нт: Вы уже́ реши́ли, что бу́дете **зака́зывать**?

Ири́на: Да, мы уже́ **вы́брали**. **Принеси́те** нам, пожа́луйста, на **заку́ску** — овощно́й сала́т и марино́ванные грибы́, на пе́рвое — борщ и уху́ по-ца́рски, на второ́е — мя́со по-дома́шнему, две **по́рции**.

Официа́нт: **Что ещё жела́ете**?

Ван Мин: Я бы ещё хоте́л попро́бовать икру́.

Официа́нт: Кра́сную или чёрную?

Ван Мин: **И ту, и другу́ю**.

Официа́нт: Как говоря́т, **аппети́т прихо́дит во вре́мя еды́**.

Ван Мин: **Согла́сен** с ва́ми. Люблю́ вку́сно **пое́сть**.

Официа́нт: А что бу́дете пить?

Ван Мин: У вас есть **пи́во**?

Официа́нт: Есть пи́во «**Ба́лтика**».

Ван Мин: Две **буты́лки**, пожа́луйста.

    (Официа́нт прино́сит **зака́з**.)

Официа́нт: **Прия́тного аппети́та!**

    (Че́рез **не́которое** вре́мя.)

Ван Мин: Принеси́те, пожа́луйста, **счёт**.

Официа́нт: Вот, пожа́луйста, счёт.

    (Ван Мин **пла́тит за у́жин**.)

Ван Мин: Сего́дня я **угоща́ю**. Я плачу́.

Ири́на: Спаси́бо.

Ван Мин: Всё бы́ло о́чень вку́сно!

Официа́нт: **Приходи́те** к нам ещё!

Ван Мин: Обяза́тельно придём.

---

[1] сади́тесь 為命令式，不定式為 сади́ться。

входи́ть (未完；вхожу́, вхо́дишь)/ войти́ (完；войду́, войдёшь; вошёл, вошла́)			進入
изба́	農村木屋		
свобо́ден	(短尾形容詞；長尾為 свобо́дный)		空著的、未被佔用的
сюда́	(副) 到這裡、 往這裡	с интере́сом	感興趣地
рассма́тривать (未完；рассма́триваю, рассма́триваешь)/ рассмотре́ть (完；рассмотрю́, рассмо́тришь) кого́-что			察看、觀察
зал	大廳、廳堂	дереве́нский	鄉村的
меню́ (оно́,不變格)	菜單	Мне повезло́.	我運氣好。
марино́ванный	醋漬的	гриб	蘑菇
про́бовать (未完；про́бую, про́буешь)/ попро́бовать (完；попро́бую, попро́буешь) что			品、嚐
никогда́	(副) 從不	овощно́й	蔬菜的
уха́	鮮魚湯	по-ца́рски	沙皇式地
ры́бный	魚的	по-дома́шнему	家常地
подходи́ть (未完；подхожу́, подхо́дишь)/ подойти́ (完；подойду́, подойдёшь; подошёл, подошла́) к кому́-чему́			走近

Russian	中文		
зака́зывать (未完；зака́зываю, зака́зываешь)/ заказа́ть (完；закажу́, зака́жешь) что	點定、訂購		
выбира́ть (未完；выбира́ю, выбира́ешь)/ вы́брать (完；вы́беру, вы́берешь) что	選擇、挑選		
принеси́те (命令式；不定式為 принести́)	拿來、帶來		
заку́ска	冷盤	по́рция	一份(食物)
Что ещё?	還要些什麼？		
жела́ть (未完；жела́ю, жела́ешь) кого́ -что	想、欲、希望		
И ту, и другу́ю.	兩個都要。	аппети́т	胃口
еда́	食物、食品		
Аппети́т прихо́дит во вре́мя еды́.	吃著吃著胃口就來了。		
согла́сен (短尾形容詞；長尾為 согла́сный) с кем-чем	贊同		
пое́сть (完；пое́м, пое́шь, пое́ст, поеди́м, поеди́те, поедя́т; пое́л, пое́ла)	吃一點兒		
пи́во	啤酒	Ба́лтика	波羅的海
буты́лка	一瓶	зака́з	點定、訂購
Прия́тного аппети́та!	用餐愉快！		
не́который	某、某一	счёт	帳單
плати́ть (未完；плачу́, пла́тишь)/ заплати́ть (完；заплачу́, запла́тишь) что	支付、付錢		
плати́ть за у́жин	付晚餐的費用		
угоща́ть (未完；угоща́ю, угоща́ешь)/ угости́ть (完；угощу́, угости́шь) кого́	請客		
приходи́те (命令式；不定式為 приходи́ть)	請來		

語法

1. 複數名詞第四格

	單數第一格	複數第四格	註解
非動物名詞	заво́д	заво́ды	同複數第一格
	письмо́	пи́сьма	
	шко́ла	шко́лы	
動物名詞	студе́нт	студе́нтов	同複數第二格
	подру́га	подру́г	
	друг	друзе́й	

請比較下列各句

複數第二格	複數第四格
1) <u>Мно́го студе́нтов</u> познако́милось с но́вым те́кстом.	1) Преподава́тель спра́шивает <u>студе́нтов</u>, что они́ де́лали вчера́.
2) Анна ча́сто получа́ет пи́сьма <u>от подру́г</u>, кото́рые рабо́тают в Москве́.	2) Анна пригласи́ла <u>подру́г</u> на ру́сский ве́чер.

2. 形容詞的複數第四格

	單數第一格 како́й, како́е, кака́я	複數第四格 каки́е, каки́х	註 解
非動物名詞	но́вый заво́д но́вое пла́тье но́вая руба́шка	но́вые заво́ды но́вые пла́тья но́вые руба́шки	同複數第一格
動物名詞	но́вый студе́нт но́вый друг но́вая подру́га	но́вых студе́нтов но́вых друзе́й но́вых подру́г	同複數第二格

3. 物主代詞的複數第四格

	單數第一格 чей, чьё, чья	複數第四格 чьи, чьих	註解
非動物名詞	мой, моё, моя́ наш, на́ше, на́ша	мои́ на́ши	同複數第一格
動物名詞	мой, моё, моя́ наш, на́ше, на́ша	мои́х на́ших	同複數第二格

4. 指示代詞與限定代詞的複數第四格

	單數第一格	複數第四格	註解
非動物名詞	э́тот, э́то, э́та тот, то, та весь, всё, вся	э́ти те все	同複數第一格
動物名詞	э́тот, э́то, э́та тот, то, та весь, всё, вся	э́тих тех всех	同複數第二格

例 :

　1) Я люблю́ чита́ть ра́зные кни́ги.

　2) И́горь купи́л но́вые газе́ты и журна́лы.

　3) Пётр пригласи́л э́тих кита́йских студе́нтов в теа́тр.

　4) В теа́тре мы встре́тили на́ших но́вых друзе́й.

句型

1. (人) начина́ть, конча́ть, продолжа́ть/ (事物) начина́ться, конча́ться,

　продолжа́ться

начина́ть, нача́ть 人＋ конча́ть, ко́нчить＋未完成動詞不定式/ продолжа́ть　　　　名詞第四格	начина́ться, нача́ться 事物＋ конча́ться, ко́нчиться продолжа́ться
Профе́ссор на́чал ле́кцию в 3 часа́. 教授三點開始講課。	Ле́кция начала́сь в 3 часа́. 課程三點開始。
Мы на́чали сдава́ть экза́мены. 我們開始考試。	Экза́мены начали́сь. 考試三點開始。
Когда́ он ко́нчил занима́ться, он пришёл ко мне. 他做完功課後來找我。	Когда́ конце́рт ко́нчился, он пошёл домо́й. 音樂會結束後，他回家。
Пошёл дождь, но мы продолжа́ли гуля́ть. 開始下雨了，但我們繼續散步。	Дождь продолжа́лся час. 雨下了一個小時。

2. Что свобо́дно/ за́нято

Этот сто́лик свобо́ден (за́нят)?　這張桌子無人 (有人) 使用嗎？ Это ме́сто свобо́дно (за́нято)?　這個位子無人 (有人) 使用嗎？

練習測驗

1. 填充題

　1) Я взял ＿＿＿＿＿＿＿＿＿＿＿＿＿ в библиоте́ке. (интере́сные кни́ги)

　2) В университе́те мы встреча́ем ＿＿＿＿＿＿＿＿＿＿＿＿. (ста́рые преподава́тели)

3) Где вы купи́ли _____? (све́жие фру́кты)

4) В клу́бе я ча́сто ви́дел _____. (э́ти но́вые студе́нты)

5) Студе́нты пригласи́ли _____ на ве́чер. (молоды́е худо́жники)

6) Мы лю́бим смотре́ть _____. (иностра́нные фи́льмы)

2. 填充题

1) после́дние газе́ты

   a. На столе́ лежа́т _____.

   b. Ка́ждое у́тро оте́ц чита́ет _____.

   c. Сего́дня в кио́ске нет _____.

2) на́ши но́вые студе́нты

   a. В общежи́тии живу́т _____.

   b. Мы ждём _____.

   c. На по́лке стоя́т словари́ _____.

3) мои́ ста́рые друзья́

   a. Вчера́ звони́ли нам _____.

   b. Это дом _____.

   c. Я хорошо́ зна́ю _____.

4) больши́е дома́

   a. Неда́вно на э́той у́лице постро́или _____.

   b. На э́той у́лице не́сколько _____.

   c. В це́нтре го́рода стоя́т _____.

5) óпытные врачи́

    a. В э́той поликли́нике рабо́тают мно́го _____.

    b. Больны́е лю́бят _____.

    c. В журна́ле написа́ли статьи́ _____.

3. 請依示例改寫下列句子

Образе́ц: Анто́н принёс мне ру́сские матрёшки.

    → *Анто́н принёс мне ру́сскую матрёшку.*

1) Лари́са хорошо́ поёт ру́сские пе́сни.

   _____

2) Я ча́сто вспомина́ю ста́рших бра́тьев.

   _____

3) Студе́нты чита́ют иностра́нные журна́лы в библиоте́ке.

   _____

4) На вы́ставке мы встре́тили изве́стных поэ́тов.

   _____

5) На уро́ке мы чита́ли интере́сные статьи́.

   _____

6) Утром в авто́бусе мы ви́дели краси́вых де́вушек.

   _____

4. 請依示例改寫下列句子

Образе́ц: Анто́н принёс мне ру́сскую матрёшку.

    → *Анто́н принёс мне ру́сские матрёшки.*

1) Вы ви́дели э́тот фильм?

   _____

2) На вокза́ле я встреча́л мла́дшую сестру́.

   _____

3) Он купи́л чёрный костю́м.

   _____

4) Вы давно́ зна́ете э́ту студе́нтку?

_____

5) Вы вы́учили но́вый текст?

_____

6) Студе́нты пригласи́ли тала́нтливого писа́теля в клуб.

_____

5. 請依示例回答下列句子

Образе́ц: на́ши но́вые преподава́тели

　　　　Кто э́то? → *На́ши но́вые преподава́тели.*

1) мои́ ста́рые друзья́

　　a. Кто живёт на э́той у́лице?　　_____

　　b. Кого́ ты ви́дел на конце́рте?　_____

　　c. Чей дом стои́т на э́той у́лице?　_____

2) после́дние журна́лы

　　a. Что ты купи́л?　　　　　　_____

　　b. Что лежи́т на столе́?　　　_____

　　c. Чего́ нет в кио́ске?　　　　_____

3) совреме́нные поэ́ты

　　a. Кого́ вы пригласи́ли на ве́чер?　_____

　　b. Кто написа́л э́ти стихи́?　　　_____

　　c. Чьи стихи́ вы лю́бите?　　　_____

4) стари́нные ру́сские пе́сни

　　a. Что вы зна́ете?　　　　　_____

　　b. Чего́ нет на ди́ске?　　　　_____

　　c. Что на кассе́те?　　　　　_____

5) молоды́е врачи́

    a. Кто был на ле́кции? _____

    b. Кого́ не́ было в теа́тре? _____

    c. Кого́ они́ ждут? _____

6. 連詞成句

1) Студе́нты, наш, гру́ппа, всегда́, хорошо́, отвеча́ть, на, вопро́сы (問題), преподава́тели.

_____

_____

2) Ско́лько, музыка́льный, теа́тр, музе́й, и, большо́й, стадио́н, в, э́тот, го́род?

_____

_____

3) Ка́ждый, суббо́та, на, ры́нок, мы, покупа́ть, све́жий, о́вощи, и, фру́кты.

_____

_____

4) В, библиоте́ка, мы, ча́сто, встреча́ть, э́тот, но́вый, студе́нты.

_____

_____

5) Ка́ждый, неде́ля, они́, получа́ть, пи́сьма, с, ро́дина, от, роди́тели.

_____

_____

7. 聽力測驗 ▶MP3-22

1) Мою́ сестру́ зову́т _____.
    a. Аня   b. Ка́тя   c. На́дя

2) Её дочь зову́т_____ .
    a. Аня   b. Ка́тя   c. На́дя

3) Её муж рабо́тает _____.

a. в шко́ле   b. в университе́те   c. в институ́те

4) Его́ зову́т _____.

    a. Андре́й   b. Никола́й   c. Серге́й

5) Сестра́ _____.

    a. учи́тель   b. хи́мик   c. преподава́тель

6) Её муж_____ .

    a. хи́мик   b. врач   c. инжене́р

7) Сестра́ преподаёт _____.

    a. хи́мию   b. фи́зику   c. му́зыку

8) Сестра́ и её муж лю́бят _____.

    a. смотре́ть телеви́зор   b. чита́ть газе́ты и журна́лы

    c. чита́ть кни́ги

9) Аня у́чится _____.

    a. в шко́ле   b. в университе́те   c. в институ́те

10) Аня у́чится _____.

    a. рисова́ть   b. танцева́ть   c. игра́ть на скри́пке

練習測驗解答

1. 填充題

    1) интере́сные кни́ги   2) ста́рых преподава́телей.   3) све́жие фру́кты.

    4) э́тих но́вых студе́нтов.   5) молоды́х худо́жников.   6) иностра́нные фи́льмы.

2. 填充題

    1) после́дние газе́ты, после́дние газе́ты, после́дних газе́т.

    2) на́ши но́вые студе́нты, на́ших (свои́х) но́вых студе́нтов, на́ших но́вых студе́нтов.

    3) мои́ ста́рые друзья́, мои́х ста́рых друзе́й, мои́х (свои́х) ста́рых друзе́й.

    4) больши́е дома́, больши́х домо́в, больши́е дома́.

    5) о́пытных враче́й, о́пытных враче́й, о́пытные врачи́.

3. 請依示例改寫下列句子

    1) Лари́са хорошо́ поёт ру́сскую пе́сню.

    2) Я ча́сто вспомина́ю ста́ршего бра́та.

    3) Студе́нт чита́ет иностра́нный журна́л в библиоте́ке.

    4) На вы́ставке мы встре́тили изве́стного поэ́та.

5) На уро́ке мы чита́ли интере́сную статью́.

6) У́тром в авто́бусе мы ви́дели краси́вую де́вушку.

4. 請依示例改寫下列句子

1) Вы ви́дели э́ти фи́льмы?　　2) На вокза́ле я встреча́л мла́дших сестёр.

3) Он купи́л чёрные костю́мы.　　4) Вы давно́ зна́ете э́тих студе́нток.

5) Вы вы́учили но́вые те́ксты.

6) Студе́нты пригласи́ли тала́нтливых писа́телей в клуб.

5. 請依示例回答下列句子

1) Мои́ ста́рые друзья́, Мои́х ста́рых друзе́й, Мои́х ста́рых друзе́й.

2) После́дние журна́лы, После́дние журна́лы, После́дних журна́лов.

3) Совреме́нных поэ́тов, Совреме́нные поэ́ты, Совреме́нных поэ́тов.

4) Стари́нные ру́сские пе́сни, Стари́нных ру́сских пе́сен, Стари́нные ру́сские пе́сни.

5) Молоды́е врачи́, Молоды́х враче́й, Молоды́х враче́й.

6. 連詞成句

1) Студе́нты на́шей гру́ппы всегда́ хорошо́ отвеча́ют на вопро́сы преподава́телей.

2) Ско́лько музыка́льных теа́тров, музе́ев, и больши́х стадио́нов в э́том го́роде?

3) Ка́ждую суббо́ту на ры́нке мы покупа́ем све́жие о́вощи и фру́кты.

4) В библиоте́ке мы ча́сто встреча́ем э́тих но́вых студе́нтов.

5) Ка́ждую неде́лю они́ получа́ют пи́сьма с ро́дины от роди́телей.

7. 聽力測驗

1) b　2) a　3) c　4) b　5) c　6) a　7) b　8) c　9) a　10) c

Я расскажу́ о мое́й сестре́ Ка́те. У Ка́ти уже́ есть семья́: муж Никола́й и дочь Аня. Сестра́ и её муж рабо́тают в институ́те. Она́ преподаёт фи́зику, а он хи́мию. Они́ мно́го чита́ют, но то́лько кни́ги. Газе́ты и журна́лы они́ не лю́бят. Телеви́зор почти́ не смо́трят. До́чери 10 лет. Она́ шко́льница. Она́ лю́бит му́зыку и у́чится игра́ть на скри́пке.

Уро́к 5

本課學習目標：1. 課文：O ру́сских музе́ях、Но́вгород
           2. 對話：В музе́е
           3. 語法：複數名詞、形容詞、物主代詞的第六格
           4. 句型：(人) открыва́ть, закрыва́ть
                  (事物) открыва́ться, закрыва́ться

Текст-1 ▶ MP3-23

О ру́сских музе́ях

В Москве́, в Лавру́шинском переу́лке стои́т невысо́кое зда́ние из бе́лого и кра́сного **кирпича́**. Это Госуда́рственная Третьяко́вская галере́я — знамени́тый музе́й ру́сского иску́сства.

Этот музе́й **основа́л** в 1856 (ты́сяча восемьсо́т пятьдеся́т шесто́м) году́ П.М. Третьяко́в. **Почти́** со́рок лет он **собира́л** бога́тую **колле́кцию** произведе́ний ру́сской жи́вописи. В 1872 (ты́сяча восемьсо́т се́мьдесят второ́м) году́ Третьяко́в постро́ил для свое́й колле́кции **специа́льную** галере́ю, а в 1892 (ты́сяча восемьсо́т девяно́сто второ́м) году́ подари́л галере́ю го́роду Москве́. Галере́я **но́сит и́мя** своего́ **основа́теля**, замеча́тельного ру́сского челове́ка П.М. Третьяко́ва.

Экспози́ция Третьяко́вской галере́и знако́мит нас с **тысячеле́тней** исто́рией ру́сского иску́сства: здесь и ру́сская **ико́на**, портре́т, карти́ны ру́сской приро́ды и карти́ны из жи́зни наро́да. В карти́нах мастеро́в **пре́жнего** вре́мени и совреме́нных худо́жников мы ви́дим исто́рию страны́ и её **сего́дняшний** день.

Ещё оди́н **крупне́йший** музе́й ру́сского иску́сства — Ру́сский музе́й в Петербу́рге. Он **откры́лся** в 1898 (ты́сяча восемьсо́т девяно́сто восьмо́м) году́ в зда́нии Миха́йловского **дворца́**. В за́лах э́того музе́я — произведе́ния ру́сского ику́сства с XI (оди́ннадцатого) ве́ка до на́шего вре́мени. Без э́той колле́кции на́ше **представле́ние** о ру́сских тала́нтах бу́дет **непо́лным**.

В Третьяко́вской галере́е и Ру́сском музе́е ча́сто быва́ют вы́ставки карти́н из ра́зных музе́ев страны́. В то же вре́мя в ра́зных города́х Росси́и ча́сто **организу́ют** вы́ставки карти́н из двух[1] крупне́йших музе́ев Москвы́ и Петербу́рга. На таки́х вы́ставках мо́жно познако́миться с бога́той **культу́рой** и иску́сством страны́.

[1] двух 為 два 的第二格

кирпи́ч	磚		
осно́вывать (未完；осно́вываю, осно́вываешь) / основа́ть (完；осну́ю, осну́ешь) что			建立、設立
почти́	(副) 差不多、將近		
собира́ть (未完；собира́ю, собира́ешь)/ собра́ть (完；соберу́, соберёшь) кого-что			收集、蒐集
колле́кция	收藏品	специа́льный	專門的、特別的
носи́ть (未完；ношу́, но́сишь) кого́-что			提著、舉著
носи́ть и́мя кого́	以…命名	основа́тель (он)	創始人、創立者
экспози́ция	陳列品	тысячеле́тний	千年的、千百年的
ико́на	聖像	пре́жний	以前的、過去的
сего́дняшний	今日的、現在的		
крупне́йший (кру́пный 的最高級)		最大的	
открыва́ться (未完；открыва́ется, открыва́ются)/ откры́ться (完；откро́ется, откро́ются)			開始營業、開始工作
дворе́ц	宮殿、宮廷	представле́ние	概念、認識
непо́лный	不完全的		
организова́ть (未完，完；организу́ю, организу́ешь) что			籌備、舉辦
культу́ра	文化		

Отве́тьте на вопро́сы:

1. Где нахо́дится Госуда́рственная Третьяко́вская галере́я?

2. Кто и когда́ основа́л Госуда́рственную галере́ю?

3. Как до́лго он собира́л колле́кцию?

4. Когда́ Третьяко́в постро́ил для свое́й колле́кции галере́ю?

5. Когда́ и како́му го́роду Третьяко́в подари́л галере́ю?

6. С чем экспози́ция Третьяко́вской галере́и знако́мит нас?

7. Что мы ви́дим в карти́нах мастеро́в пре́жнего вре́мени и совреме́нных худо́жников?

8. Где нахо́дится Ру́сский музе́й?

9. Когда́ и где откры́лся Ру́сский музе́й?

10. Что нахо́дится в за́лах Ру́сского музе́я?

11. Каки́е вы́ставки ча́сто быва́ют в Третьяко́вской галере́е и Ру́сском музе́е?

12. Что мо́жно узна́ть (得知) на таки́х вы́ставках?

Текст-2 ▶MP3-24

Но́вгород

Но́вгород — оди́н из **древне́йших** ру́сских городо́в. Он нахо́дится на живопи́сных берега́х реки́ Во́лхов. **Впервы́е** о Но́вгороде **упомина́ется** в **докуме́нтах** 859 (восемьсо́т пятьдеся́т девя́того) го́да. Эту **да́ту** учёные счита́ют да́той основа́ния го́рода. В те **далёкие** времена́ он называ́лся Но́вый го́род. Эти два сло́ва и да́ли го́роду и́мя Но́вгород.

В исто́рии дре́вней **Руси́** Но́вгород **сыгра́л большу́ю роль**. **Не случа́йно** го́род **назва́ли** Вели́кий Но́вгород. В **конце́** XIII (трина́дцатого) — **нача́ле** XVI (шестна́дцатого) **веко́в** Но́вгород был одни́м из крупне́йших **це́нтров** дре́вней Руси́.

Сейча́с Но́вгород — совреме́нный го́род. Но э́то и го́род-музе́й, в кото́ром до на́ших дней **сохрани́лись** па́мятники **древнеру́сской** архитекту́ры. **Се́рдце** го́рода — Новгоро́дский Кремль. На **террито́рии** Кремля́ нахо́дятся древне́йшие па́мятники: Софи́йский **собо́р**[1] и це́ркви. В це́нтре Кремля́ па́мятник второ́й **полови́ны** XIX (девятна́дцатого) ве́ка «**Тысячеле́тие** Росси́и».

Прекра́сные па́мятники древнеру́сской архитекту́ры **дошли́** до нас че́рез ве́тры, дожди́ и моро́зы девяти́ **столе́тий**. **Си́льно пострада́л** го́род во вре́мя **войны́**. Сейча́с тру́дно **пове́рить**, что э́тот го́род **восстанови́ли** из **руи́н**.

Восстанови́ли **бесце́нные** па́мятники древнеру́сской культу́ры.

Ты́сячи люде́й, кото́рые интересу́ются дре́вними ру́сскими города́ми, **посеща́ют** Но́вгород. Худо́жники и **архите́кторы** у́чатся у ста́рых ру́сских мастеро́в. **Гостеприи́мная** новгоро́дская[2] **земля́** открыва́ет гостя́м[3] свои́ **бога́тства**.

---

[1] Софи́йский собо́р 索菲亞教堂，俄羅斯最古老的石材建築教堂，為拜占庭式建築。

[2] Новгоро́дский 為 Но́вгород 的形容詞，意為「諾夫哥羅德的」。

[3] гостя́м 為 го́сти 的第三格。

древне́йший (дре́вний 的最高級)		最古老的	
впервы́е	(副) 初次、第一次		
упомина́ться (未完；упомина́ется, упомина́ются)		提及、提到	
докуме́нт	文獻	да́та	日期
далёкий	久遠的	**Русь (она́)**	古羅斯
игра́ть (未完；игра́ю, игра́ешь)/ сыгра́ть (完；сыгра́ю, сыгра́ешь)		扮演(角色)	
роль (она́)	角色		
игра́ть большу́ю роль		扮演重要角色	
случа́йно	(副) 偶然地	не случа́йно	並非偶然
называ́ть (未完；называ́ю, называ́ешь)/ назва́ть (完；назову́, назовёшь) кого́-что		稱為、稱做	
коне́ц	結尾、末尾	нача́ло	開端、起點、開始
век	世紀	центр	中心
сохраня́ться (未完；сохраня́ется, сохраня́ются)/ сохрани́ться (完；сохрани́тся, сохраня́тся)		保存下來	
древнеру́сский	古俄羅斯的	се́рдце	心臟、中心、樞紐
террито́рия	領土、版圖	собо́р	大教堂
полови́на	一半	тысячеле́тие	一千年
доходи́ть (未完；дохожу́, дохо́дишь)/ дойти́ (完；дойду́, дойдёшь; дошёл, дошла́) до кого́-чего		保存到、流傳到	
столе́тие	百年、世紀	си́льно	(副) 強烈地、嚴重地
страда́ть (未完；страда́ю, страда́ешь)/ пострада́ть (完；пострада́ю, пострада́ешь)		遭受損害	
война́	戰爭		

вéрить (未完；вéрю, вéришь)/ повéрить (完；повéрю, повéришь)		相信	
восстанáвливать (未完；восстанáвливаю, восстанáвливаешь)/ восстановúть (完；восстановлю́, восстанóвишь) когó-что		恢復、重建	
руúна	遺址、廢墟	бесцéнный	無價的
посещáть (未完；посещáю, посещáешь)/ посетúть (完；посещу́, посетúшь) когó-что		拜訪、訪問	
архитéктор	建築師	гостеприúмный	好客的、殷勤的
земля́	土地	богáтство	豐富、豐富多采

Отвéтьте на вопрóсы:

1. Где нахóдится Нóвгород?

2. Когдá и где впервы́е упоминáется о Нóвгороде?

3. Почему́ э́тот гóрод называ́ется Нóвгород?

4. Когдá Нóвгород был однúм из крупнéйших цéнтров дрéвней Рýси?

5. Какóв Нóвгород сейчáс?

6. Что сохранúлось до нáших дней в Нóвгороде?

7. Какúе древнéйшие пáмятники нахóдятся на территóрии Кремля́?

8. Что нахóдится в цéнтре Кремля́?

9. Что случúлось (發生) с э́тим гóродом во врéмя войны́?

10. Нóвгород восстановúли из руúн. Что тáкже восстановúли?

11. Какúе лю́ди посещáют Нóвгород?

12. У когó у́чатся худóжники и архитéкторы?

В музéе

Диалóг-1 ▶MP3-25

Тáня: Алло́! Ван Мин, привéт! Это Тáня. Что ты бу́дешь дéлать зáвтра?

Ван Мин: Ничегó. Бу́ду свобóден[1].

Тáня: Давáй пойдём в музéй.

Ван Мин: В какóй?

Тáня: В **Истори́ческий**.

Ван Мин: А там есть **что-нибýдь** интерéсное?

Тáня: В э́том музéе есть уникáльные вéщи, котóрые мóжно увúдеть тóлько там. Сáмое интерéсное там — э́то **постоя́нные** экспозúции.

Ван Мин: А о чём экспозиции?

Таня: Одна экспозиция о Дрéвней Руси. А другая о **царской** семьé Романóвых[2].

Ван Мин: Вот это интерéсно!

Таня: Крóме того, там всегда бывают выставки из других музéев.

Ван Мин: Какие?

Таня: **Тóчно** не знаю. **Приéдем — увидим**.

Ван Мин: А когда открывается музéй?

Таня: В 11 часóв.

Ван Мин: Хорошó. Где и когда встрéтимся?

Таня: Завтра в 11, на станции метрó «Университéт».

Ван Мин: **Договорились**.

---

[1] свобóден 為 свобóдный 的陽性短尾，он свобóден/ она свобóдна/ они свобóдны，意為「空閒的、沒事的」。

[2] Романóвы —羅曼諾夫王朝是 1613 年至 1917 年統治俄羅斯的王朝。羅曼諾夫王朝是俄羅斯歷史上第二個也是最後一個王朝；Романóвых 為 Романóвы 的第二格。

исторический	歷史的	что-нибудь	(代) 隨便什麼東西
постоянный	經常的、常設的	царский	沙皇的
тóчно	(副) 精確地		
Приéдем — увидим.		到了就知道。	
договáриваться (未完；договáриваюсь, договáриваешься)/ договориться (完；договорюсь, договоришься)		達成協議	

Диалóг-2 ▶MP3-26

Таня: Скажите, пожалуйста, скóлько стóит **билéт**?

Кассир: 250 рублéй.

Таня: И для студéнтов тóже?

Кассир: Для студéнтов билéты **дешéвле**. **Скóлько вам билéтов**?

Таня: Два.

Кассир: Ваши **студéнческие билéты**, пожалуйста.

Таня: Пожалуйста.

Кассир: С вас 160 рублéй.

Таня: Вот 200 рублéй.

Кассир: Возьмите[1] **сдáчу**. 40 рублéй.

---

[1] возьмите 為 взять 的第二人稱命令式。

билéт	票	дешéвле (дешёвый 的比較級)	較便宜的
Скóлько вам билéтов?		您要幾張票？	
студéнческий	學生的	студéнческий билéт	學生證
сдáча	找回的錢		

Диалóг-3 ▶ MP3-27

Ван Мин: Как я рад, что ты приглаcи́ла меня́ в Истори́ческий музéй.

Тáня: Тебé понрáвилось?

Ван Мин: Да, óчень. Я уви́дел так мнóго интéресного!

Тáня: А что тебé понрáвилось бóльше?

Ван Мин: Стáрые **кáрты** Росси́йского **госудáрства**.

Тáня: А по-мóему, сáмое интерéсное — э́то экспози́ция о дрéвней рýсской землé.

Ван Мин: Каки́е интерéсные экспози́ции! Как **жаль**, что чéрез две **недéли** эти вы́ставки **закрывáются**.

Тáня: Но я слы́шала, что готóвятся другие вы́ставки. Однá из них бýдет расскáзывать о цáрской **охóте**.

Ван Мин: **Навéрное**, э́то бýдет интерéсно. Посмóтрим?

Тáня: С удовóльствием.

кáрта	地圖	госудáрство	國家
жаль	(插入語) 遺憾、可惜	недéля	星期
закрывáться (未完；закрывáется, закрывáются)/ закры́ться (完；закрóется, закрóются)			歇業、結束
охóта	打獵、狩獵	навéрное	(插入語) 大約、大概

語法

1. 複數名詞的第六格

	單數第一格	單數第六格	複數第六格	註解
陽性	студе́нт	студе́нте	студе́нтах	子音－ -ах
	врач	враче́	врача́х	
	музе́й	музе́е	музе́ях	-й － -ях
	писа́тель	писа́теле	писа́телях	-ь － -ях
中性	окно́	окне́	о́кнах	-о － -ах
	мо́ре	мо́ре	моря́х	-е － -ях
	зда́ние	зда́нии	зда́ниях	-ие－ -иях
陰性	кни́га	кни́ге	кни́гах	-а － -ах
	сестра́	сестре́	сёстрах	
	пе́сня	пе́сне	пе́снях	-я － -ях
	тетра́дь	тетра́ди	тетра́дях	-ь － -ях
	экску́рсия	экску́рсии	экску́рсиях	-ия － -иях

例外：

брат	бра́тья	бра́тьях
друг	друзья́	друзья́х
сосе́д	сосе́ди	сосе́дях
челове́к	лю́ди	лю́дях
ребёнок	де́ти	де́тях
	роди́тели	роди́телях
мать	ма́тери	матеря́х
дочь	до́чери	дочеря́х

2. 複數形容詞的第六格

複數第一格	複數第六格	註解
но́вые	но́вых	-ые － -ых
си́ние	си́них	-ие － -их
ру́сские	ру́сских	-ие － -их
хоро́шие	хоро́ших	

3. 複數物主代詞、指示代詞、限定代詞的第六格

複數第一格	複數第六格	詞尾
мой	мойх	**-их**
на́ши	на́ших	
э́ти	э́тих	**-их**
те	тех	**-ех**
все	всех	**-ех**

例文：

    Студе́нты у́чатся в ра́зных университе́тах. Они́ сидя́т в больши́х аудито́риях на заня́тиях. Они́ занима́ются спо́ртом на но́вых стадио́нах и в спортза́лах. Студе́нты живу́т в совреме́нных общежи́тиях. Они́ покупа́ют кни́ги в кни́жных магази́нах, а газе́ты и журна́лы — в газе́тных кио́сках.

句型

1. (人) открыва́ть, закрыва́ть/ (事物) открыва́тья, закрыва́тья

人 +	открыва́ть, откры́ть закрыва́ть, закры́ть +名詞第四格	事物 +	открыва́ться, откры́ться закрыва́ться, закры́ться
Анто́н откры́л дверь и вошёл в ко́мнату. 安東打開門後走進房間。		В э́том райо́не откры́лась но́вая библиоте́ка. 這個地區開設了新的圖書館。	
В ко́мнате бы́ло хо́лодно, и Ва́ля закры́ла окно́. 房間很冷，所以瓦莉亞關上窗戶。		Магази́н открыва́ется в 9 часо́в и закрыва́ется в 19 часо́в. 商店9點開門，19點關門。	

練習測驗

1. 填充題

1) Тури́сты прие́хали _____. (но́вые вто́бусы)

2) Я прочита́л кни́гу _____. (тала́нтливые худо́жники)

3) В э́том журна́ле есть статья́ _____ . (но́вые фи́льмы)

4) Мы чита́ем те́ксты _____ . (ру́сские музе́и)

5) _____ мно́го ры́бы. (больши́е реки́)

6) Цветы́ стоя́ли _____ . (высо́кие ва́зы)

2. 填充题

1) мой ста́рые шко́льные това́рищи

    a. Я хочу́ рассказа́ть вам _____ .

    b. Неда́вно в Москву́ прие́хали _____ .

    c. Я встре́тил на вокза́ле _____ .

2) иностра́нные тури́сты

    a. Мы пригласи́ли _____ в го́сти.

    b. В на́шем го́роде бы́ло мно́го _____ .

    c. У нас в университе́те бы́ли _____ .

    d. В газе́те писа́ли _____ .

3) э́ти молоды́е арти́сты

    a. Мне о́чень нра́вятся _____ .

    b. Вчера́ в клу́бе мы ви́дели _____ .

    c. По́сле конце́рта мы разгова́ривали _____ .

4) све́жие газе́ты

    a. Я купи́л в кио́ске _____ .

    b. Мы чита́ем о вы́ставках _____ .

    c. На столе́ лежа́т _____ .

    d. У́тром оте́ц прочита́л не́сколько _____ .

5) но́вые фи́льмы

    a. Студе́нты лю́бят смотре́ть _____.

    b. Ве́чером студе́нты говори́ли _____ в общежи́тии.

    c. Ско́лько _____ вы смотре́ли?

6) зи́мние кани́кулы

    a. Во вре́мя _____ мы е́здили на ро́дину.

    b. На уро́ке мы говори́ли _____.

    c. Ско́ро у студе́нтов бу́дут _____.

3. 請依示例改寫下列句子

Образе́ц: Они́ говори́ли об э́тих конц
е́ртах.

    → *Они́ говори́ли об э́том конце́рте.*

1) Он расска́зывал о но́вых спекта́клях.

_____

2) Он чита́л кни́гу о совреме́нных худо́жниках.

_____

3) Это кни́га о молоды́х хи́миках.

_____

4) Она́ ду́мает о мла́дших сёстрах.

_____

5) Студе́тны говори́ли о после́дних экску́рсиях.

_____

6) Она́ написа́ла статью́ о тала́нтливых музыка́нтах.

_____

4. 請依示例改寫下列句子

Образе́ц: Они́ говори́ли об э́том конце́рте.
    → *Они́ говори́ли об э́тих конце́ртах.*

1) Мы чита́ем те́ксты о замеча́тельном писа́теле.

    _____

2) Ле́том Ми́ша был в ма́ленькой ру́сской дере́вне.

    _____

3) Вчера́ мы разгова́ривали о на́шем ста́ром дру́ге.

    _____

4) Мои́ друзья́ е́здят на хоро́шей маши́не.

    _____

5) Учи́тель расска́зывал об изве́стной карти́не.

    _____

6) Роди́тели всегда́ ду́мают о люби́мом сы́не.

    _____

5. 請依示例回答下列句子

Образе́ц: на́ши но́вые преподава́тели
    Кто э́то? → *На́ши но́вые преподава́тели.*

1) все его́ знако́мые

    a. Кого́ он пригласи́л на сва́дьбу? _____

    b. Кто ему́ подари́л пода́рки? _____

    c. От кого́ он получи́л пода́рки? _____

2) их но́вые сосе́ди

    a. У кого́ они́ бы́ли в гостя́х? _____

    b. Чья э́то ко́шка? _____

    c. О ком они́ рассказа́ли? _____

    d. Кого́ они́ встреча́ют ка́ждое у́тро? _____

3) интере́сные кни́ги

    a. Что ты купи́л в магази́не? _____

    b. Что лежи́т на столе́? _____

    c. О чём пи́шет в письме́ брат? _____

4) замеча́тельные писа́тели

    a. Кто прие́хал неда́вно в го́род? _____

    b. Чьи кни́ги они́ чита́ют? _____

    c. О ком писа́ли в газе́те? _____

    d. Кого́ вы ви́дели на ве́чере? _____

5) ра́зные вку́сные блю́да

    a. Что ма́ма лю́бит гото́вить? _____

    b. Что на столе́? _____

    c. О чём ты ча́сто вспомина́ешь? _____

6. 連詞成句

1) Вы, не, мочь, рассказа́ть, мы, о, весь, ваш, друзья́?

_____

2) Де́душка, поблагодари́ть, де́ти, за, по́мощь.

_____

3) В, год, три́ста шестьдеся́т пять, день.

_____

4) В, э́тот, зда́ние, мно́го, большо́й, ко́мната.

_____

5) Вчера́, мы, ходи́ть, в, го́сти, к, бли́зкий, дру́г.

_____

7. 聽力測驗 ▶MP3-28

1) В суббо́ту у́тром Ван Мин и Анто́н _____.
   a. рабо́тают   b. отдыха́ют   c. занима́ются

2) Арба́т — _____ райо́н Москвы́.
   a. но́вый   b. совреме́нный   c. ста́рый

3) Ван Мин и Анто́н за́втракают _____.
   a. в кафе́   b. в столо́вой   c. до́ма.

4) Ван Мин ест _____.
   a. овощно́й сала́т   b. блины́ с икро́й   c. фру́кты и сыр

5) Анто́н ест _____.
   a. овощно́й сала́т   b. блины́ с икро́й   c. фру́кты и сыр

6) На Арба́те они́ фотографи́руют _____.
   a. краси́вые дома́   b. газе́тные кио́ски   c. высо́кие зда́ния

練習測驗解答

1. 填充題

1) на но́вых авто́бусах.   2) о тала́нтливых худо́жниках.

3) о но́вых фи́льмах.   4) о ру́сских музе́ях.

5) в больши́х река́х.   6) в высо́ких ва́зах.

2. 填充題

1) о мои́х (свои́х) ста́рых това́рищах, мои ста́рые шко́льные това́рищи, мои́х (свои́х) ста́рых шко́льных това́рищей.

2) иностра́нных тури́стов, иностра́нных тури́стов, иностра́нные тури́сты, об иностра́нных тури́стах.

3) э́ти молоды́е арти́сты, э́тих молоды́х арти́стов, об э́тих молоды́х арти́стах.

4) све́жие газе́ты, в све́жих газе́тах, све́жие газе́ты, све́жих газе́т

5) но́вые фи́льмы, о но́вых фи́льмах, но́вых фи́льмов.

6) зи́мних кани́кул, о зи́мних куни́кулах, зи́мние кани́кулы.

3. 請依示例改寫下列句子

1) Он расска́зывал о но́вом спекта́кле.

2) Он чита́л кни́гу о совреме́нном худо́жнике.

3) Э́то кни́га о молодо́м хи́мике.

4) Она́ ду́мает о мла́дшей сестре́.

5) Студе́нты говори́ли о после́дней экску́рсии.

6) Она́ написа́ла статью́ о тала́нтливом музыка́нте.

4. 請依示例改寫下列句子

1) Мы чита́ем те́ксты о замеча́тельных писа́телях.

2) Ле́том Ми́ша был в ма́леньких ру́сских дере́внях.

3) Вчера́ мы разгова́ривали о на́ших ста́рых друзья́х.

4) Мои́ друзья́ е́здят на хоро́ших маши́нах.

5) Учи́тель расска́зывал об изве́стных карти́нах.

6) Роди́тели всегда́ ду́мают о люби́мых сыновья́х.

5. 請依示例回答下列句子

1) Всех свои́х знако́мых, Все его́ знако́мые, От всех свои́х знако́мых.

2) У свои́х но́вых сосе́дей, Их но́вых сосе́дей, О свои́х но́вых сосе́дях, Свои́х но́вых сосе́дей.

3) Интере́сные кни́ги, Интере́сные кни́ги, Об интере́сных кни́гах.

4) Замеча́тельные писа́тели, Замеча́тельных писа́телей, О замеча́тельных писа́телях, Замеча́тельных писа́телей.

5) Ра́зные вку́сные блю́да, Ра́зные вку́сные блю́да, О ра́зных вку́сных блю́дах.

6. 連詞成句

1) Вы не мо́жете рассказа́ть нам обо всех ва́ших друзья́х?

2) Де́душка поблагодари́л дете́й за по́мощь.

3) В году́ три́ста шестьдеся́т пять дней.

4) В э́том зда́нии мно́го больши́х ко́мнат.

5) Вчера́ мы ходи́ли в го́сти к бли́зкому дру́гу.

7. 聽力測驗

1) b   2) c   3) a   4) b   5) c   6) a

В суббо́ту у́тром Ван Мин и Анто́н отдыха́ют. Они́ иду́т на Арба́т. Арба́т — э́то ста́рый райо́н Москвы́. На Арба́те мно́го кафе́. Там Ван Мин и Анто́н за́втракают. На за́втрак Ван Мин ест блины́ с икро́й, а Анто́н ест фру́кты и сыр. Пото́м они́ гуля́ют. На Арба́те они́ фотографи́руют краси́вые дома́. У Анто́на есть фотоаппара́т. Он мно́го фотографи́рует.

Уро́к 6

本課學習目標：1. 課文：С Но́вым го́дом!、Ру́сское Рождество́
　　　　　　　2. 對話：На дне рожде́ния у Ле́ны
　　　　　　　3. 語法：名詞的複數二、四、六格
　　　　　　　　　　　形容詞、指示代詞
　　　　　　　　　　　限定代詞與物主代詞的二、四、六格變化
　　　　　　　　　　　時間的表示
　　　　　　　4. 句型：поздравля́ть кого́ с чем、第三人稱命令式

Текст-1 ▶ MP3-29

С Но́вым го́дом!

Са́мый краси́вый, са́мый весёлый и **ра́достный** пра́здник в Росси́и — Но́вый год. Ру́сские встреча́ют Но́вый год в **ночь с** 31 (три́дцать пе́рвого) декабря́ **на** пе́рвое января́, но гото́виться к **встре́че** Но́вого го́да все начина́ют **задо́лго** до пра́здника. Все **бе́гают** по магази́нам[1]: выбира́ют пода́рки свои́м **бли́зким**[1], друзья́м[1], **ро́дственникам**[1]; покупа́ют **нового́дние игру́шки**, шампа́нское, фру́кты, **сла́дости**. На у́лицах, в дома́х, в кварти́рах стоя́т ёлки. В **во́здухе па́хнет** пра́здником, кото́рый **приближа́ется** с ка́ждым днём.

Тради́ция пра́здновать Но́вый год и **украша́ть** в до́ме ёлку появи́лась в Росси́и при Петре́ Пе́рвом[2]. Ра́ньше в Росси́и год начина́лся пе́рвого сентября́. В 1699 (ты́сяча шестьсо́т девяно́сто девя́том) году́ Пётр Пе́рвый **изда́л указ**:

пра́здновать Но́вый год **по-европе́йски** — пе́рвого января́. По ука́зу Петра́ Пе́рвого все **жи́тели** Росси́и должны́ отмеча́ть Но́вый год, украша́ть ёлки, **устра́ивать фейерве́рки** в нового́днюю ночь и **поздравля́ть** друг дру́га с Но́вым го́дом.

В Москве́ встре́ча Но́вого го́да **проходи́ла** на Кра́сной пло́щади. Эта тради́ция сохрани́лась **до сих пор**: мно́гие москвичи́, осо́бенно **молодёжь**, а та́кже го́сти **столи́цы** лю́бят встреча́ть Но́вый год на Кра́сной пло́щади.

В нового́днюю ночь **ро́вно** в 12 часо́в по ра́дио и **телеви́дению трансли́руют бой Кремлёвских кура́нтов**. Именно в э́ти мину́ты прихо́дит Но́вый год.

Но́вый год — э́то но́вые **пла́ны** и **наде́жды**.

С Но́вым го́дом! С но́вым **сча́стьем**, друзья́!

---

[1] магази́нам 為 магази́н 的複數第三格；бли́зким 為 бли́зкий 的複數第三格，此處為形容詞當名詞用；друзья́ 為 друг 的複數第三格，ро́дственникам 為 ро́дственник 的複數第三格。

[2] Пётр Пе́рвый 彼得一世，為俄羅斯帝國羅曼諾夫王朝的沙皇 (1682 — 1725 年在位)。力行改革，使俄羅斯現代化，定都聖彼得堡，人稱彼得大帝 (Пётр Вели́кий)。

С Но́вым го́дом!	新年快樂！	ра́достный	令人高興的、快樂的
ночь (она́)	夜間、夜裡	с чего на что	(時間)從…到…
встре́ча	迎接、會見	задо́лго	(副) 遠在…之前、老早
бе́гать (未完，不定向；бе́гаю, бе́гаешь)	跑、奔跑		
бли́зкий	親近的、親密的	ро́дственник	親戚
нового́дний	新年的	игру́шка	玩具
сла́дости (они́)	糖果、甜食	ёлка	樅樹
во́здух	空氣		
па́хнуть (未完；па́хнет, па́хнут)	有…氣味、有…氣息		
приближа́ться (未完；приближа́юсь, приближа́ешься)/ приблизи́ться (完；приближу́сь, приблизи́шься) к кому́-чему́			靠近、即將到來
тради́ция	傳統		
пра́здновать (未完；пра́здную, пра́зднуешь) что			慶祝節日
украша́ть (未完；украша́ю, украша́ешь)/ укра́сить (完；укра́шу, укра́сишь) что чем			裝飾、使美化
издава́ть (未完; изда́ю, издаёшь)/ изда́ть (完; изда́м, изда́шь, изда́ст, издади́м, издади́те, издаду́т) что			頒佈、公佈
ука́з	(國家元首的)命令	по-европе́йски	(副) 依照歐洲
жи́тель (он)	居民		

устра́ивать (未完；устра́иваю, устра́иваешь)/ устро́ить (完；устро́ю, устро́ишь) что	舉辦、舉行
фейерве́рк	煙火
поздравля́ть (未完；поздравля́ю, поздравля́ешь)/ поздра́вить (完；поздра́влю, поздра́вишь) кого́-что с чем	祝賀、道喜
проходи́ть (未完；прохожу́, прохо́дишь)/ пройти́ (完；пройду́, пройдёшь; прошёл, прошла́)	(事件的)進行

до сих пор	直到現在	молодёжь (она́)	(集) 青年、年輕人
столи́ца	首都	ро́вно	(語氣) 正好、整整
телеви́дение	電視		
трансли́ровать (未完、完；трансли́рую, трансли́руешь) что	實況轉播		
бой	敲擊聲	Кремлёвский	克里姆林宮的
кура́нты (они́)	有音樂裝置的自鳴鐘	план	計畫
наде́жда	希望	сча́стье	幸福、福氣

Отве́тьте на вопро́сы:

1. Како́й пра́здник са́мый краси́вый, са́мый весёлый и ра́достный в Росси́и?

2. Когда́ ру́сские встреча́ют Но́вый год?

3. Когда́ все в Росси́и начина́ют гото́виться к встре́че Но́вого го́да?

4. Что де́лают лю́ди, что́бы встреча́ть Но́вый год?

5. Что украша́ют в до́ме в э́то вре́мя?

6. Когда́ появи́лась тради́ция пра́здновать Но́вый год и украша́ть ёлку?

7. Когда́ начина́лся год в Росси́и ра́ньше?

8. Како́й ука́з Пётр Пе́рвый изда́л в 1699 году́?

9. Что все жи́тели Росси́и должны́ де́лать по ука́зу Петра́ Пе́рвого?

10. Где прохо́дит встре́ча Но́вого го́да в Москве́?

11. Что трансли́руют по ра́дио и телеви́дению ро́вно в 12 часо́в в нового́днюю ночь?

Ру́сское **Рождество́**

Ру́сский **правосла́вный** пра́здник Рождества́ отмеча́ют седьмо́го января́, **за** неде́лю до Но́вого го́да по ста́рому **сти́лю**.

Но́вый год по ста́рому сти́лю **отмеча́ется** в ночь с трина́дцатого на четы́рнадцатое января́. Сохрани́лось назва́ние «ста́рый Но́вый год». Это Но́вый год по **календарю́**, кото́рый существова́л в Росси́и до 1918 (ты́сяча девятьсо́т восемна́дцатого) го́да. Но́вый календа́рь был **введён** в Росси́и четы́рнадцатого февраля́ 1918 го́да. **Ра́зница ме́жду** ста́рым и но́вым сти́лем — трина́дцать **су́ток**. Вот почему́ ста́рый Но́вый год встреча́ют на трина́дцать дней **поздне́е**.

В ночь на седьмо́е января́ мно́гие лю́ди иду́т в **хра́мы** на пра́здничную **церко́вную слу́жбу**. Те, кто не смог прийти́ в храм, мо́гут посмотре́ть **рожде́ственскую** слу́жбу по телеви́зору.

По тради́ции в ру́сских се́мьях седьмо́го января́ **накрыва́ют** бога́тый рожде́ственский **стол**. В **старину́** гла́вным блю́дом ру́сского рожде́ственского стола́ был **жа́реный поросёнок** с **гречне́вой ка́шей** и́ли други́е блю́да из **свини́ны**, а та́кже дома́шние **пироги́** с мя́сом, с гриба́ми[1], с капу́стой... В старину́ говори́ли, что е́сли стол на Рождество́ бу́дет бога́тым, то и весь год бу́дет **благополу́чным**.

В Рождество́ лю́ди **хо́дят друг к дру́гу в го́сти** и, коне́чно, да́рят друг дру́гу рожде́ственские пода́рки. Тради́ция дари́ть нового́дние и рожде́ственские пода́рки появи́лась и ста́ла **популя́рной** в Росси́и при **императри́це** Екатери́не Второ́й[2], кото́рая получа́ла на Но́вый год огро́мное **коли́чество** ра́зных пода́рков. **С тех пор** дари́ть пода́рки на Но́вый год и Рождество́ ста́ло хоро́шей тради́цией.

---

[1] гриба́ми 為 гриб 的複數第五格。

[2] Екатери́на Втора́я 凱薩琳二世，俄羅斯帝國女皇 (1762 － 1796 年在位)。在位期間俄羅斯成為名符其實的歐洲最強國家之一，故有「凱薩琳大帝」(Екатери́на Вели́кая) 之稱，為俄羅斯帝國歷史上兩位大帝之一。

Рождество́	耶誕節	правосла́вный	東正教的
за что до чего́	在⋯前多久	стиль (он)	曆(法)
отмеча́ться (未完；отмеча́ется, отмеча́ются)/			(被)慶祝
календа́рь (он)	曆法、曆		
введён (短尾形容詞；長尾為введённый)	被實行的、被實施的		
ра́зница	不同	ме́жду кем-чем	在⋯之間
су́тки (они́)	一晝夜		
поздне́е (по́здно 的比較級)	較遲、較晚地		
храм	教堂、廟宇	церко́вный	教會的
слу́жба	(宗) 做禮拜、祈禱	рожде́ственский	耶誕節的
накрыва́ть (未完；накрыва́ю, накрыва́ешь)/ накры́ть (完；накро́ю, накро́ешь) что			蓋上、覆上
накрыва́ть (на) стол			擺桌(準備開飯)
старина́	古代	жа́реный	烤的
поросёнок	小豬	гре́чневый	蕎麥的
ка́ша	稠粥	свини́на	豬肉
пиро́г	(烤的)大餡餅	благополу́чный	平安的、順利的
ходи́ть/ идти́ (е́здить/ е́хать) к кому́ в го́сти			去⋯家作客
популя́рный	受歡迎的	императри́ца	女皇
коли́чество	數目、數量	с тех пор	從那時起

Отве́тьте на вопро́сы:

1. Когда́ отмеча́ют ру́сское Рождество́ по ста́рому сти́лю?

2. Когда́ отмеча́ется Но́вый год по ста́рому сти́лю?

3. Когда́ был введён но́вый календа́рь в Росси́и?

4. Кака́я ра́зница ме́жду ста́рым и но́вым сти́лем?

5. Куда́ и заче́м (為了什麼目的) мно́гие лю́ди иду́т в ночь на седьмо́е января́?

6. Что лю́ди е́ли на Рождество́ в старину́?

7. Почему́ лю́ди накрыва́ют бога́тый стол в э́тот день?

8. Кро́ме э́того (除此之外), что лю́ди де́лают в Рождество́?

9. Когда́ появи́лась тради́ция дари́ть нового́дние и рожде́ственские пода́рки в Росси́и?

Диало́г ▶MP3-31

На дне рожде́ния у Ле́ны

Ребя́та: Ле́на, поздравля́ем тебя́ с днём рожде́ния! **Жела́ем** тебе́ сча́стья, любви́ и **всего́** са́мого-са́мого **хоро́шего**.

Ле́на: Спаси́бо, ребя́та.

Ребя́та: **Прими́**[1] на́ши **скро́мные** пода́рки.

Ле́на: О, кака́я ва́за! Каки́е духи́! Ско́лько цвето́в! Благодарю́ вас! Проходи́те[2], ребя́та!

Ребя́та: Мы ра́ды, что на́ши пода́рки тебе́ понра́вились.

Ма́ма Ле́ны: Ребя́та, прошу́ к столу́. Сади́тесь[2]!

Ван Мин: О, како́й **удиви́тельный** стол! Как всё краси́во!

Ма́ма Ле́ны: Не **стесня́йтесь**[2]! **Угоща́йтесь**[2]! Что кому́ **положи́ть**? Что кому́ **нали́ть**?

Ле́на: Попро́буйте[2] э́тот сала́т.

Ван Мин: Как **вку́сно**!

Оля: Очень вку́сный и оригина́льный!

Ван Мин: Мо́жно хле́ба[3]?

Ле́на: Пожа́луйста.

Оля: Клади́те[2] мя́со, ры́бу, о́вощи, налива́йте[2] вино́.

Ви́ктор: Мо́жно **кусо́чек колбасы́**?

Ван Мин: А мне кусо́чек сы́ра?

...

Ван Мин: Всё о́чень вку́сно. Осо́бенно **я́блочный** пиро́г.

Оля: Ле́на, ты сама́ **испекла́**?

Ле́на: Нет, э́то ма́ма испекла́. **У ма́мы золоты́е ру́ки**. Я не **уме́ю** гото́вить так вку́сно.

Ма́ма Ле́ны: Спаси́бо за **комплиме́нты**. Клади́те ско́лько хоти́те.

...

Ви́ктор: Ребя́та, я **предлага́ю тост** за Ле́ну. Ле́на, **пусть**[4] всегда́ в твоём до́ме бу́дет так же хорошо́ и ве́село, как сего́дня. Пусть всегда́ ря́дом с тобо́й бу́дут друзья́!

Оля: Ле́на, а я тебе́ жела́ю сча́стья в **ли́чной** жи́зни!

100

Ван Мин: А я жела́ю тебе́ **успе́хов** в **учёбе**! И всегда́ быть молодо́й и краси́вой! И чтóбы ты всегда́ **улыба́лась**!

Лéна: Ребя́та, спаси́бо вам за хорóшие словá, за подáрки. **Прáвду** говоря́т: «Не имéй 100 рублéй, а имéй 100 друзéй».

Ребя́та: За тебя́, Лéна!

...

Ребя́та: Лéна, **нам порá**. У вас бы́ло óчень вéсело и хорошó. Спаси́бо вам с мáмой за **гостеприи́мство**.

Лéна: Спаси́бо вам! Мне повезлó, у меня́ хорóшие друзья́. Спаси́бо за **прия́тный** вéчер! Я óчень вам **благодáрна** за всё.

[1] прими́ 為單數第二人稱命令式，不定式為 приня́ть。

[2] 均為複數第二人稱命令式：

複數第二人稱命令式	不定式
проходи́те	проходи́ть
сади́тесь	сади́ться
стесня́йтесь	стесня́ться
угоща́йтесь	угоща́ться
попрóбуйте	попрóбовать
клади́те	класть
налива́йте	налива́ть

[3] 此處 хлеб 用第二格，表示「一些、部分」。

[4] пусть 通常與動詞第三人稱連用，構成第三人稱命令式，此處有祝福之意。

жела́ть (未完；жела́ю, жела́ешь) кому́ кого́-чего́	祝願
всегó хорóшего 祝一切順利	
принима́ть (未完；принима́ю, принима́ешь)/ приня́ть (完；приму́, при́мешь; прими́ 為單數第二人稱命令式) когó-что	接受、收下
скрóмный 微薄的 удиви́тельный	驚人的、非常好的
стесня́ться (未完；стесня́юсь, стесня́ешься; стесня́йтесь 為複數第二人稱命令式)	客氣、靦腆
угоща́ться (未完；угоща́юсь, угоща́ешься; угоща́йтесь 為複數第二人稱命令式)/ угости́ться (完；угощу́сь, угости́шься)	吃(喝)別人請的東西

класть (未完；кладу́, кладёшь; клал, кла́ла)/ 　положи́ть (完；полужу́, поло́жишь) кого́-что	平放、放置
налива́ть (未完；налива́ю, налива́ешь)/ 　нали́ть (完；налью́, нальёшь) что	盛、倒(滿)

вку́сно	(副) 美味地	кусо́чек (кусо́к指小)	一塊、一片
колбаса́	香腸	я́блочный	蘋果的

печь (未完；пе́ку, печёшь; пёк, пекла́)/ 　испе́чь (完；испеку́, испечёшь; испёк, испекла́) что	烘、烤
У кого́ золоты́е ру́ки. 　　　　…有一雙巧手	
уме́ть (未完；уме́ю, уме́ешь)/ 　суме́ть (完；суме́ю, суме́ешь)＋動詞不定式	會、能夠
комплиме́нт 　讚美的話	
предлага́ть (未完；предлага́ю, предлага́ешь)/ 　предложи́ть (完；предложу́, предло́жишь) что	提議、提出、邀請
тост 　舉杯	
предлага́ть тост за кого́-что 　　　為(祝)…舉杯	
пусть 　(語氣) 與動詞第三人稱連用，構成第三人稱命令式	

ли́чный	個人的	успе́х	成就、成功

учёба 　學習	
улыба́ться (未完；улыба́юсь, улыба́ешься)/ 　улыбну́ться (完；улыбну́сь, улыбнёшься) кому́-чему́	微笑、對…笑

пра́вда	真話、實話	пора́	時候、時刻
кому́ пора́	(人)該…了	гостеприи́мство	殷勤招待

прия́тный 　令人愉快的	
благода́рен (短尾形容詞；長尾為 благода́рный) кому́	感激的、感謝的

語法

1. 名詞的複數二、四、六格

性	單數第一格	複數第二格	複數第四格	複數第六格
陽	-子音	-ов	同一或二	-ах
陽	-й	-ев	同一或二	-ях
陽	-ь	-ей	同一或二	-ях
中	-о	去尾	-а	-ах
中	-е	-ей	-я	-ях
中	-ие	-ий	-ия	-иях
陰	-а	去尾	同一或二	-ах
陰	-я	去尾	同一或二	-ях
陰	-ия	-ий	同一或二	-иях
陰	-ь	-ей	同一或二	-ях

2. 形容詞的二、四、六格變化

	陽性		中性		陰性		複數	
第一格	-ый	-ий	-ое	-ее	-ая	-яя	-ые	-ие
第二格	-ого	-его	-ого	-его	-ой	-ей	-ых	-их
第四格	同一或二		-ое	-ее	-ую	-юю	同一或二	
第六格	-ом	-ем	-ом	-ем	-ой	-ей	-ых	-их

3. -ч, -ж, -ш, -щ 與詞尾重音的形容詞的二、四、六格變化

	陽性		中性		陰性		複數
	-ч, -ж, -ш, -щ	詞尾重音	-ч, -ж, -ш, -щ	詞尾重音	-ч, -ж, -ш, -щ	詞尾重音	
第一格	-ий	-ой	-ее	-ое	-ая	-ая	-ие
第二格	-его	-ого	-его	-ого	-ей	-ой	-их
第四格	同一或二		-ее	-ое	-ую	-ую	同一或二
第六格	-ем	-ом	-ем	-ом	-ей	-ой	-их

4. 物主代詞的二、四、六格變化

	陽性		中性		陰性		複數	
第一格	мой	наш	моё	на́ше	моя́	на́ша	мои́	на́ши
第二格	моего́	на́шего	моего́	на́шего	мое́й	на́шей	мои́х	на́ших
第四格	同一或二		моё	на́ше	мою́	на́шу	同一或二	
第六格	о моём	о на́шем	о моём	о на́шем	о мое́й	о на́шей	о мои́х	о на́ших

5. 指示代詞與限定代詞的二、四、六格變化

	陽性		中性		陰性		複數	
第一格	э́тот	весь	э́то	всё	э́та	вся	э́ти	все
第二格	э́того	всего́	э́того	всего́	э́той	всей	э́тих	всех
第四格	同一或二		э́то	всё	э́ту	всю	同一或二	
第六格	об э́том	обо всём	об э́том	обо всём	об э́той	обо всей	об э́тих	обо всех

例句：

第一格	Кто э́то?	Это на́ши но́вые студе́нты.
第二格	Кого́ не́ было на заня́тиях?	На заня́тиях не́ было на́ших но́вых студе́нтов.
	У кого́ мно́го друзе́й?	Мно́го друзе́й у на́ших но́вых студе́нтов.
	Чьи э́то че́бники?	Это уче́бники на́ших но́вых студе́нтов.
第四格	Кого́ ты встре́тил?	Я встре́тил на́ших но́вых студе́нтов.
第六格	О ком вы говори́те?	Мы говори́м о на́ших но́вых студе́нтах.

6. 時間的表示

（1）第六格

回答когда́?的問題

в ～ году́	Я на́чал изуча́ть ру́сский язы́к в про́шлом году́.
～ ме́сяце	Я ви́дел э́тот бале́т в декабре́.
на ～ неде́ле	Андре́й пое́хал в Москву́ на про́шлой неде́ле.

（2）第四格

① 回答 когда́? 的問題

в понеде́льник (суббо́ту/ воскресе́нье... час/ мину́ту)	Мы бы́ли в теа́тре в суббо́ту. Он начина́ет рабо́тать в 9 часо́в.
че́рез мину́ту (час/ неде́лю/ ме́сяц/ год)	Я пойду́ обе́дать че́рез час.
мину́ту (час/ неде́лю/ ме́сяц/ год) наза́д	Мы бы́ли на стадио́не неде́лю наза́д.

② 表示行為持續的時間，回答 как до́лго? 的問題

весь день/ всю неде́лю/ це́лый год/ це́лую суббо́ту	Она́ не рабо́тала весь ме́сяц.

③ 表示行為發生的頻率，回答 как ча́сто? 的問題

ка́ждый день/ ка́ждое у́тро/ ка́ждую пя́тницу	Мы смо́трим фи́льмы ка́ждую неде́лю.
раз в неде́лю (ме́сяц/ год)	Мы хо́дим в кинотеа́тр раз в ме́сяц.

④ 表示在⋯時間內

за час (день/ неде́лю/ год)	Я сде́лал дома́шнее зада́ние за час.

（3）第二格

表示某日的日期(幾年幾月幾日)，月、年用第二格：

－ **Како́е** сего́дня **число́**?

－ Сего́дня **пе́рвое января́ две ты́сячи трина́дцатого го́да.**

表示行為發生的日期用第二格，回答 когда́? 的問題：

А.С. Пу́шкин роди́лся **шесто́го ию́ня ты́сяча семьсо́т девяно́сто девя́того го́да.**

句型

1. поздравля́ть кого́ с чем

Поздарвля́ю тебя	с	днём рожде́ния.	我祝你生日快樂。
		Рождество́м.	我祝你耶誕快樂。
Поздравля́ем вас		Но́вым го́дом.	我們祝你們新年快樂。
		пра́здником.	我們祝你們佳節愉快。

2. Пусть он/она́/ они́＋動詞第三人稱形式 (第三人稱命令式)

	де́ти поигра́ют.	讓孩子們玩一會兒吧。
Пусть он де́лает, что хо́чет.		讓他做想做的事吧。
	Ле́на сама́ хорошо́ поду́мает.	讓列娜自己好好想一想吧。

練習測驗

1. 填充題

1) Вчерá мы встрéтили _____ на ýлице. (вáши друзья́)

2) Пóсле спектáкля мы говори́ли _____. (извéстные
   арти́стки)

3) В пáрке бéгают _____. (мáленькие дéти)

4) Там вися́т портрéты _____. (крýпные учёные)

5) В э́том гóроде живýт _____.
   (гостеприи́мные лю́ди)

6) На урóке преподавáтель расскáзывал нам _____.
   (рýсские писáтели)

7) В дóме óтдыха бы́ли студéнты из _____.
   (рáзные страны́)

8) Во врéмя кани́кул мы éздили _____.
   (интерéсные экскýрсии)

9) В автóбусе мы встрéтили _____

   (стáрые товáрищи) и _____ (нóвые учителя́)

10) Мы вы́учили мнóго _____ (нарóдные пéсни)

2. 填充題

1) нáши преподавáтели

   a. На вéчере бы́ли _____.

   b. Мы поздрáвили с прáздником _____.

   c. Роди́тели спроси́ли _____.

2) молоды́е врачи́

   a. В газéте написáли _____.

b. В больни́це рабо́тают _____.

c. Здесь стро́ят клуб для _____.

3) тала́нтливые худо́жники

   a. В Третьяко́вской галере́е бога́тая колле́кция карти́н _____.

   b. На уро́ке мы чита́ли _____.

   c. Э́ти карти́ны со́здали _____.

4) кита́йские тури́сты

   a. Неда́вно в Москву́ прие́хала гру́ппа _____.

   b. Он рассказа́л _____.

   c. В Москве́ всегда́ быва́ют _____.

5) но́вые студе́нты

   a. Мы говори́ли _____.

   b. Ле́на ждёт _____ в за́ле.

   c. В э́той ко́мнате живу́т _____.

6) кни́жные магази́ны

   a. На э́той у́лице не́сколько _____.

   b. Я люблю́ ходи́ть _____.

   c. Мы покупа́ем рома́ны _____.

7) иностра́нные языки́

   a. Мое́й сестре́ о́чень нра́вятся _____.

   b. Она́ уже́ три го́да изуча́ет _____.

   c. Э́то на́ши учителя́ _____.

d. Мы ча́сто говори́м с сестро́й _____.

8) ста́рые ру́сские города́

   a. Но́вгород и Су́здаль — э́то _____.

   b. Тури́сты обы́чно е́здят _____.

   c. Сейча́с _____ есть библиоте́ки и шко́лы.

   d. Мы ча́сто чита́ем кни́ги _____.

3. 請依示例改寫下列句子

   Образе́ц: Они́ говори́ли об э́том концéрте.
   → Они́ говори́ли об э́тих концéртах.

   1) На остано́вке он встре́тил э́ту краси́вую де́вушку.

   _____

   2) Я мно́го чита́л об э́том замеча́тельном хи́мике.

   _____

   3) На столе́ лежи́т каранда́ш моего́ бра́та.

   _____

   4) Он рассказа́л мне о свое́й сестре́.

   _____

   5) Неда́вно он опубликова́л но́вую по́весть.

   _____

4. 請依示例改寫下列句子

   Образе́ц: Они́ говори́ли об э́тих концéртах.
   → Они́ говори́ли об э́том концéрте.

   1) Роди́тели лю́бят свои́х сынове́й.

   _____

   2) Мать была́ у свои́х дочере́й.

   _____

   3) Они́ живу́т в высо́ких дома́х.

   _____

6

4) Мы бы́ли на вы́ставке *совреме́нных худо́жинков.*

_____

5) Он зна́ет *ру́сские наро́дные ска́зки.*

_____

6) Они́ говори́ли *о после́дних экза́менах.*

_____

5. 連連看

1) Мы смо́трим фи́льмы	a. че́рез неде́лю.
2) Я на́чал изуча́ть ру́сский язы́к	b. ка́ждый ме́сяц.
3) Он написа́л письмо́ домо́й	c. два го́да наза́д.
4) Пе́рвая кни́га стихо́в Анны Ахма́товой появи́лась в Росси́и	d. за час.
5) Ива́н пое́дет в Москву́	e. в 1912 году́.

6. 請依示例回答下列句子

Образе́ц: на́ши но́вые преподава́тели

   Кто э́то? → *На́ши но́вые преподава́тели.*

1) знамени́тые учёные

   a. Кого́ студе́нты пригласи́ли на ле́кцию? _____

   b. У кого́ бы́ли в гостя́х студе́нты? _____

   c. О ком пи́шут в газе́те? _____

   d. Чья э́то статья́? _____

2) замеча́тельные инжене́ры

   a. Кого́ вы ви́дели на заво́де? _____

   b. Кто показа́л вам заво́д? _____

   c. Чьи э́то инструме́нты? _____

   d. О ком вы говори́те? _____

3) городски́е библиоте́ки

    a. Где беру́т кни́ги лю́ди? _____

    b. Куда́ ча́сто хо́дят лю́ди? _____

    c. Что постро́или в э́том го́роде? _____

    d. Каки́е э́то кни́ги? _____

4) совреме́нные аудито́рии

    a. Где занима́ются студе́нты? _____

    b. Куда́ иду́т студе́нты? _____

    c. Что вы ви́дели в университе́те? _____

    d. Что нахо́дится в институ́те? _____

5) её ста́ршие бра́тья

    a. О ком ча́сто ду́мает Ни́на? _____

    b. Кого́ она́ давно́ не ви́дела? _____

    c. Чья э́то фотогра́фия? _____

    d. Кто звони́л Ни́не вчера́? _____

7. 連詞成句

1) На, про́шлый, неде́ля, тури́сты, быть, на, моско́вский, пло́щади, в, теа́тры, и, шко́лы.

_____

_____

2) Я, ча́сто, получа́ть, пи́сьма, от, мой, роди́тели, и, мла́дший, сестры́.

_____

_____

3) Неда́вно, я, быть, у, мой, ста́рый, друзья́, кото́рый, жить, в, ра́зный, общежи́тия.

_____

_____

4) На, стол, лежа́ть, тетра́ди, иностра́нный, студе́нты.

_____

_____

5) Мой, подру́га, кото́рый, рабо́тать, в, де́тский, сад, о́чень, люби́ть, ма́ленький, де́ти.

_____

_____

8. 聽力測驗 ▶ MP3-32

1) Па́влу _____ лет.
   a. 18   b. 19   c. 20

2) Сейча́с Па́вел живёт _____.
   a. в Москве́   b. в Тайбэ́е   c. в Ки́еве

3) Он прие́хал в э́тот го́род _____.
   a. в сентябре́   b. в октябре́   c. в ноябре́

4) Он _____ в э́том го́роде.
   a. рабо́тает   b. отдыха́ет   c. у́чится

5) Он изуча́ет _____ язы́к.
   a. кита́йский   b. англи́йский   c. францу́зский

6) У Па́вла интере́сные _____ друзья́.
   a. англи́йские   b. тайва́ньские   c. ру́сские

7) Па́вел ча́сто пи́шет пи́сьма домо́й _____.
   a. об универсете́те b. о Тайбэ́е
   c. о свое́й жи́зни и свои́х друзья́х на Тайва́не

練習測驗解答

1. 填充題

1) ва́ших друзе́й.

2) об изве́стных арти́стках.

3) ма́ленькие де́ти.

4) кру́пных учёных.

5) гостеприи́мные лю́ди.

6) о ру́сских писа́телях.

7) ра́зных стран.

8) на интере́сные экску́рсии.

9) ста́рых това́рищей, но́вых учителе́й.

10) наро́дных пе́сен.

2. 填充題

1) на́ши преподава́тели, на́ших преподава́телей, о на́ших преподава́телях.

2) о молоды́х врача́х, молоды́е врачи́, молоды́х враче́й.

3) тала́нтливых худо́жников, о тала́нтливых худо́жниках, тала́нтливые худо́жники.

4) кита́йских тури́стов, о кита́йских тури́стах, кита́йские тури́сты.

5) о но́вых студе́нтах, но́вых студе́нтов, но́вые студе́нты.

6) кни́жных магази́нов, в кни́жные магази́ны, в кни́жных магази́нах.

7) иностра́нные языки́, иностра́нные языки́, иностра́нных языко́в, об иностра́нных языка́х.

8) ста́рые ру́сские города́, в ста́рые ру́сские города́, в ста́рых ру́сских города́х, о ста́рых ру́сских города́х.

3. 請依示例改寫下列句子

1) На остано́вке он встре́тил э́тих краси́вых де́вушек.

2) Я мно́го чита́л об э́тих замеча́тельных хи́миках.

3) На столе́ лежа́т карандаши́ мои́х бра́тьев.

4) Он рассказа́л мне о свои́х сёстрах.

5) Неда́вно он опубликова́л но́вые по́вести.

4. 請依示例改寫下列句子

1) Роди́тели лю́бят своего́ сы́на.

2) Мать была́ у свое́й до́чери.

3) Они́ живу́т в высо́ком до́ме.

4) Мы бы́ли на вы́ставке совреме́нного худо́жника.

5) Он зна́ет ру́сскую наро́дную ска́зку.

6) Они́ говори́ли о после́днем экза́мене.

5. 連連看

1) b　2) c　3) d　4) e　5) a

6. 請依示例回答下列句子

1) Знамени́тых учёных, У знамени́тых учёных, О знамени́тых учёных, (Это статья́) знамени́тых учёных.

2) Замеча́тельных инжене́ров, Замеча́тельные инжене́ры, (Это инструме́нты) замеча́тельных инжене́ров, О замеча́тельных инжене́рах.

3) В городски́х библиоте́ках, В городски́е библиоте́ки, Городски́е библиоте́ки, (Это кни́ги) городски́х библиоте́к.

4) В совреме́нных аудито́риях, В совреме́нные аудито́рии, Совреме́ннные аудито́рии, Совреме́нные аудито́рии.

5) О свои́х ста́рших бра́тьях, Свои́х ста́рших бра́тьев, (Это фотогра́фия) её ста́рших бра́тьев, Её ста́ршие бра́тья.

7. 連詞成句

1) На про́шлой неде́ле тури́сты бы́ли на моско́вских площадя́х, в теа́трах и шко́лах.

2) Я ча́сто получа́ю пи́сьма от мои́х (свои́х) роди́телей и мла́дших сестёр.

3) Неда́вно я был у мои́х (свои́х) ста́рых друзе́й, кото́рые живу́т в ра́зных общежи́тиях.

4) На столе́ лежа́т тетра́ди иностра́нных студе́нтов.

5) Моя́ подру́га, кото́рая рабо́тает в де́тском саду, о́чень лю́бит ма́леньких дете́й.

8. 聽力測驗

1) c　2) b　3) a　4) c　5) a　6) b　7) c

　　Меня́ зову́т Па́вел. Мне два́дцать лет. В сентябре́ я прие́хал в Тайбэ́й. Сейча́с я учу́сь в университе́те, изуча́ю кита́йский язы́к. Я люблю́ Тайбэ́й. Здесь мно́го музе́ев, краси́вых высо́ких зда́ний и симпати́чных люде́й. У меня́ есть интере́сные тайва́ньские друзья́. Я ча́сто пишу́ пи́сьма домо́й и расска́зываю о мое́й жи́зни и мои́х друзья́х на Тайва́не.

Уро́к 7

本課學習目標：1. 課文：Райо́н, где я живу́、Вид тра́нспорта
             2. 對話：В магази́не
             3. 語法：定向和不定向運動動詞、第二人稱命令式
             4. 句型：потому́ что/ так как/ поэ́тому
                  кому́ како́й/ како́е/ каку́ю?

Текст-1 ▶ MP3-33

Райо́н, где я живу́

Я живу́ в но́вом райо́не го́рода. На́ша у́лица о́чень шу́мная, **так как с утра́ до ве́чера** по ней е́здят трамва́и и **тролле́йбусы**, кото́рые **ежедне́вно во́зят** люде́й на рабо́ту. Недалеко́ от моего́ до́ма нахо́дится шко́ла, поэ́тому ка́ждое у́тро я ви́жу, как туда́ иду́т де́ти. Они́ **несу́т портфе́ли**.

Вот бежи́т мой сосе́д Са́ша. Он сего́дня опа́здывает на уро́к. Ма́ленькие де́ти, кото́рые ещё не хо́дят в шко́лу, бе́гают во дворе́, игра́ют в мяч, пла́вают в бассе́йне.

По **не́бу** лети́т самолёт. Здесь ча́сто лета́ют самолёты, потому́ что недалеко́ нахо́дится **аэродро́м**. Мой ста́рший брат — **лётчик**. Он всегда́ лета́ет на самолёте. Сего́дня он лети́т в Санкт-Петербу́рг.

Мой брат Ко́ля у́чится в **те́хникуме**. Он ча́сто е́здит на заня́тия на велосипе́де. Сего́дня он то́же е́дет на велосипе́де и **везёт** на́шу мла́дшую сестру́ в **де́тский сад**. Обы́чно в де́тский сад её **во́дит** ма́ма, но сего́дня она́ **нездоро́ва**.

Сейча́с я стою́ на у́лице и ви́жу: по у́лице е́дет **грузови́к**. Он везёт хлеб в магазин. Этот грузовик каждый день возит сюда хлеб. А вот идёт женщина. Она **ведёт за руку** маленькую девочку. Наверное, девочка учится в школе, потому что она несёт портфель.

Вдали я вижу реку. Около берега в воде плавают **утки**. По реке плывёт **лодка**. В лодке кто-то сидит.

так как	(連) 因為	с утра до вечера	從早到晚
троллейбус	無軌電車	ежедневно	(副) 每天地
возить (未完/不定向；вожу, возишь) кого-что	(用交通工具)載、運		
нести (未完/定向；несу, несёшь; нёс, несла) кого-что	提著、舉著、扛著、抱著		
портфель (он)	皮包、公事包	небо	天空
аэродром	機場	лётчик	飛行員
техникум	中等技術學校		
везти (未完/定向；везу, везёшь; вёз, везла) кого-что	(用交通工具)載、運輸		
детский сад	幼稚園		
водить (未完/不定向；вожу, водишь) кого-что		引導、領、伴送	
нездорова (短尾形容詞；長尾：нездоровый)		身體不舒服的	
грузовик	卡車、貨車		
вести (未完/定向；веду, ведёшь; вёл, вела) кого-что	引導、帶領、給…帶路		
рука	手	вести за руку	牽手
вдали	(副) 在遠處	утка	鴨子
лодка	小船、舟艇		

Ответьте на вопросы:

1. В каком районе ты живёшь?
2. Почему ваша улица очень шумная?
3. Почему каждое утро ты видишь, как дети идут в школу?
4. Что дети несут в школу?
5. Почему Саша бежит?
6. Что делают маленькие дети, которые не ходят в школу?
7. Почему здесь часто летают самолёты?

8. Кто твой ста́рший брат? Куда́ он лети́т сего́дня?

9. На чём Ко́ля ча́сто е́здит на заня́тия?

10. Куда́ везёт Ко́ля ва́шу мла́дшую сестру́?

11. Почему́ сего́дня ма́ма не везёт её в де́тский сад?

12. Что и куда́ везёт грузови́к?

13. Куда́ ведёт же́нщина за́ руку ма́ленькую де́вочку?

14. Что де́лают у́тки о́коло бе́рега в воде́?

Текст-2 ▶ МР3-34

Вид тра́нспорта

С да́вних времён лю́ди не то́лько ходи́ли пешко́м, но и е́здили на **лошадя́х**, на **слона́х** и **верблю́дах**, пла́вали на **деревя́нных плота́х** и ло́дках и всегда́ мечта́ли лета́ть, как пти́цы. В на́ше вре́мя лю́ди е́здят на **автомоби́лях** и **поезда́х**, пла́вают на **корабля́х** и **парохо́дах**, лета́ют на самолётах. Совреме́нный челове́к не мо́жет жить без тра́нспорта, осо́бенно городско́й жи́тель.

Жи́тели ра́зных городо́в **испо́льзуют** ра́зные ви́ды тра́нспорта. Наприме́р, на у́лицах Пеки́на[1] и Хано́я[1] мо́жно уви́деть мо́ре велосипе́дов. Это студе́нты, шко́льники и слу́жащие е́дут на рабо́ту и учёбу. Велосипе́д — са́мый популя́рный вид тра́нспорта в э́тих города́х. Жи́тели Вене́ции[1] е́здят на рабо́ту и в го́сти друг к дру́гу на ло́дках (**гондо́лах**). Для тури́стов гондо́лы — э́то **экзо́тика**, а для венециа́нцев[2] — э́то **про́сто** городско́й тра́нспорт, **сре́дство передвиже́ния** по го́роду. В **Япо́нии** мно́гие лю́ди е́здят на **скоростны́х** поезда́х, кото́рые **дви́жутся** со **ско́ростью** три́ста км/час. Биле́т на та́кой по́езд сто́ит **недёшево**, но, как говоря́т, вре́мя доро́же[3] **де́нег**.

Москвичи́ **по-пре́жнему** е́здят на метро́ и **гордя́тся** им. Ежедне́вно ты́сячи люде́й испо́льзуют э́тот вид тра́нспорта. **В после́днее вре́мя** мно́гие москвичи́ **предпочита́ют** е́здить на свои́х автомоби́лях. **Одна́ко** большо́е коли́чество автомоби́лей на доро́гах Москвы́ создаёт **про́бки**. **В часы́ пик автомобили́сты** мо́гут **простоя́ть** в про́бке 2-3 часа́, поэ́тому москвичи́ из всех ви́дов тра́нспорта выбира́ют трамва́й. Трамва́й е́дет по своему́ **маршру́ту** ме́дленно, но **ве́рно**. Как говоря́т ру́сские, **ти́ше е́дешь — да́льше[3] бу́дешь**.

[1]   城市名，Пеки́н —北京，Хано́й —河內，Вене́ция —威尼斯。

[2]   венециа́нцев 是威尼斯人 венециа́нец 的複數第二格。

[3]   доро́же 為 дорого́й 的比較級，比較級＋第二格；да́льше 為 далеко́ 的比較級。

вид	種類、類型	тра́нспорт	運輸工具
с да́вних времён	很久以來	ло́шадь (она́)	馬
слон	大象	верблю́д	駱駝
деревя́нный	木製的、木頭的	плот	木筏
автомоби́ль (он)	汽車	по́езд	火車
кора́бль (он)	船舶、艦艇	парохо́д	輪船、汽船
испо́льзовать (未完，完；испо́льзую, испо́льзуешь) кого́-что			利用、使用、運用
гондо́ла	威尼斯遊船	экзо́тика	異國情調
про́сто	(語氣) 只是	сре́дство	工具、方式、方法
передвиже́ние	移動、遷移		
сре́дство передвиже́ния		交通工具	
Япо́ния	日本	скоростно́й	高速的
скоростно́й по́езд	高速列車		
дви́гаться (未完；дви́жусь, дви́жешься)/ дви́нуться (完；дви́нусь, дви́нешься)			走動、運動
ско́рость (она́)	速度	недёшево	(副) 不便宜地
де́ньги (они́)	金錢		
вре́мя доро́же де́нег		時間比金錢珍貴	
по-пре́жнему	(副) 依然、仍然		
горди́ться (未完; горжу́сь, горди́шься) кем-чем			以…為榮
в после́днее вре́мя	最近		
предпочита́ть (未完；предпочита́ю, предпочита́ешь)/ предпоче́сть (完；предпочту́, предпочтёшь; преодпочёл, предпочла́) кого́-что			更喜歡

однако	(連) 然而、可是	пробка	交通堵塞
пик	頂峰	час пик	尖峰時刻
автомобилист	汽車駕駛		
простоять (完；простою, простоишь)	停留(若干時間)		
маршрут	路線	верно	(副) 可靠地
тише (比較級；原級：тихо)	(副) 安靜地		
Тише едешь—дальше будешь.	寧靜致遠。		

Ответьте на вопросы:

1) На чём ездили, плавали люди с давних времён?

2) Как люди ездят, плавают, летают в наше время?

3) Какой вид транспорта самый популярный в Пекине и Ханое?

4) Как ездят на работу и в гости друг к другу жители Венеции?

5) С какой скоростью движутся скоростные поезда в Японии?

6) Сколько стоит билет на скоростной поезд?

7) Как ездят москвичи?

8) Сколько человек используют метро в Москве ежедневно?

9) Почему на дорогах Москвы появляются пробки в последнее время?

10) Сколько времени могут простоять в пробке автомобилисты в час пик?

11) Какой вид транспорта из всех выбирают москвичи? Почему?

В магазине

Диалог-1 ▶ MP3-35

Наташа: Покажите мне **чёрную сумку**.

Продавщица: Эту?

Наташа: Да, эту. Скажите, сколько она стоит?

Продавщица: 820 рублей.

Наташа: Это очень дорого. Я хочу купить рублей **за 500**[1].

Продавщица: Посмотрите вот эту. Она стоит 480. Очень хорошая сумка.

Наташа: Я возьму её.

Продавщица: Пожалуйста.

---

[1] купить за 500 рублей 意為「花 500 盧布買」，купить рублей за 500 則表示「花大約 500 盧布買」。

чёрный	黑色的	су́мка	包、手提包
за + что	用、花(若干錢)		

Диало́г-2 ▶ MP3-36

Продавщи́ца: Здра́вствуйте! Что вы хоти́те?

Лю́ба: Я хочу́ купи́ть дру́гу хоро́ший **шарф**. Како́й вы посове́туете?

Продавщи́ца: Я сове́тую вам вот э́тот. Очень краси́вый и **мо́дный** шарф.

Лю́ба: Он **шерстяно́й**?

Продавщи́ца: Да.

Лю́ба: Ско́лько он сто́ит? До́рого?

Продавщи́ца: Нет, **недо́рого**. 310 рубле́й.

Лю́ба: Вот, 350 рубле́й.

Продавщи́ца: Возьми́те сда́чу, пожа́луйста.

шарф	圍巾	мо́дный	時髦的、流行的
шерстяно́й	毛製的、毛織的	недо́рого	(副) 不貴地

Диало́г-3 ▶ MP3-37

Продавщи́ца: Слу́шаю вас.

Ван Мин: Бу́дьте добры́, **па́чку смета́ны**, два **паке́та** молока́ и три **йо́гурта**.

Продавщи́ца: Пожа́луйста. Что ещё?

Ван Мин: Одну́ **упако́вку соси́сок** и 300 **гра́ммов** «Столи́чной» колбасы́.

Продавщи́ца: Это в друго́м **отде́ле**.

Ван Мин: Тогда́, пожа́луйста, **полкилогра́мма** сы́ра.

Продавщи́ца: У нас мно́го **сорто́в**. **Вам како́й**?

Ван Мин: «Росси́йский». Ско́лько с меня́?

Продавщи́ца: 73 рубля́.

Ван Мин: Вот, пожа́луйста.

Продавщи́ца: Возьми́те сда́чу.

Ван Мин: Спаси́бо.

па́чка	一包、一束	смета́на	酸奶
паке́т	紙包、紙袋、紙盒	йо́гурт	優格

упако́вка	(包裝的)盒子、箱子	соси́ска	小灌腸、小香腸
грамм	公克	отде́л	部門
полкилогра́мма	半公斤	сорт	種、類
Вам како́й?	您要哪一種？		

Диало́г-4 ▶ MP3-38

Ван Мин: Пожа́луйста, да́йте **буты́лку** воды́ «Байка́л» и две **ба́нки** пи́ва.

Продавщи́ца: Что ещё?

Ван Мин: У вас есть **мандари́ны**?

Продавщи́ца: Не быва́ет. Это в отде́ле «Овощи-фру́кты».

Ван Мин: Тогда́ да́йте, пожа́луйста, два паке́та со́ка.

Продавщи́ца: Како́й вам сок?

Ван Мин: Я́блочный и **апельси́новый**.

Продавщи́ца: С вас 86 рубле́й. Пожа́луйста, да́йте без сда́чи, е́сли мо́жно.

Ван Мин: У меня́ как раз есть **ме́лочь**. Пожа́луйста.

Продавщи́ца: Спаси́бо.

Ван Мин: И вам спаси́бо.

буты́лка	一瓶	ба́нка	罐
мандари́н	柑、橘	апельси́новый	柳橙的
ме́лочь (она́)	(集) 零錢		

語法

1. 定向和不定向運動動詞

	定向運動動詞	不定向運動動詞	詞義
不及物動詞	идти́	ходи́ть	走
	е́хать	е́здить	乘車去
	бежа́ть	бе́гать	跑
	лете́ть	лета́ть	飛
	плыть	пла́вать	游泳
及物動詞	нести́	носи́ть	攜帶
	везти́	вози́ть	運
	вести́	води́ть	引領

2. 不及物運動動詞的動詞變化

人稱	бежа́ть	бе́гать	лете́ть	лета́ть	плыть	пла́вать
я	бегу́	бе́гаю	лечу́	лета́ю	плыву́	пла́ваю
ты	бежи́шь	бе́гаешь	лети́шь	лета́ешь	плывёшь	пла́ваешь
он/ она́	бежи́т	бе́гает	лети́т	лета́ет	плывёт	пла́вает
мы	бежи́м	бе́гаем	лети́м	лета́ем	плывём	пла́ваем
вы	бежи́те	бе́гаете	лети́те	лета́ете	плывёте	пла́ваете
они́	бегу́т	бе́гают	летя́т	лета́ют	плыву́т	пла́вают

3. 及物運動動詞的動詞變化

人稱	нести́	носи́ть	везти́	вози́ть	вести́	води́ть
я	несу́	ношу́	везу́	вожу́	веду́	вожу́
ты	несёшь	но́сишь	везёшь	во́зишь	ведёшь	во́дишь
он/ она́	несёт	но́сит	везёт	во́зит	ведёт	во́дит
мы	несём	но́сим	везём	во́зим	ведём	во́дим
вы	несёте	но́сите	везёте	во́зите	ведёте	во́дите
они	несу́т	но́сят	везу́т	во́зят	веду́т	во́дят
過去式	нёс несла́ несли́	носи́л носи́ла носи́ли	вёз везла́ везли́	вози́л вози́ла вози́ли	вёл вела́ вели́	води́л води́ла води́ли

定向運動動詞	不定向運動動詞
1. 表示有一定方向的運動 Де́ти бегу́т в парк. Самолёт лети́т в Москву́. Ма́льчики плы́вут к бе́регу.	1. 表示沒有一定方向的運動 Де́ти бе́гают и игра́ют во дворе́. Пти́цы лета́ют в не́бе. Ма́льчики пла́вают в реке́.
2. 表示某一時刻正在進行的、有方向的運動 Мать ведёт де́вочку в де́тский сад.	2. 表示往返的運動或經常性運動 Ка́ждое у́тро мать во́дит де́вочку в де́тский сад.
	3. 表示能力或本能 Мой друг хорошо́ пла́вает, бы́стро бе́гает. Дома́шние пти́цы почти́ не лета́ют.

4. 第二人稱命令式

將動詞不定式變成 они́ 的形式，然後去掉詞尾 (-ют, -ут, -ят, -ат)，加 -й、-и 或 -ь，即可構成單數第二人稱命令式，再加 -те 就可構成複數第二人稱命令式。

(1) 如果去掉 они́ 詞尾後為母音，則加 -й：

不定式	они́ 的動詞形式	命令式
чита́ть	чита́-ют	чита́й(те)
слу́шать	слу́ша-ют	слу́шай(те)
гуля́ть	гуля́-ют	гуля́й(те)
повторя́ть	повторя́-ют	повторя́й(те)

(2) 如果去掉 они́ 詞尾後為子音，且 я 動詞形式的重音又在詞尾則加 -и：

不定式	они́ 的動詞形式	я 的動詞形式	命令式
говори́ть	говор-я́т	говорю́	говори́(те)
смотре́ть	смо́тр-ят	смотрю́	смотри́(те)
писа́ть	пи́ш-ут	пишу́	пиши́(те)
купи́ть	ку́п-ят	куплю́	купи́(те)
идти́	ид-у́т	иду́	иди́(те)

(3) 如果去掉 они́ 詞尾後為子音，且 я 動詞形式的重音不在詞尾則加 -ь：

不定式	они́ 的動詞形式	я 的動詞形式	命令式
отве́тить	отве́т-ят	отве́чу	отве́ть(те)
гото́вить	гото́в-ят	гото́влю	гото́вь(те)
забы́ть	забу́д-ут	забу́ду	забу́дь(те)

特殊之命令式

(1) -авать：

    дава́ть   — дава́й(те)

    встава́ть — встава́й(те)

(2) пить   — пей(те)

    есть   — ешь(те)

例句：

Помоги́те!	Сади́тесь, пожа́луйста.	— Переда́й приве́т Ве́ре! — Спаси́бо, переда́м.

句型

1. потому́ что/ так как/ поэ́тому

　　потому́ что 和 так как 表示原因，поэ́тому 表示結果，потому́ что 和 поэ́тому 只能置於主句之後；так как 可置於主句之前或之後。

Воло́дя не́ был на уро́ке, потому́ что он был бо́лен. 沃洛嘉沒來上課，因為他生病了。 Воло́дя не́ был на уро́ке, так как он был бо́лен. 沃洛嘉沒來上課，因為他生病了。 Так как Воло́дя был бо́лен, он не́ был на уро́ке. 因為沃洛嘉生病了，他沒來上課。	Воло́дя был бо́лен, поэ́тому он не́ был на уро́ке. 沃洛嘉生病了，所以他沒來上課。

2. кому́ како́й/ како́е/ каку́ю？(誰要⋯的物品？)

— Да́йте мне, пожа́луйста, каранда́ш. 　請給我鉛筆 (意為「我要買鉛筆」)。 — Мне, пожа́луйста, тот, где цветы́, 　ро́зы. 　請給我有玫瑰花(圖樣)的鉛筆。	— **Вам како́й каранда́ш?** 　您要哪一種鉛筆？
— Де́вочка, что ты хо́чешь? 　小妹妹，你要什麼？ — **Тебе́ како́е?** 　你要哪一種 (冰淇淋)？	— Моро́женое. 　冰淇淋。 — За 10 рубле́й. «Эски́мо». 　10盧布的，「愛斯基摩」(品牌)。
— Покажи́те, пожа́луйста, руба́шку. 　請給我看一下襯衫。 — Покажи́те мне, пожа́луйста, бе́лую. 　請給我看白色的。	— Есть бе́лые и си́ние. **Вам каку́ю?** 　有白色和深藍色的，您要哪一件？

練習測驗

1. 請選填適當動詞

　　éхать/ éздить

1) Вчера́ мы _____ к дру́гу, кото́рый живёт далеко́ от на́шего до́ма.

　　Туда́ мы _____ на метро́, а домо́й мы _____ на такси́.

2) В суббо́ту тури́сты _____ в Но́вгород. Туда́ они́ _____

　　на по́езде, а в гости́ницу _____ на авто́бусе.

3) Ле́том мои́ друзья́ _____ на юг. Снача́ла они́ _____

　　на по́езде, а пото́м они́ _____ на маши́не.

4) Неда́вно студе́нты _____ в дере́вню. Снача́ла они́

　　_____ на по́езде, пото́м они́ _____ на авто́бусе.

2. 填充題

　　бежа́ть/ бе́гать

1) Де́ти _____ в шко́лу.

　　Де́ти _____ по па́рку и игра́ют в мяч.

2) Этот ма́льчик _____ о́чень бы́стро.

　　Сейча́с он _____ к реке́.

　　лете́ть/ лета́ть

3) —Вы не зна́ете, куда́ _____ э́тот самолёт?
　　—Он _____ в Япо́нию.

4) Этот самолёт обы́чно _____ с большо́й ско́ростью.

5) Когда́ мы _____ на самолёте, мы всегда́ чу́вствуем себя́
　　прекра́сно.

6) Мы _____ уже́ 2 часа́, че́рез 30 мину́т бу́дем в Пеки́не.

7) Брат ча́сто _____ на юг и за́пад страны́. Сего́дня мы вме́сте _____ на юг.

плыть/ пла́вать

8) Оле́г уже́ _____ к бе́регу, а его́ друг ещё _____.

9) Э́ти де́ти хорошо́ _____. Сейча́с они́ _____ к бе́регу.

10) Ива́н лю́бит _____. Он _____ хорошо́. Я смотрю́, как он бы́стро _____ к бе́регу.

3. 填充题

нести́/ носи́ть

1) Мой друг идёт на уро́к. Он _____ уче́бник и тетра́ди. Ка́ждый день он _____ на уро́к э́тот уче́бник.

2) Вот иду́т де́ти. Они́ _____ цветы́. Они́ ча́сто _____ цветы́ ма́ме домо́й.

вести́/ води́ть

3) Оте́ц идёт по у́лице. Он _____ дочь в парк. Оте́ц ка́ждый день _____ дочь гуля́ть в парк.

Ка́ждое у́тро мать _____ сы́на в шко́лу. Вот и сего́дня я иду́ на рабо́ту и встреча́ю её, она́ _____ ма́льчика в шко́лу.

везти́/ вози́ть

4) Маши́на е́дет к магази́ну и _____ молоко́. Э́та маши́на ка́ждый день _____ молоко́.

5) О́коло гости́ницы стоя́т авто́бусы, кото́рые _____ тури́стов на экску́рсии.

Вот е́дут авто́бусы. Они́ _____ тури́стов на экску́рсию.

4. 填充题

    1) Этот челове́к несёт _____. (газе́ты и пи́сьма)

    2) Такси́ во́зят _____. (тури́сты)

    3) Де́вушка шла и несла́ _____. (кни́ги)

    4) Ма́льчик шёл по у́лице и вёл _____. (соба́ка)

    5) Ма́ма е́хала в метро́ и везла́ _____. (су́мка)

    6) Вот идёт же́нщина. Она́ несёт _____. (ребёнок)

5. 填充题

    А. идти́/ ходи́ть, е́хать/ е́здить

    —Почему́ ты не _____ вчера́ на экску́рсию?

    —Я пло́хо себя́ чу́вствовал.

    —Что случи́лось? Ты _____ к врачу́?

    —Да. Я _____ в поликли́нику и ду́мал, почему́ мне так не везёт

    (不走運). Все сейча́с на экску́рсии, а я до́лжен _____ к врачу́.

    В. е́хать/ е́здить

    —На про́шлой неде́ле мы _____ в Тверь.

    —Вы _____ туда́ на по́езде?

    —Нет, на маши́не. Когда́ мы _____ че́рез Клин, реши́ли останови́ться

    (停下來), что́бы осмотре́ть го́род и побыва́ть (來到) в Музе́е Чайко́вского.

    Пото́м се́ли в маши́ну и пое́хали да́льше. Когда́ _____ туда́,

    маши́ну вела́ (開車) жена́, когда́ _____ обра́тно (往回), вёл

    маши́ну я сам. По доро́ге наза́д в Москву́, когда́ _____ че́рез

    Во́лгу, на мосту́ мы уви́дели ава́рию (事故). Кака́я-то маши́на столкну́лась

    (相撞) с грузовико́м (卡車).

C. идти́/ ходи́ть, нести́/ носи́ть, вести́/ води́ть, везти́/ вози́ть

По у́лице _____ же́нщина. Она́ _____ ребёнка.

Ря́дом _____ мужчи́на (男人), он _____ портфе́ль. Они́

подошли́ (走向) к остано́вке. Садя́тся в авто́бус. Авто́бус _____

их в центр.

D. идти́/ ходи́ть, нести́/ носи́ть

Ребёнок заболе́л. Мать _____ по ко́мнате и _____

его́. Оте́ц пошёл в апте́ку. Мать подошла́ к окну́. Вот _____ из

апте́ки оте́ц, он _____ лека́рство.

6. 請依示例改寫下列句子

Образе́ц: Вы не дади́те мне ваш биле́т?

→ *Да́йте мне, пожа́луйста, ваш биле́т.*

1) Вы не передади́те мне газе́ту?

   _____

2) Вы не помо́жете мне сде́лать э́ти упражне́ния?

   _____

3) Вы не возьмёте Ва́ню с собо́й в парк?

   _____

4) Вы не пока́жете нам свои́ фотогра́фии?

   _____

5) Вы не ска́жете, где нахо́дится ста́нция метро́?

   _____

6) Вы не объясни́те э́то сло́во?

   _____

7) Вы не расска́жете, как вы провели́ кани́кулы?

   _____

7. 連詞成句

1) Дéвушка, дать, пожáлуйста, счёт. Скóлько, с, я?

_____

2) Приносúть, словáрь, на, весь, урóки, рýсский, язы́к.

_____

3) Кáждый, день, э́тот, автóбус, возúть, студéнты, в, институ́т.

_____

4) Ребёнок, тóлько, год, он, ходúть, с, труд.

_____

5) Пéтя, опоздáть, на, заня́тия, поэ́тому, сейчáс, он, бежáть, в, институ́т.

_____

8. 聽力測驗 ▶ MP3-39

1) Николáй родúлся в _____ году́.
   a. 1990 　　　　b. 1991 　　　　c. 1992

2) Николáй _____.
   a. япóнец 　　　b. рýсский 　　　c. китáец

3) В семьé Николáя _____.
   a. 4 человéка 　b. 5 человéк 　　c. 6 человéк

4) Мáма Николáя _____.
   a. инженéр 　　b. врач 　　　　c. учи́тельница

5) Пáпа Николáя рабóтает _____.
   a. в институ́те 　b. в поликли́нике 　c. на завóде

6) Николáй у́чится _____.
   a. в институ́те 　b. в университéте 　c. в шкóле

7) Пóсле институ́та Николáй хóчет рабóтать _____.
   a. на завóде 　b. на пóчте 　　c. в кинотеáтре

8) Николáй плáвает в бассéйне _____.
   a. кáждый вéчер 　b. три рáза в недéлю 　c. кáждое воскресéнье

9) Николáю нрáвятся _____ фи́льмы.
   a. рýсские 　　b. китáйские 　　c. англи́йские

練習測驗解答

1. 請選填適當動詞

1) е́здили, е́хали, е́хали.   2) е́здили, е́хали, е́хали.   3) е́здили, е́хали, е́хали.

4) е́здили, е́хали, е́хали.

2. 填充題

1) бегу́т, бе́гают.   2) бе́гает, бежи́т.   3) лети́т, лети́т.

4) лета́ет.   5) лета́ем.   6) лети́м.

7) лета́ет, лети́м.   8) плывёт, пла́вает.   9) пла́вают, плыву́т.

10) пла́вать, пла́вает, плывёт.

3. 填充題

1) несёт, но́сит.   2) несу́т, но́сят.   3) ведёт, во́дит, во́дит, ведёт.

4) везёт, во́зит.   5) во́зят, везу́т.

4. 填充題

1) газе́ты и пи́сьма.   2) тури́стов.   3) кни́ги.   4) соба́ку.   5) су́мку.

6) ребёнка.

5. 填充題

A. е́здил, ходи́л, шёл, идти́.

B. е́здили, е́здили, е́хали, е́хали, е́хали, е́хали.

C. идёт, ведёт, идёт, несёт, везёт.

D. хо́дит, но́сит, идёт, несёт.

6. 請依示例改寫下列句子

1) Переда́йте мне, пожа́луйста, газе́ту.

2) Помоги́те мне, пожа́луйста, сде́лать э́ти упражне́ния.

3) Возьми́те, пожа́луйста, Ва́ню с собо́й в парк.

4) Покажи́те нам, пожа́луйста, свои́ фотогра́фии.

5) Скажи́те, пожа́луйста, где нахо́дится ста́нция метро́.

6) Объясни́те, пожа́луйста, э́то сло́во.

7) Расскажи́те, пожа́луйста, как вы провели́ кани́кулы.

7. 連詞成句

1) Де́вушка, да́йте, пожа́луйста, счёт. Ско́лько с меня́?

2) Приноси́те слова́рь на все уро́ки ру́сского языка́.

3) Ка́ждый день э́тот авто́бус во́зит студе́нтов в институ́т.

4) Ребёнку то́лько год, он хо́дит с трудо́м.

5) Пе́тя опозда́л на заня́тия, поэ́тому сейча́с он бежи́т в институ́т.

8. 聽力測驗

1) c 2) b 3) a 4) b 5) c 6) a 7) a 8) b 9) c

Никола́й роди́лся в 1992 году́ в Санкт-Петербу́рге. Семья́ у него́ небольша́я — четы́ре челове́ка: ба́бушка, ма́ма, па́па и он. Ма́ма рабо́тает в поликли́нике, а па́па на заво́де, он инжене́р. Никола́й у́чится в институ́те. Когда́ он око́нчит институ́т, он бу́дет рабо́тать на заво́де, как па́па. По́сле заня́тий в институ́те три ра́за в неде́лю Никола́й пла́вает в бассе́йне. Иногда́ он хо́дит с дру́гом в кино́. Ему́ нра́вятся англи́йские фи́льмы.

Уро́к 8

本課學習目標：1. 課文：Необы́чная экску́рсия、Пе́рвый день в Москве́、
　　　　　　　　　Ири́на е́дет на рабо́ту
　　　　　　　2. 對話：По го́роду
　　　　　　　3. 語法：пойти́的用法、加前綴的運動動詞、Где? Куда́? Отку́да?
　　　　　　　4. 句型：Как дое́хать (дойти́) до ...
　　　　　　　　　　проехать (пройти́) в/ на ...

Текст-1　▶ MP3-40

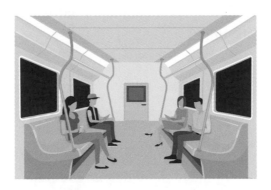

Необы́чная экску́рсия

　　В оди́н из свои́х **прие́здов** в Москву́ писа́тель Ма́ртин Андерсен Не́ксе **отпра́вился** на необы́чную экску́рсию. Ра́но у́тром он **вы́шел** из гости́ницы, вошёл в метро́, **дое́хал** до ста́нции «Соко́льники», вы́шел из метро́, подошёл к остано́вке тролле́йбуса. На тролле́йбусе он дое́хал до одного́ моско́вского стадио́на. У стадио́на он сде́лал переса́дку и на авто́бусе сно́ва пое́хал в центр го́рода. А че́рез год и́ли два он рассказа́л нам об э́той необы́чной экску́рсии.

　　— В авто́бусах, тролле́йбусах, в **ваго́нах** метро́ лю́ди чита́ли. Я ви́дел молодо́го **рабо́чего**, кото́рый чита́л стихи́. Лю́ди шли к вы́ходу, меша́ли ему́, а он продолжа́л чита́ть. Больша́я ра́дость для писа́теля ви́деть, как лю́ди вот так чита́ют кни́ги.

необы́чный	特殊的、不尋常的	прие́зд	到來
отправля́ться (未完；отправля́юсь, отправля́ешься)/ отпра́виться (完；отпра́влюсь, отпра́вишься) в/ на что			到…去、前往

выходи́ть (未完；выхожу́, выхо́дишь)/ вы́йти (完；вы́йду, вы́йдешь; вы́шел, вы́шла) из/ с чего́		走出、出來、出去	
доезжа́ть (未完；доезжа́ю, доезжа́ешь)/ дое́хать (完；дое́ду, дое́дешь) до чего́		來到、抵達(某處)	
ваго́н	車廂	рабо́чий	工人

Отве́тьте на вопро́сы:

1. Отку́да Ма́ртин Андерсен Не́ксе вы́шел?

2. На чём он дое́хал до ста́нции «Соко́льники»?

3. Как он дое́хал до одного́ моско́вского стадио́на?

4. Где он сде́лал переса́дку?

5. Как он пое́хал в центр го́рода?

6. Что де́лали лю́ди в авто́бусах, тролле́йбусах, в ваго́нах метро́?

7. Что чита́л молодо́й рабо́чий?

Текст-2 ▶MP3-41

Пе́рвый день в Москве́

Самолёт **прилете́л** в Москву́ ве́чером. Мы вы́шли из самолёта и уви́дели, что идёт снег. Когда́ мы **отошли́** от самолёта, я вспо́мнил, что забы́л там кни́гу, и побежа́л наза́д. Пото́м мы пошли́ на **стоя́нку такси́**. На такси́ мы пое́хали в го́род. Мы **прое́хали** че́рез лес и прие́хали в го́род. Мы проезжа́ли **ми́мо** высо́ких и краси́вых зда́ний.

Вско́ре маши́на **подъе́хала** к гости́нице. Мы вы́шли из такси́ и пошли́ в гости́ницу. Мы вошли́ в неё, подошли́ к администра́тору и спроси́ли, есть ли свобо́дные места́. Нам да́ли но́мер на после́днем этаже́. Мы **внесли́** свои́ ве́щи в **лифт** и пое́хали **наве́рх**. В ко́мнате я подошёл к окну́, из кото́рого уви́дел весь го́род. «Как хорошо́, что мы прие́хали сюда́!» — сказа́л мне мой друг.

прилета́ть (未完；прилета́ю, прилета́ешь)/ прилете́ть (完；прилечу́, прилети́шь)			飛來、飛抵達
отходи́ть (未完；отхожу́, отхо́дишь)/ отойти́ (完；отойду́, отойдёшь; отошёл, отошла́) от кого́-чего́			走開(若干距離)
стоя́нка	停泊處	стоя́нка такси́	計程車招呼站
проезжа́ть (未完；проезжа́ю, проезжа́ешь)/ прое́хать (完；прое́ду, прое́дешь) что, че́рез что, ми́мо чего́			駛過、從…旁駛過
ми́мо＋кого́-чего́		(不停留地)從旁邊(過去)	
подъезжа́ть (未完；подъезжа́ю, подъезжа́ешь)/ подъе́хать (完；подъе́ду, подъе́дешь) к кому́-чему́			駛近、(車等)開到
вноси́ть (未完；вношу́, вно́сишь)/ внести́ (完；внесу́, внесёшь) что во что			拿進、搬進、帶入
лифт	電梯、升降梯	наве́рх	(副) 往上、向上

Отве́тьте на вопро́сы:

1. Когда́ прилете́л самолёт в Москву́?
2. Что мы уви́дели, когда́ мы вы́шли из самолёта?
3. Заче́м я побежа́л наза́д?
4. На чём мы пое́хали в го́род?
5. Как мы е́хали в гости́ницу?
6. Где нахо́дится наш но́мер?
7. Что я уви́дел из окна́ в ко́мнате?

Текст-3 ▶MP3-42

Ири́на е́дет на рабо́ту

Ири́на живёт в райо́не Изма́йловского па́рка, на **окра́ине** Москвы́. Де́тская поликли́ника, в кото́рой она́ рабо́тает, нахо́дится в це́нтре го́рода. От до́ма до своéй рабо́ты она́ е́дет снача́ла на авто́бусе, пото́м на метро́ и, **кро́ме того́**, де́сятьдвена́дцать мину́т идёт пешко́м.

Ка́ждое у́тро она́ встаёт, **принима́ет душ**, одева́ется и за́втракает. В во́семь часо́в она́ выхо́дит из кварти́ры. Она́ живёт на пя́том этаже́, и обы́чно она́ **спуска́ется вниз** на ли́фте. Но сего́дня лифт на **ремо́нте**, и поэ́тому ей **прихо́дится** идти́ по **ле́стнице** пешко́м. Она́ выхо́дит из до́ма и идёт к авто́бусной остано́вке. Остано́вка нахо́дится как раз напро́тив до́ма. Она́ **перехо́дит** че́рез у́лицу и ждёт авто́буса. Авто́бусы в э́то вре́мя хо́дят ча́сто, и ей не прихо́дится до́лго ждать.

Подхо́дит авто́бус. Обы́чно в э́ти часы́ все е́дут на рабо́ту, и в авто́бусе мно́го наро́ду. Она́ проезжа́ет две остано́вки, выхо́дит из авто́буса и идёт к метро́. Она́ вхо́дит в **вестибю́ль**, прохо́дит че́рез **турнике́т**, **зате́м** на **эскала́торе** спуска́ется вниз. Подхо́дит по́езд. Она́ вхо́дит в ваго́н и сади́тся, е́сли есть свобо́дное ме́сто.

На ста́нции «Театра́льная» она́ выхо́дит из по́езда, **поднима́ется** на эскала́торе и выхо́дит на у́лицу. **Отсю́да** до рабо́ты де́сять мину́т **ходьбы́**. Это **расстоя́ние** — две остано́вки — мо́жно прое́хать на тролле́йбусе. Обы́чно от метро́ до поликли́ники она́ идёт пешко́м, осо́бенно е́сли она́ хо́чет **зайти́** в магази́н. Но е́сли плоха́я пого́да, и́ли **сра́зу** подошёл тролле́йбус, и́ли она́ чу́вствует, что мо́жет **опозда́ть**, она́ е́дет э́ти две остано́вки на тролле́йбусе.

У Ири́ны есть маши́на, у неё есть **води́тельские права́**, и она́ непло́хо **во́дит маши́ну**, но предпочита́ет е́здить на рабо́ту и с рабо́ты на городско́м тра́нспорте. В час пик на у́лицах го́рода тако́е **движе́ние**, что **легко́ попа́сть** в про́бку и опозда́ть на рабо́ту.

окра́ина	郊區	кро́ме + кого́-чего́	除···之外
кро́ме того́	此外		
принима́ть/ приня́ть душ		洗淋浴	
спуска́ться (未完；спуска́юсь, спуска́ешься)/ спусти́ться (完；спущу́сь, спу́стишься)			下去、下來
вниз	(副) 往下、向下	ремо́нт	修理
прихо́дится кому́ + 動詞不定式		(無人稱) 不得不、只好、有必要	
ле́стница	樓梯		
переходи́ть (未完；перехожу́, перехо́дишь)/ перейти́ (完；перейду́, перейдёшь) что, че́рез что			走過、越過
вестибю́ль (он)	入口處的大廳	турнике́т	旋轉閘門

зате́м	(副) 然後、後來	эскала́тор	手扶梯
поднима́ться (未完；поднима́юсь, поднима́ешься)/ подня́ться (完；подниму́сь, подни́мешься)			登上、走上
отсю́да	(副) 從這裡、從此地	ходьба́	走路、步行
расстоя́ние	距離		
заходи́ть (未完；захожу́, захо́дишь)/ зайти́ (完；зайду́, зайдёшь) в/ на что, за кем-чем			順路走到、去取(東西)、去(找人)
сра́зу	(副) 馬上、立刻、一下子		
опа́здывать (未完；опа́здываю, опа́здываешь)/ опозда́ть (完；опозда́ю, опозда́ешь)			遲到
води́тельский	駕駛員的	пра́во	權利、法律
права́ (они́)	許可證、證書	води́тельские права́	駕照
води́ть маши́ну	開車	движе́ние	交通
легко́	(副) 容易地		
попада́ть (未完；попада́ю, попада́ешь)/ попа́сть (完；попаду́, попадёшь; попа́л, попа́ла) в/ на что			(偶然)身處(某境遇、狀態)、陷入

Отве́тьте на вопро́сы:

1. Где живёт Ири́на?

2. Где нахо́дится де́тская поликли́ника, в кото́рой она́ рабо́тает?

3. Как е́дет на рабо́ту Ири́на?

4. Когда́ выхо́дит Ири́на из кварти́ры?

5. На како́м этаже́ она́ живёт? Как она́ обы́чно спуска́ется вниз?

6. Почему́ сего́дня она́ идёт по ле́стнице пешко́м?

7. Куда́ она́ идёт по́сле того́, как она́ выхо́дит из до́ма?

8. Где нахо́дится авто́бусная остано́вка?

9. Почему́ в авто́бусе мно́го наро́ду?

10. Как она́ е́дет на ста́нцию метро́?

11. Как она́ идёт к ваго́ну по́езда?

12. На како́й ста́нции она́ выхо́дит из по́езда?

13. Ско́лько вре́мени она́ идёт от ста́нции «Театра́льная» до рабо́ты?

14. Как она́ е́дет на рабо́ту, е́сли она́ не хо́чет идти́ пешко́м?

15. Ири́на уме́ет води́ть маши́ну? Как она́ во́дит маши́ну?

16. Почему́ она́ предпочита́ет е́здить на рабо́ту и с рабо́ты на городско́м тра́нспорте?

По городу

Диало́г-1 ▶MP3-43

Ван Мин: Скажи́те, пожа́луйста, как **дойти́** до
Пу́шкинской пло́щади ?

Прохо́жий: Ну́жно идти́ **пря́мо**, пото́м нале́во, пото́м
напра́во.

Ван Мин: Это далеко́?

Прохо́жий: Да, далеко́. Лу́чше прое́хать на трамва́е 3 остано́вки.

доходи́ть (未完 ; дохожу́, дохо́дишь)/	走到
дойти́ (完 ; дойду́, дойдёшь; дошёл, дошла́) до чего́	
пря́мо	(副) 一直、照直

Диало́г-2 ▶MP3-44

Ван Мин: Вы не зна́ете, где нахо́дится гости́ница «Украи́на»?

Прохо́жий: На Куту́зовском **проспе́кте**.

Ван Мин: Это далеко́?

Прохо́жий: **Дово́льно** далеко́.

Ван Мин: Как туда́ прое́хать?

Прохо́жий: На 17-ом тролле́йбусе.

Ван Мин: А где выходи́ть?

Прохо́жий: Выходи́те на остано́вке «**Ки́евский вокза́л**».

проспе́кт	大街、大道	дово́льно	(副) 相當地、頗
ки́евский	基輔的	вокза́л	火車站

Диало́г-3 ▶MP3-45

Пассажи́р А: Скажи́те, пожа́луйста, вы выхо́дите на
сле́дующей остано́вке?

Пассажи́р Б: Нет, не выхожу́.

Пассажи́р А: **Разреши́те пройти́**.

Пассажи́р Б: Пожа́луйста.

пассажи́р	乘客	сле́дующий	下一個的、後繼的

разреша́ть (未完；разреша́ю, разреша́ешь)/ 　　　　　准許、批准、許可
　разреши́ть (完；разрешу́, разреши́шь;
　разреши́те為複數第二人稱命令式) кому́＋不定式

Разреши́те пройти́. 　　　　　　　　請讓我過去、借過。

Диало́г-4 ▶MP3-46

Ван Мин: **Прости́те**[1], вы не зна́ете, как называ́ется э́та у́лица?

Прохо́жий: Ломоно́совский проспе́кт.

Ван Мин: Вы не ска́жете, как мне отсю́да прое́хать в центр?

Прохо́жий: Кака́я ста́нция вам нужна́?

Ван Мин: «Охо́тный ряд». Хочу́ посмотре́ть Кра́сную пло́щадь.

Прохо́жий: Снача́ла вам ну́жно дое́хать до метро́ «Университе́т».

Ван Мин: На чём?

Прохо́жий: На любо́м трамва́е. То́лько вам ну́жно перейти́ на другу́ю **сто́рону**.

Ван Мин: А ско́лько остано́вок е́хать?

Прохо́жий: Две. А от метро́ «Университе́т» вы дое́дете до ста́нции «Охо́тный ряд».

Ван Мин: Спаси́бо.

[1] 複數第二人稱命令式，用作插入語，意為「對不起」。

проща́ть (未完；проща́ю, проща́ешь)/ 　　　　　原諒、饒恕
　прости́ть (完；прощу́, прости́шь) кого́-что

сторона́ 　　　　一邊、一側

Диало́г-5 ▶MP3-47

Ангели́на: Викто́рия, ты была́ в Большо́м теа́тре?

Викто́рия: Была́. А ты?

Ангели́на: Я не была́, но я зна́ю, что Большо́й теа́тр нахо́дится в це́нтре Москвы́.

Викто́рия: Он на **Театра́льной** пло́щади. Ря́дом с **Ма́лым** теа́тром и **Центра́льным** де́тским теа́тром.

Ангели́на: А как дое́хать до Театра́льной пло́щади?

Викто́рия: Ну́жно е́хать до ста́нции метро́ «Театра́льная». Теа́тр напро́тив метро́.

театра́льный	劇院的	ма́лый	小的
центра́льный	中央的、主要的、基本的		

語法

1. пойти́/ пое́хать 的用法

пойти́/ пое́хать 為完成體，表示「前往」、「出發」。

例：

未來式	過去式
—Куда́ пойду́т за́втра ваши́ друзья́?	Утром мы поза́втракали и пошли́ на рабо́ту.
—За́втра они́ пойду́т на конце́рт.	Я написа́л письмо́ и пошёл на по́чту.
—Куда́ ты пое́дешь в сле́дующем ме́сяце?	Студе́нты сда́ли экза́мены и пое́хали отдыха́ть.
—В сле́дующем ме́сяце я пое́ду в Герма́нию.	Он хоте́л купи́ть оде́жду и пое́хал в магази́н.

2. 加前綴的運動動詞

加前綴的運動動詞	中譯	前置詞	示例
приходи́ть прийти́ приезжа́ть прие́хать	回到 走來	в/ на что к кому́ из/ с чего́, от кого́	пришёл домо́й с рабо́ты пришёл к нам
уходи́ть уйти́ уезжа́ть уе́хать	離開 走開	в/ на что к кому́ из/ с/ чего́, от кого́	ушёл в мо́ре 出海去了 ушёл к сосе́ду ушёл от му́жа 拋下丈夫離去
входи́ть войти́ въезжа́ть въе́хать	走進 進入	во что	вошёл в ко́мнату
выходи́ть вы́йти выезжа́ть вы́ехать	走出 出來	из чего́ в/ на что	вы́шел из до́ма вы́шел на у́лицу

подходи́ть подойти́ подъезжа́ть подъе́хать	走近	к чему́	По́езд подхо́дит к ста́нции. 火車要到站了。
отходи́ть отойти́ отъезжа́ть отъе́хать	離開 走開	от чего́ в/ на что к чему́	отойти́ от две́ри 從門口走開了 По́езд отошёл от ста́нции. отошёл к две́ри 退向門口
проходи́ть пройти́ проезжа́ть прое́хать	穿過 走過	что че́рез что над/ под чем ми́мо чего́	пройти́ не́сколько шаго́в 走幾步 прошёл че́рез коридо́р 穿過走廊 прошёл под мосто́м прошёл ми́мо до́ма
переходи́ть перейти́ переезжа́ть перее́хать	越過 渡過	че́рез что в/ на что	перешёл (че́рез) мост перешёл на другу́ю сто́рону 走到另一邊
заходи́ть зайти́ заезжа́ть зае́хать	順道去 順便拜 訪 去取…	в/ на что к кому́ за чем	зашёл в магази́н зашёл ко мне зашёл за хле́бом
доходи́ть дойти́ доезжа́ть дое́хать	走到	до чего́	дошёл до ста́нции
обходи́ть обойти́ объезжа́ть объе́хать	走一圈 環行	что вокру́г чего́	обошёл о́зеро обошёл вокру́г о́зера
сходи́ть сойти́ съезжа́ть съе́хать	走下 下來	с чего́ на что на что	сошёл с горы́ Ночь сошла́ на зе́млю. 夜幕降臨大地。
всходи́ть взойти́	登上 走上	на что	взошёл на верши́ну го́ры 登上山頂 Со́лнце взошло́. 太陽升起了。

Анто́н реши́л пойти́ в музе́й.

Он вы́шел из до́ма
в 10 часо́в,

пошёл по у́лице,

— Анто́на нет, он
ушёл в 10 часо́в.

в два часа́ он
пришёл домо́й,

перешёл че́рез
мост,

вошёл в зал,

ИДТИ́

прошёл че́рез парк,

дошёл до музе́я за
полчаса́,

подошёл к
па́мятнику,

зашёл в кафе́,

обошёл вокру́г
па́мятника,

142

Анто́н реши́л пое́хать к дру́гу.

Он вы́ехал из до́ма в 6 часо́в,

поéхал по доро́ге,

проéхал че́рез центр,

— Анто́на нет, он уéхал.

— Наконéц ты приéхал!

доéхал до па́мятника,

объéхал вокру́г па́мятника,

ÉХАТЬ

отъéхал от па́мятника и поéхал да́льше,

въéхал во двор.

подъéхал к воро́там,

съéхал с го́ры,

переéхал че́рез мост,

3. Где? Куда́? Отку́да? 表示場所或方向的前置詞

Где?	Куда́?	Отку́да?
в магази́не	**в** магази́н	**из** магази́на
на рабо́те	**на** рабо́ту	**с** рабо́ты
у врача́	**к** врачу́	**от** врача́

Где?	Куда́?	Отку́да?
Я был в университе́те.	Я иду́ домо́й.	Сейча́с я до́ма. Я пришёл домо́й из университе́та.
Друзья́ бы́ли в Петербу́рге.	Они́ е́дут в Москву́.	Друзья́ сейча́с в Москве́. Они́ прие́хали в Москву́ из Петербу́рга.

句型

1. Как дое́хать (дойти́) до ... (如何到…)

　　　проéхать (пройти́) в/ на ...

	дое́хать (дойти́)	до зоопа́рка?	怎麼到動物園？
Как	проéхать (пройти́)	на Кра́сную пло́щадь?	怎麼到紅場？
		в центр го́рода?	怎麼到市中心？

練習測驗

1. 填充題

идти́/ пойти́/ прийти́

1) Студе́нты поза́втракали и _____ в аудито́рию. Они́ _____ туда́ о́чень бы́стро. Они́ _____ в аудито́рию, когда́ заня́тие ещё не начало́сь.

2) По́сле за́втрака мы _____ в шко́лу. Мы _____ бы́стро, но опозда́ли. Мы _____ в шко́лу, когда́ уро́к уже́ начался́.

3) Я написа́л письмо́ и _____ на по́чту. Я _____ туда́ пешко́м. Я _____ на по́чту и бро́сил письмо́ в почто́вый я́щик. (郵筒)

е́хать/ пое́хать/ прие́хать

4) Ван Мин купи́л уче́бник и _____ домо́й. Он _____ домо́й на трамва́е. Он _____ домо́й и на́чал занима́ться.

5) Я _____ в дере́вню на маши́не ра́но у́тром. Доро́га была́ хоро́шая, и я бы́стро _____. Я _____ в дере́вню, когда́ мои́ друзья́ ещё спа́ли.

6) Студе́нты _____ в Москву́ ве́чером. Они́ _____ туда́ всю ночь. Утром они́ _____ в Москву́.

2. 請選填適當動詞 ходи́ть/ идти́/ пойти́/ прийти

1) Вчера́ мы _____ в кино́.

2) Мы вы́шли из до́ма и _____ в кинотеа́тр.

3) Мы _____ туда́ пешко́м.

4) Когда́ мы _____ в кинотеа́тр, фильм ещё не начался́.

5) В ка́ссе (售票處) мы купи́ли биле́ты и _____ в киноза́л (電影放映廳).

6) По́сле фи́льма мы _____ домо́й.

7) Когда́ мы _____ домо́й, мы всё вре́мя говори́ли о фи́льме.

3. 填充題

1) Преподава́тель вошёл _____ (аудито́рия), и ле́кция начала́сь.

2) Мы вы́шли _____ (кинотеа́тр) и пошли́ к остано́вке автобу́са.

3) Он пришёл _____ (поликли́ника) и спроси́л, когда́ принима́ет врач.

4) Когда́ я подошёл _____ (дом), я уви́дел, что о́коло до́ма стои́т маши́на.

5) Он отошёл _____ (окно́) и на́чал занима́ться.

6) Вчера́ мы ушли́ _____ (университе́т) в 5 часо́в ве́чера.

7) Когда́ я дошёл _____ (дом), бы́ло уже́ по́здно.

4. 請填入適當的運動動詞（加前綴或不加前綴）

1) Вчера́ мы с Ле́ной _____ в кино́. Мы _____ из до́ма и _____ по у́лице. Когда́ мы _____ по у́лице, начался́ дождь. Мы реши́ли зайти́ в магази́н и немно́го подожда́ть. Дождь ско́ро ко́нчился, мы _____ из магази́на и _____ да́льше. Кинотеа́тр находи́лся на друго́й стороне́ у́лицы. Мы _____ че́рез у́лицу и _____ в кинотеа́тр. Мы _____ к ка́ссе и купи́ли биле́ты. До нача́ла сеа́нса остава́лось ещё 30 мину́т, поэ́тому мы

146

_____ на у́лицу. Мы _____ до пло́щади и верну́лись наза́д.

2) Вчера́ мы с дру́гом _____ в Большо́й теа́тр. Мы _____ из общежи́тия в 4 часа́. Мы _____ к остано́вке и ста́ли ждать авто́буса. Че́рез 5 мину́т авто́бус _____ к остано́вке. Авто́бус останови́лся (停下來), из него́ _____ все пассажи́ры. Мы _____ в авто́бус. Ско́ро авто́бус _____ от остано́вки. Он _____ о́чень бы́стро. Мы _____ на авто́бусе до це́нтра. В це́нтре мы _____ из авто́буса. Все _____ в теа́тр, а я _____ в магази́н, что́бы купи́ть цветы́. Когда́ я _____ в теа́тр, уже́ прозвене́л (叮噹作響) второ́й звоно́к. Я разде́лся (脫衣) и _____ в зал.

3) В про́шлое воскресе́нье мы _____ за́ город. Мы _____ из до́ма в 8 часо́в утра́. О́коло до́ма нас ждал друг со свое́й маши́ной. Мы се́ли в маши́ну и _____. Снача́ла мы _____ по го́роду, а пото́м _____ из го́рода по шоссе́ (公路). Мы _____ киломе́тров (公里) пятьдеся́т. Бы́ло о́чень жа́рко, и мы _____ к реке́. Мы _____ из маши́ны и _____ к воде́. Здесь, на берегу́ реки́, мы провели́ весь день. Мы игра́ли в мяч, _____ в лес. В 5 часо́в ве́чера мы _____ обра́тно (往回). В 7 часо́в мы _____ домо́й.

4) С рабо́ты Ве́ра _____ по́здно. Бы́ло уже́ 7 часо́в ве́чера, когда́ она́ _____ из своего́ о́фиса. Она́ спусти́лась на пе́рвый эта́ж, _____ на у́лицу и ста́ла лови́ть такси́ (叫計程車). Наконе́ц кто́-то останови́лся, и Ве́ра се́ла в маши́ну. Ве́ра сказа́ла, куда́ на́до е́хать и как туда́ быстре́е_____, но сра́зу ста́ло я́сно, что води́тель (司機) пло́хо зна́ет го́род. Когда́ они́ _____ че́рез реку́ и _____ ми́мо центра́льного ры́нка, Ве́ра поняла́, что они́ е́дут не в ту сто́рону. Поэ́тому Ве́ра _____ домо́й то́лько в оди́ннадцатом часу́ (十點多) ве́чера.

5. 請依示例寫出下列句子的反義句

Образе́ц: Он пришёл в шко́лу. → *Он ушёл из шко́лы.*

1) Оте́ц вошёл в библиоте́ку. _____

2) Студе́нты уе́хали на ро́дину. _____

3) Ма́льчик подошёл к окну́. _____

4) Я вы́шел из ко́мнаты. _____

5) Тури́сты прие́хали в го́род. _____

6) Преподава́тель вошёл в аудито́рию._____

7) Шко́льник отошёл от две́ри. _____

8) Пассажи́ры вы́шли из ваго́на. _____

6. 連詞成句

1) Авто́бус, подойти́, к, остано́вка, и, останови́ться.

_____

2) Ива́н, войти́, в, поликли́ника, и, спроси́ть, когда́, принима́ть, врач.

_____

3) Шко́льники, прийти́, в, класс, и, принести́, уче́бники.

_____

4) Этот, де́вушка, пройти́, ми́мо, о́зеро, и, войти́, в, лес.

_____

5) Оте́ц, перейти́, че́рез, доро́га, и, подойти́, к, кио́ск.

_____

6) Когда́, Пётр, идти́, в, теа́тр, по, доро́га, он, зайти́, в, кни́жный, магази́н.

_____

7) Они́, дое́хать, до, центр, Москва́, на, метро́, и, на, авто́бус.

_____

7. 聽力測驗 ▶ MP3-48

1) В на́шей кварти́ре _____ ко́мнаты.
   a. 2   b. 3   c. 4
2) Ра́ньше мы жи́ли в _____.
   a. но́вом райо́не   b. це́нтре   c. дере́вне
3) Ка́ждый день я е́ду в институ́т на _____.
   a. метро́   b. авто́бусе   c. метро́ и авто́бусе
4) Заня́тия конча́ются в _____.
   a. 4 часа́   b. 5 часо́в   c. 6 часо́в
5) Е́сли я хочу́ пойти́ в теа́тр, в го́сти и́ли в кино́, я _____.
   a. возвраща́юсь домо́й   b. иду́ в кафе́   c. иду́ в библиоте́ку
6) Я ча́сто возвраща́юсь _____.
   a. по́здно   b. ра́но

練習測驗解答

1. 填充題

1) пошли́, шли, пришли́.   2) пошли́, шли, пришли́.
3) пошёл, шёл, пришёл.   4) пое́хал, е́хал, прие́хал.
5) пое́хал, е́хал, прие́хал.   6) пое́хали, е́хали, прие́хали.

2. 請選填適當動詞 ходи́ть/ идти́/ пойти́/ прийти́

   1) ходи́ли.   2) пошли́.   3) шли.   4) пришли́.   5) пошли́.
   6) пошли́.   7) шли.

3. 填充題

   1) в аудито́рию.   2) из кинотеа́тра.   3) в поликли́нику.   4) к до́му.
   5) от окна́.   6) из университе́та.   7) до до́ма.

4. 請填入適當的運動動詞（加前綴或不加前綴）

   1) ходи́ли, вы́шли, пошли́, шли, вы́шли, пошли́, перешли́, вошли́, подошли́, вы́шли (пошли́), дошли́.
   2) ходи́ли, вы́шли, подошли́, подошёл, вы́шли, вошли́, отошёл, шёл, дое́хали, вы́шли, пошли́, зашёл, пришёл, вошёл.
   3) е́здили, вы́шли, пое́хали, е́хали, вы́ехали, прое́хали, подъе́хали (пое́хали), вы́шли, пошли́ (подошли́), ходи́ли, пое́хали, прие́хали.
   4) пришла́, вы́шла, вы́шла, дое́хать, перее́хали, прое́хали, прие́хала.

5. 請依示例寫出下列句子的反義句

   1) Оте́ц вы́шел из библиоте́ки.
   2) Студе́нты прие́хали с ро́дины.
   3) Ма́льчик отошёл от окна́.
   4) Я вошёл в ко́мнату.
   5) Тури́сты уе́хали из го́рода.
   6) Преподава́тель вы́шел из аудито́рии.
   7) Шко́льник подошёл к две́ри.
   8) Пассажи́ры вошли́ в ваго́н.

6. 連詞成句

   1) Авто́бус подошёл к остано́вке и останови́лся.
   2) Ива́н вошёл в поликли́нику и спроси́л, когда́ принима́ет врач.
   3) Шко́льники пришли́ в класс и принесли́ уче́бники.
   4) Эта де́вушка прошла́ ми́мо о́зера и вошла́ в лес.
   5) Оте́ц перешёл че́рез доро́гу и подошёл к кио́ску.
   6) Когда́ Пётр шёл в теа́тр, по доро́ге он зашёл в кни́жный магази́н.
   7) Они́ дое́хали до це́нтра Москвы́ на метро́ и на авто́бусе.

7. 聽力測驗

1) b 2) b 3) c 4) a 5) c 6) a

У нас больша́я све́тлая кварти́ра: три ко́мнаты, гости́ная, ку́хня, ва́нная. Мы купи́ли её неда́вно. Ра́ньше мы жи́ли в це́нтре, а тепе́рь в но́вом райо́не. Это далеко́ от институ́та, где я учу́сь. Поэ́тому я ра́но встаю́ и е́ду туда́ снача́ла на метро́, пото́м на авто́бусе. Заня́тия конча́ются в 4 часа́. Если я хочу́ пойти́ в теа́тр, в го́сти и́ли в кино́, я не возвраща́юсь домо́й, э́то о́чень до́лго. Я иду́ в библиоте́ку, занима́юсь немно́го, а уже́ пото́м иду́, куда́ хочу́. Вот почему́ я ча́сто возвраща́юсь домо́й по́здно. Но ма́ма и па́па понима́ют меня́.

Уро́к 9

本課學習目標：1. 課文：Анто́н Па́влович Че́хов、Двена́дцать ме́сяцев (I)
2. 對話：Здоро́вье
3. 語法：複數名詞、形容詞、物主代詞的第三格、無人稱句
4. 句型：кто бо́лен (больна́, больны́)、у кого́ боли́т＋что

Те́кст-1 ▶ MP3-48

Анто́н Па́влович Че́хов

В э́том (2020) году́ мы отмеча́ем замеча́тельную да́ту — сто шестьдеся́т лет со дня рожде́ния **вели́кого** ру́сского писа́теля Анто́на Па́вловича Че́хова.

Сын **ла́вочника**, внук **крепостно́го**, Анто́н Па́влович роди́лся в 1860 году́ в Таганро́ге, го́роде на берегу́ **Азо́вского мо́ря**. Че́хов ра́но на́чал рабо́тать, помога́ть семье́; когда́ учи́лся в гимна́зии, дава́л уро́ки, чтобы **зарабо́тать** де́ньги для семьи́, рабо́тал в **ла́вке** отца́.

По́сле **оконча́ния** гимна́зии Анто́н Па́влович поступи́л на медици́нский **факульте́т** Моско́вского университе́та. В го́ды учёбы в университе́те он публику́ет свои́ пе́рвые **юмористи́ческие** расска́зы. В 1884 году́ опубликова́ли пе́рвый **сбо́рник** его́ расска́зов. К Че́хову пришёл пе́рвый успе́х. Его́ кни́ги покупа́ли, о нём говори́ли. Он стал са́мым популя́рным писа́телем своего́ вре́мени.

Че́хова **интересова́ла** жизнь **обы́чного** челове́ка, его́ **дела́** и **забо́ты**. Его́ люби́мые **геро́и** — э́то всегда́ лю́ди **труда́: крестья́не, трудова́я интеллиге́нция**. Че́хов ве́рил в вели́кую **си́лу** труда́, ве́рил в люде́й труда́. Он мечта́л о лу́чшем **бу́дущем** свое́й ро́дины, мечта́л о вре́мени, когда́ вся Росси́я ста́нет прекра́сным са́дом.

Врач по профе́ссии, Че́хов **беспла́тно лечи́л** люде́й, постро́ил на свои́ де́ньги **се́льскую** больни́цу, помога́л всем, кто к нему́ **обраща́лся**. И, коне́чно, **пре́жде** всего́ служи́л лю́дям, свое́й **стране́** как писа́тель всем свои́м тво́рчеством.

Жизнь писа́теля была́ коротка́[1], он **у́мер** в со́рок четы́ре го́да — в 1904 году́. Но произведе́ния, кото́рые он со́здал за 25 лет **напряжённой** рабо́ты, сыгра́ли огро́мную роль в **разви́тии** ру́сской и мирово́й литерату́ры.

[1] коротка́ 為 коро́ткий 的短尾形容詞。

велики́й	偉大的	ла́вочник	小鋪老闆
крепостно́й	(用作名詞) 農奴	Азо́вское мо́ре	亞速海
зараба́тывать (未完；зараба́тываю, зараба́тываешь)/ зарабо́тать (完；зарабо́таю, зарабо́таешь) что			掙得(工錢)
ла́вка	小鋪	оконча́ние	完畢、結束、畢業
факульте́т	科系	юмористи́ческий	幽默的
сбо́рник	集、彙編		
интересова́ть (未完；интересу́ю, интересу́ешь) кого́-что			使感興趣、引起興趣
обы́чный	平常的、普通的	де́ло	事情、事務
забо́та	擔心、憂慮、煩惱	геро́й	主角、英雄
труд	勞動、工作、操勞	крестья́нин (複數：крестья́не)	農民
трудово́й	勞動的、工作的	интеллиге́нция	知識份子
си́ла	力氣、力量	бу́дущее	(用作名詞) 未來
беспла́тно	(副) 免費地		
лечи́ть (未完；лечу́, ле́чишь) кого́-что	醫治、治療		
се́льский	鄉村的、農村的		
обраща́ться (未完；обраща́юсь, обраща́ешься)/ обрати́ться (完；обращу́сь, обрати́шься) к кому́			找…、向…表示
пре́жде＋чего	在…以前、比…早	пре́жде всего́	首先
служи́ть (未完；служу́, слу́жишь) кому́-чему́			為…服務、為…工作
страна́	國家		
умира́ть (未完；умира́ю, умира́ешь)/ умере́ть (完；умру́, умрёшь)	死亡		
напряжённый	緊張的、緊繃的	разви́тие	發展

Отве́тьте на вопро́сы:

1. В како́м году́ и где роди́лся Анто́н Па́влович Че́хов?

2. Кто оте́ц Анто́на Че́хова? А кто его́ де́душка?

3. Когда́ на́чал рабо́тать, помога́ть семье́ Анто́н Че́хов?

4. Где учи́лся Анто́н Че́хов по́сле оконча́ния гимна́зии?

5. Когда́ он опубликова́л пе́рвый сбо́рник свои́х расска́зов?

6. Что интересова́ло Анто́на Че́хова?

7. О ком он люби́л писа́ть?

8. О чём он мечта́л?

9. Как лечи́л люде́й Че́хов? Как он постро́ил се́льскую больни́цу?

10. Как он пре́жде всего́ служи́л лю́дям, свое́й стране́?

11. В како́м году́ у́мер Анто́н Че́хов?

12. Почему́ Анто́н Че́хов вели́кий писа́тель не то́лько в Росси́и, но и в ми́ре?

Те́кст-2 ▶ MP3-50

Двена́дцать ме́сяцев (I)

Жила́ в одно́й дере́вне де́вочка. Её зва́ли На́стя. У неё не́ было ма́тери, не́ было отца́, и жила́ она́ с **ма́чехой**. У ма́чехи была́ дочь — Мо́тря. С утра́ до ве́чера На́стя рабо́тала: гото́вила обе́д, **мы́ла** посу́ду, **стира́ла бельё**, ходи́ла в лес собира́ть грибы́ и **я́годы**. А её сестра́ Мо́тря была́ **лени́вая**, не люби́ла рабо́тать. Весь день она́ ничего́ не де́лала — то́лько лежа́ла и́ли е́ла.

Одна́жды зимо́й ма́чеха сказа́ла На́сте:

— За́втра ты пойдёшь в лес. У твое́й сестры́ день рожде́ния, и ты должна́ принести́ ей из ле́са цветы́. Она́ хо́чет **подсне́жники**.

На́стя **удиви́лась**:

— Подсне́жники быва́ют то́лько в ма́рте. А сейча́с янва́рь. В лесу́ снег и моро́з!

Но ма́чеха сказа́ла На́сте:

— Е́сли не найдёшь цветы́, не возвраща́йся из ле́са домо́й.

Де́вочка **запла́кала**. Она́ **оде́лась** и пошла́ в лес. Лес был далеко́, идти́ ей бы́ло тру́дно. Дул холо́дный ве́тер, шёл си́льный снег. Когда́ де́вочка пришла́ в лес, бы́ло уже́ **темно́**. Но вдруг далеко́ **впереди́** На́стя уви́дела **ого́нь** и пошла́ туда́. Ско́ро она́ пришла́ на **поля́ну**, где **горе́л** большо́й **костёр**, а вокру́г него́ сиде́ли 12 челове́к.

На́стя **поздоро́валась** с ни́ми и се́ла о́коло огня́. На́стя рассказа́ла, почему́ она́ пришла́ в лес. Оди́н челове́к спроси́л её:

— Ты зна́ешь, что подсне́жники быва́ют то́лько в ма́рте?

— Зна́ю. Но я не могу́ верну́ться домо́й. Я бу́ду сиде́ть в лесу́ и ждать, когда́ придёт март, — отве́тила э́тому челове́ку де́вочка.

Лю́ди посмотре́ли друг на дру́га, и оди́н из них, са́мый молодо́й, сказа́л:

— Мы должны́ помо́чь де́вочке.

(*Продолже́ние* **сле́дует**)

ма́чеха	後母、繼母		
мыть (未完；мо́ю, мо́ешь)/ вы́мыть (完；вы́мою, вы́моешь) кого́-что			洗、洗濯
стира́ть (未完；стира́ю, стира́ешь)/ вы́стирать (完；вы́стираю, вы́стираешь) что			用肥皂洗(衣服等)
бельё	內衣、床單、枕套、桌巾		
я́года	漿果、野果	лени́вый	懶惰的
подсне́жник	雪花蓮		
удивля́ться (未完；удивля́юсь, удивля́ешься)/ удиви́ться (完；удивлю́сь, удиви́шься) кому́-чему́			(感到)驚訝、覺得奇怪
запла́кать (完；запла́чу, запла́чешь)		哭了起來、開始哭泣	
одева́ться (未完；одева́юсь, одева́ешься)/ оде́ться (完；оде́нусь, оде́нешься)			穿上衣服
темно́	(副) 沒有光線、暗地	впереди́	(副) 在前面
ого́нь (он)	火、火焰、火光	поля́на	林中草地、林中曠地
горе́ть (未完；горю́, гори́шь)/ сгоре́ть (完；сгорю́, сгори́шь)			燃燒、起火、著火
костёр	營火、火堆		
здоро́ваться (未完；здоро́ваюсь, здоро́ваешься)/ поздоро́ваться (完；поздоро́ваюсь, поздоро́ваешься) с кем			打招呼、問好
сле́довать (未完；сле́дую, сле́дуешь)		接著出現、跟在後面	

Отве́тьте на вопро́сы:

1. С кем жила́ На́стя?

2. Что де́лала На́стя с утра́ до ве́чера?

3. А что де́лала её сестра́ Мо́тря весь день?

4. Почему́ ма́чеха сказа́ла На́сте, что́бы она́ пошла́ в лес и принесла́ цветы́?

5. Когда́ быва́ют подсне́жники?

6. Почему́ запла́кала На́стя?

7. Где горе́л большо́й костёр?

8. Кто сиде́л вокру́г костра́?

9. Что́бы верну́ться домо́й, что на́до бы́ло сде́лать На́сте?

10. Что она́ реши́ла де́лать?

11. Что реши́ли де́лать 12 челове́к?

Здоро́вье

Диало́г-1 ▶MP3-51

Ван Мин: Здра́вствуйте, **до́ктор**!

Врач: Здра́вствуйте! **На что жа́луетесь**?

Ван Мин: Наве́рное, я **простуди́лся**. У меня́ **ка́шель**, **на́сморк**, о́чень **боли́т го́рло**. Мне **бо́льно** есть и да́же пить. Мне **хо́чется** то́лько спать.

Врач: Кака́я у вас температу́ра?

Ван Мин: 38,3. (Три́дцать во́семь и три)

Врач: Так... Дава́йте вас посмо́трим... Го́рло о́чень кра́сное. У вас **анги́на**. **Принима́йте** э́ти **табле́тки** 3 **ра́за** в день до еды́ и э́ти табле́тки 2 ра́за в день по́сле еды́. Вам **ну́жно** бо́льше пить, но не **горя́чий**, а тёплый чай и́ли тёплое молоко́. Спи́те ско́лько хоти́те!

Ван Мин: Спаси́бо, до́ктор!

здоро́вье	健康、身體狀況	до́ктор	醫生、大夫
жа́ловаться (未完；жа́луюсь, жа́луешься) на кого́-что		抱怨、說(有病、疼痛等)	
На что жа́луетесь?		您哪兒不舒服？	
простужа́ться (未完；простужа́юсь, простужа́ешься)/ простуди́ться (完；простужу́сь, простуди́шься)		傷風、著涼、受涼	
ка́шель (он)	咳嗽	на́сморк	傷風、鼻炎
боле́ть (未完；боли́т, боля́т)		疼痛	

го́рло	喉嚨、咽喉	бо́льно кому́	(謂語副) 感到疼痛
хоте́ться (未完，無人稱動詞；хо́чется)＋不定式			想要、希望、想
анги́на	咽峽炎、喉嚨發炎	табле́тка	藥片
принима́ть/ приня́ть табле́тки	服用藥片		
раз	次數	ну́жно＋不定式	(謂語副) 須、需要
горя́чий	熱的		

Диало́г-2 ▶MP3-52

Ван Мин: Здра́вствуйте, Ива́н Петро́вич!

Ива́н Петро́вич: До́брый день! Как вы себя́ чу́вствуете?

Ван Мин: Я чу́вствую себя́ не о́чень хорошо́. У меня́ на́сморк и ка́шель, боли́т го́рло. Я ду́маю, что я простуди́лся.

Ива́н Петро́вич: А температу́ра высо́кая?

Ван Мин: 38,3. (Три́дцать во́семь и три)

Ива́н Петро́вич: Как вы ду́маете, где вы простуди́лись?

Ван Мин: Вчера́ я **ката́лся** на **лы́жах**, и мне бы́ло о́чень жа́рко. Я прие́хал домо́й и съел моро́женое. Наве́рное, поэ́тому я заболе́л.

Ива́н Петро́вич: А что сказа́л врач?

Ван Мин: Врач сказа́л, что ну́жно 3 ра́за в день принима́ть табле́тки, бо́льше спать, бо́льше пить и ме́ньше есть. Но есть мне **совсе́м** не хо́чется.

Ива́н Петро́вич: А вы е́шьте о́вощи и фру́кты, пе́йте сок и горя́чий чай. И **выздора́вливайте** быстре́е!

Ван Мин: Спаси́бо, Ива́н Петро́вич.

ката́ться (未完；ката́юсь, ката́ешься)		(從事某些運動項目)騎、滑、溜	
лы́жи (они́)	滑雪板	ката́ться на лы́жах	滑雪
совсе́м	(副) 完全、十分		
выздора́вливать (未完；выздора́вливаю, выздора́вливаешь)/ выздороветь (完；вы́здоровею, вы́здоровеешь)			痊癒、康復、復原

Диало́г-3 ▶ MP3-53

Све́та: Здра́вствуйте, до́ктор!

Врач: Здра́вствуйте! Что **случи́лось**?

Све́та: Я не зна́ю, что случи́лось. Наве́рно, я съе́ла что-то **несве́жее**. Мне пло́хо, о́чень боли́т **живо́т**.

Врач: А что вы вчера́ е́ли?

Све́та: Я е́ла сыр, колбасу́, мя́со, ры́бу, шокола́д, **конфе́ты**. Пила́ молоко́, ко́фе, чай.

Врач: А где вы е́ли ры́бу?

Све́та: До́ма. Я купи́ла её в магази́не «**Кулинари́я**».

Врач: Так... Дава́йте вас посмо́трим... Бу́дете принима́ть э́ти табле́тки 3 ра́за в день до еды́. Пока́ не пе́йте молоко́ и ко́фе, лу́чше пе́йте горя́чий чай. И, коне́чно, пока́ не е́шьте ры́бу, колбасу́ и мя́со.

случа́ться (未完；случа́ется)/ случи́ться (完；случи́тся)			發生
несве́жий	不新鮮的、壞了的	живо́т	肚子
конфе́та	糖果	кулинари́я	菜餚、熟食品

語法

1. 名詞的第三格

		單數第三格	註解	複數第三格	註解
陽性	студе́нт	студе́нту	子音 — -у	студе́нтам	子音 — -ам
	врач	врачу́		врача́м	
	музе́й	музе́ю	-й — -ю	музе́ям	-й — -ям
	писа́тель	писа́телю	-ь — -ю	писа́телям	-ь — -ям
中性	окно́	окну́	-о — -у	о́кнам	-о — -ам
	по́ле	по́лю	-е — -ю	поля́м	-е — -ям
	зда́ние	зда́нию	-ие — -ию	зда́ниям	-ие — -иям
陰性	кни́га	кни́ге	-а — -е	кни́гам	-а — -ам
	сестра́	сестре́		сёстрам	
	дере́вня	дере́вне	-я — -е	дере́вням	-я — -ям
	экску́рсия	экску́рсии	-ия — -ии	экску́рсиям	-ия — -иям
	тетра́дь	тетра́ди	-ь — -и	тетра́дям	-ь — -ям

例外：
брат	— бра́тья	— бра́тьям
друг	— друзья́	— друзья́м
сосе́д	— сосе́ди	— сосе́дям
челове́к	— лю́ди	— лю́дям
ребёнок	— де́ти	— де́тям
	роди́тели	— роди́телям
мать	— ма́тери	— матеря́м (單數: мать — ма́тери)
дочь	— до́чери	— дочеря́м (單數: дочь — до́чери)

2. 形容詞的第三格

	陽性		中性		陰性		複數	
第一格	но́вый	си́ний	но́вое	си́нее	но́вая	си́няя	но́вые	си́ние
第三格	но́вому	си́нему	но́вому	си́нему	но́вой	си́ней	но́вым	си́ним
詞尾	**-ому/-ему**		**-ому/-ему**		**-ой/-ей**		**-ым/-им**	

3. 物主代詞的第三格

	陽性		中性		陰性		複數	
第一格	мой	наш	моё	на́ше	моя́	на́ша	мой	на́ши
第三格	моему́	на́шему	моему́	на́шему	мое́й	на́шей	мои́м	на́шим
詞尾	**-ему**	**-ему**	**-ему**	**-ему**	**-ей**	**-ей**	**-им**	**-им**

4. 指示代詞、限定代詞的第三格

	陽性		中性		陰性		複數	
第一格	э́тот	весь	э́то	всё	э́та	вся	э́ти	все
第三格	э́тому	всему́	э́тому	всему́	э́той	всей	э́тим	всем
詞尾	**-ому**	**-ему**	**-ому**	**-ему**	**-ой**	**-ей**	**-им**	**-ем**

例句

— Кому́ вы купи́ли так мно́го пода́рков?

— Преподава́телям и студе́нтам.

— Что привезла́ тётя де́тям в пра́здник?

— Она́ привезла́ де́тям кни́ги.

5. 無人稱句

（1）кому́＋ну́жно (на́до, мо́жно, нельзя́)＋動詞不定式

現在式	過去式	未來式
Вам ну́жно пойти́ домо́й.	Вам ну́жно бы́ло пойти́ домо́й.	Вам ну́жно бу́дет пойти́ домо́й.
Мне на́до пойти́ к врачу́.	Мне на́до бы́ло пойти́ к врачу́.	Мне на́до бу́дет пойти́ к врачу́.

（2）кому́＋тру́дно (легко́)＋動詞不定式
　　＋ве́село (ску́чно, интере́сно)

現在式	過去式	未來式
Мне тру́дно э́то сде́лать.	Мне тру́дно бы́ло э́то сде́лать.	Мне тру́дно бу́дет э́то сде́лать.
На ве́чере нам ве́село.	На ве́чере нам бы́ло ве́село.	На ве́чере нам бу́дет ве́село.

句型

1. кто бо́лен (больна́, больны́)

現在式	過去式	翻譯
Он бо́лен.	Он был бо́лен.	他生病。
Она́ больна́.	Она́ была́ больна́.	她生病。
Они́ больны́.	Они́ бы́ли больны́.	他們生病。

2. У кого́ боли́т ＋ что（部位）

現在式	過去式	翻譯
У меня́ боли́т голова́.	У меня́ боле́ла голова́.	我頭痛。
глаз.	боле́л глаз.	我眼睛痛。
го́рло.	боле́ло го́рло.	我喉嚨痛。
У него́ боля́т зу́бы. (牙齒)	У него́ боле́ли зу́бы.	他牙痛。
глаза́.	глаза́.	他雙眼痛。

練習測驗

1. 填充題

1) Я показа́л _____ фотогра́фию. (но́вые студе́нты)

2) Анто́н купи́л _____ пода́рки. (мла́дшие сёстры)

3) Де́ти подари́ли _____ цветы́. (иностра́нные го́сти)

4) Ле́том он пое́дет _____. (свои́ роди́тели)

5) За́втра я пойду́ _____. (ру́сские друзья́)

6) _____ нра́вится бе́гать в па́рке. (ма́ленькие де́ти)

7) Студе́нты пошли́ в го́сти _____. (молоды́е преподава́тели)

2. 填充題

1) но́вые кни́ги

a. В магази́не мно́го _____.

b. _____ интере́сные карти́ны.

c. На столе́ лежа́т _____.

d. Вы не хоти́те купи́ть _____?

2) э́ти высо́кие зда́ния

a. Мы хоти́м подойти́ _____.

b. О́коло _____ большо́й па́рк.

c. _____ постро́или неда́вно.

d. _____ живу́т рабо́чие на́шего заво́да.

e. _____ о́чень краси́вы.

3) у́мные студе́нтки

    a. Преподава́тель ча́сто говори́т _____.

    b. Я подари́л кни́ги _____.

    c. В университе́те мно́го _____.

    d. В библиоте́ке занима́ются _____.

    e. Я встреча́ю _____ в библиоте́ке ка́ждый день.

4) мои́ ста́ршие бра́тья

    a. Я пишу́ пи́сьма _____.

    b. Вчера́ мне звони́ли _____.

    c. Я пригласи́л _____ в го́сти.

    d. Я был в гостя́х _____.

    e. Я ча́сто вспомина́ю _____.

5) молоды́е худо́жники

    a. Мы ходи́ли на вы́ставку _____.

    b. Он показа́л свои́ карти́ны _____.

    c. На уро́ке мы говори́ли _____.

    d. В э́том теа́тре рабо́тают _____.

    e. Мы ви́дели на вы́ставке _____.

3. 請依示例改寫下列句子

Образе́ц: Анто́н объясня́ет уро́к но́вым студе́нтам.

    → *Анто́н объясня́ет уро́к но́вому студе́нту.*

1) Я пока́зывал го́род иностра́нным тури́стам.

_____

2) Оте́ц купи́л игру́шки ма́леньким дочеря́м.

_____

3) Мы расска́зываем о свои́х дела́х бли́зким подру́гам.

_____

4) Ви́ктор ча́сто помога́ет знако́мым сосе́дям.

_____

5) Мать показа́ла сы́на изве́стным врача́м.

_____

4. 請依示例改寫下列句子

Образе́ц: Анто́н объясня́ет уро́к но́вому студе́нту.

→ *Анто́н объясня́ет уро́к но́вым студе́нтам.*

1) Мать чита́ет кни́ги своему́ сы́ну.

_____

2) Мы сде́лали фотогра́фии на́шему преподава́телю.

_____

3) Э́тот шко́льник всегда́ улыба́ется симпати́чному учи́телю.

_____

4) Он принёс цветы́ краси́вой де́вушке.

_____

5) Сейча́с они́ иду́т к большо́й аудито́рии.

_____

5. 填充題

1) Оле́г заболе́л, _____ ну́жно лежа́ть. (он)

2) Вы пло́хо себя́ чу́вствуете, _____ ну́жно пойти́ к врачу́. (вы)

3) Сестра́ заболе́ла, _____ нельзя́ встава́ть. (она́)

4) Джон не придёт к нам, _____ ну́жно рабо́тать. (мы)

5) Я был вчера́ на ве́чере, _____ бы́ло о́чень ве́село. (я)

6) Они́ ещё не смотре́ли э́тот фильм. Ду́маю, что _____ бу́дет интере́сно посмотре́ть его́. (они́)

6. 請依示例改寫下列句子

Образец: Джон бо́лен, у него́ боли́т живо́т.

    → *Джон был бо́лен, у него́ боле́л живо́т.*

1) У Ива́на боли́т голова́, ему́ ну́жно отдыха́ть.

    _____

2) У сестры́ на́сморк. Ей ну́жно лежа́ть.

    _____

3) Та́ня больна́. В пя́тницу ей на́до пойти́ в поликли́нику.

    _____

4) Её сын бо́лен, ему́ нельзя́ ходи́ть в шко́лу.

    _____

5) Мне ну́жно принима́ть лека́рство.

    _____

7. 請依示例回答下列句子

Образец: на́ши но́вые преподава́тели

    Кто э́то? → *На́ши но́вые преподава́тели.*

1) иностра́нные языки́

    a. Что нра́вится твое́й сестре́? _____

    b. Каки́е экза́мены она́ всегда́ хорошо́ сдаёт? _____

    c. О ком вы ча́сто говори́те? _____

    d. Что она́ до́лго изуча́ет? _____

2) стари́нные ру́сские города́

    a. Каки́е города́ Влади́мир и Яросла́вль? _____

    b. Куда́ пое́хали тури́сты? _____

    c. О чём э́та кни́га? _____

    d. Что нахо́дится недалеко́ от Москвы́? _____

3) бли́зкие друзья́

    a. Кого́ вы ча́сто встреча́ете?   _____

    b. О ком она́ рассказа́ла в письме́?   _____

    c. Куда́ ты обы́чно хо́дишь?   _____

    d. Где ты был вчера́?   _____

    e. Кто у вас есть в э́том го́роде?   _____

4) знамени́тые арти́сты

    a. Кто рабо́тает в теа́тре?   _____

    b. У кого́ всегда́ мно́го рабо́ты?   _____

    c. О ком разгова́ривали вчера́ друзья́?   _____

    d. Кого́ вы ча́сто смо́трите по телеви́зору? _____

    e. Кому́ зри́тели (觀眾) пи́шут пи́сьма?   _____

5) изве́стные тала́нтливые музыка́нты

    a. Чьи э́то портре́ты?   _____

    b. Кто выступа́л (表演) на конце́рте?   _____

    c. Кому́ подари́ли цветы́ Анна и Анто́н?   _____

    d. О ком они́ рассказа́ли на заня́тии?   _____

    e. Кого́ с интере́сом слу́шали Анна и Анто́н?   _____

8. 連詞成句

    1) В, про́шлый, суббо́та, я, е́здить, к, мой, родно́й, бра́тья, в, го́сти.

         _____

    2) Она́, ча́сто, помога́ть, иностра́нный, студе́нтки, изуча́ть, кита́йский, язы́к.

         _____

3) Мы, купи́ть, э́тот, цветы́, люби́мый, преподава́тели.

_____

4) Роди́тели, дава́ть, свой, ма́ленький, де́ти, де́ньги.

_____

5) Они́, звони́ть, но́вый, знако́мые, ка́ждый, неде́ля.

_____

6) Ско́лько, год, ваш, роди́тели, и, ста́рший, сёстры?

_____

7) Весь, лю́ди, понра́виться, э́тот, карти́на, вели́кий, ру́сский, худо́жник.

_____

9. 聽力測驗 ▶MP3-54

А.

1) Ната́ша не пошла́ на заня́тия, потому́ что _____.
   a. она́ была́ занята́   b. она́ заболе́ла   c. к ней пришёл друг

2) Ната́ша заболе́ла _____.
   a. вчера́   b. в ближа́йшие дни   c. сего́дня

3) Она́ позвони́ла _____.
   a. преподава́телю   b. дру́гу   c. подру́ге

Б.

4) Ни́на лю́бит бо́льше всего́ _____.
   a. суббо́ту   b. воскресе́нье   c. пя́тницу

5) В суббо́ту она́ обы́чно _____.
   a. хо́дит в теа́тр   b. смо́трит телеви́зор   c. гото́вит уро́к

В.

6) Мне хо́чется погуля́ть, потому́ что сего́дня _____.
   a. пра́здник   b. у меня́ нет заня́тий   c. хоро́шая пого́да

7) Я не пойду́ гуля́ть, потому́ что _____.
   a. я пло́хо себя́ чу́вствую   b. на́до занима́ться
   c. сего́дня хо́лодно

練習測驗解答

1. 填充題

1) но́вым студе́нтам.

2) мла́дшим сёстрам.

3) иностра́нным гостя́м.

4) к свои́м роди́телям.

5) к ру́сским друзья́м.

6) Ма́леньким де́тям.

7) к молоды́м преподава́телям.

2. 填充題

1) но́вых книг, В но́вых кни́гах, но́вые кни́ги, но́вые кни́ги.

2) к э́тим высо́ким зда́ниям, э́тих высо́ких зда́ний, Эти высо́кие зда́ния, В э́тих высо́ких зда́ниях, Эти высо́кие зда́ния.

3) об у́мных студе́нтках, у́мным студе́нткам, у́мных студе́нток, у́мные студе́нтки, у́мных студе́нток.

4) мои́м (свои́м) ста́ршим бра́тьям, мои́ ста́ршие бра́тья, мои́х (свои́х) ста́рших бра́тьев, у мои́х (свои́х) ста́рших бра́тьев, о мои́х (свои́х) ста́рших бра́тьях.

5) молоды́х худо́жников, молоды́м худо́жникам, о молоды́х худо́жниках, молоды́е худо́жники, молоды́х худо́жников.

3. 請依示例改寫下列句子

1) Я пока́зывал го́род иностра́нному тури́сту.

2) Оте́ц купи́л игру́шки ма́ленькой до́чери.

3) Мы расска́зываем о свои́х дела́х бли́зкой подру́ге.

4) Ви́ктор ча́сто помога́ет знако́мому сосе́ду.

5) Мать показа́ла сы́на изве́стному врачу́.

4. 請依示例改寫下列句子

1) Мать чита́ет кни́ги свои́м сыновья́м.

2) Мы сде́лали фотогра́фии на́шим преподава́телям.

3) Этот шко́льник всегда́ улыба́ется симпати́чным учителя́м.

4) Он принёс цветы́ краси́вым де́вушкам.

5) Сейча́с они́ иду́т к больши́м аудито́риям.

5. 填充題

1) ему́   2) вам   3) ей   4) нам   5) мне   6) им

6. 請依示例改寫下列句子

   1) У Ива́на боле́ла голова́, ему́ ну́жно бы́ло отдыха́ть.

   2) У сестры́ был на́сморк. Ей ну́жно бы́ло лежа́ть.

   3) Та́ня была́ больна́. В пя́тницу ей на́до бы́ло пойти́ в поликли́нику.

   4) Её сын был бо́лен, ему́ нельзя́ бы́ло ходи́ть в шко́лу.

   5) Мне ну́жно бы́ло принима́ть лека́рство.

7. 請依示例回答下列句子

   1) Иностра́нные языки́, По иноста́нным языка́м, Об иностра́нных языка́х, Иностра́нные языки́.

   2) Стари́нные ру́сские города́, В стари́нные ру́сские города́, О стари́нных ру́сских города́х, Стари́нные ру́сские города́.

   3) Бли́зких друзе́й, О бли́зких друзья́х, К бли́зким друзья́м, У бли́зких друзе́й, Бли́зкие друзья́.

   4) Знамени́тые арти́сты, У знамени́тых арти́стов, О знамени́тых арти́стах, Знамени́тых арти́стов, Знамени́тым арти́стам.

   5) (Портре́ты) изве́стных тала́нтливых музыка́нтов, Изве́стные тала́нтливые музыка́нты, Изве́стным тала́нтливым музыка́нтам, Об изве́стных тала́нтливых музыка́нтах, Изве́стных тала́нтливых музыка́нтов.

8. 連詞成句

   1) В про́шлую суббо́ту я е́здил к мои́м (свои́м) родны́м бра́тьям в го́сти.

   2) Она́ ча́сто помога́ет иностра́нным студе́нткам изуча́ть кита́йский язы́к.

   3) Мы купи́ли э́ти цветы́ люби́мым преподава́телям.

   4) Роди́тели даю́т свои́м ма́леньким де́тям де́ньги.

   5) Они́ звоня́т но́вым знако́мым ка́ждую неде́лю.

   6) Ско́лько лет ва́шим роди́телям и ста́ршим сёстрам?

   7) Всем лю́дям понра́вилась э́та карти́на вели́кого ру́сского худо́жника.

9. 聽力測驗

   1) b   2) a   3) c   4) a   5) b   6) c   7) b

   А. Вчера́ Ната́ша почу́вствовала себя́ пло́хо и не пошла́ на заня́тия. Она́ позвони́ла подру́ге и сказа́ла, что заболе́ла.

   Б. За́втра суббо́та — люби́мый день Ни́ны. Мо́жно не ду́мать о заня́тиях, до́лго спать и весь день смотре́ть телеви́зор.

   В. Сего́дня хоро́шая пого́да! Так хо́чется погуля́ть! Но на́до занима́ться.

Урóк 10

本課學習目標：1. 課文：Гóрод на Невé、Двенáдцать мéсяцев (II)
2. 對話：В гости́нице
3. 語法：名詞、形容詞、物主代詞、指示代詞
限定代詞的第五格與要求第五格的前置詞
4. 句型：..., где ...

Текст-1　▶MP3-55

Гóрод на Невé

Санкт-Петербýрг — оди́н из сáмых краси́вых городóв Росси́и, котóрый нахóдится на **зáпаде** Росси́и на рекé Невé. Гóрод стои́т на островáх, поэ́тому егó называ́ют «**Сéверной Венéцией**». Основáтель Санкт-Петербýрга — рýсский царь Пётр I (пéрвый). Он основáл э́тот гóрод в 1703 годý. Когдá пострóили гóрод, он стал столи́цей Росси́йского госудáрства.

Гóрод три рáза **меня́л** своё назвáние. **В честь апóстола** Петрá он получи́л пéрвое назвáние Санкт-Петербýрг; в 1914 годý он получи́л назвáние Петрогрáд, а в 1924 годý, пóсле смéрти Лéнина — Ленингрáд. Но в 1991 годý гóроду вернýли егó истори́ческое назвáние: Санкт-Петербýрг — гóрод **Святóго** Петрá.

Санкт-Петербýрг, вторóй **по величинé** пóсле Москвы́, — большóй **промы́шленный** и **культýрный** центр. Глáвная ýлица гóрода — Нéвский проспéкт. Извéстны в ми́ре музéи и собóры Петербýрга: Эрмитáж, Рýсский музéй, Иссáкиевский, Казáнский собóры. **Ежегóдно** ты́сячи тури́стов посеща́ют Санкт-

Петербу́рг.

Специа́льная **те́ма** экску́рсии — Петербу́рг литерату́рный. Она́ **включа́ет** музе́и-**кварти́ры** писа́телей, кото́рые жи́ли в Петербу́рге. Здесь жи́ли мно́гие знамени́тые писа́тели и поэ́ты: А.С. Пу́шкин, Ф.М. Достое́вский, Н.В. Го́голь, Анна Ахма́това...

У го́рода мно́го интере́сных тради́ций. Одна́ из таки́х тради́ций — музыка́льный **фестива́ль** «Бе́лые но́чи». Фестива́ль э́тот быва́ет в ию́не и продолжа́ется де́сять дней.

Санкт-Петербу́рг не о́чень ста́рый, но о́чень интере́сный го́род. Петербу́рг — э́то Пётр Вели́кий и ру́сская исто́рия, бе́лые но́чи и **класси́ческая** му́зыка, **Ле́тний** сад и **Зи́мний** дворе́ц, «Се́верная Вене́ция» и **герои́ческий** Ленингра́д, литерату́рная **леге́нда** и **архитекту́рная симфо́ния**.

за́пад	西方	се́верный	北方的
меня́ть (未完 ; меня́ю, меня́ешь) кого́-что			改變、變更
в честь + кого́-чего́		為了紀念	
апо́стол	使徒、聖徒	свято́й	神聖的
величина́	大小、尺寸	по величине́	按照大小
промы́шленный	工業的	культу́рный	文化的
ежего́дно	(副) 每年地	те́ма	主題
включа́ть (未完 ; включа́ю, включа́ешь)/ включи́ть (完 ; включу́, включи́шь) кого́-что			列入、包括
кварти́ра	房子、住所	фестива́ль (он)	聯歡節
класси́ческий	古典的、經典的	ле́тний	夏天的、夏季的
зи́мний	冬天的、冬季的	герои́ческий	英雄的、英勇的
леге́нда	傳說、傳奇	архитекту́рный	建築的
симфо́ния	交響樂		

Отве́тьте на вопро́сы:

1. Где нахо́дится Санкт-Петербу́рг?

2. Почему́ Санкт-Петербу́рг называ́ют «Се́верной Вене́цией»?

3. Кто и когда́ основа́л Санкт-Петербу́рг?

4. Ско́лько раз го́род меня́л своё назва́ние?

5. Как го́род получи́л назва́ние Петербу́рг?

6. Когда́ он получи́л назва́ние Петрогра́д?

7. Когда́ он получи́л назва́ние Ленингра́д?

8. Когда́ го́роду верну́ли назва́ние Санкт-Петербу́рг?

9. Како́й по величине́ го́род Санкт-Петербу́рг?

10. Как называ́ется гла́вная у́лица Петербу́рга?

11. Каки́е писа́тели и поэ́ты жи́ли в Петербу́рге?

12. Когда́ быва́ет музыка́льный фестива́ль «Бе́лые но́чи»? Как до́лго продолжа́ется э́тот фестива́ль?

Текст-2 ▶ MP3-56

Двена́дцать ме́сяцев (II)

Настя не зна́ла, что э́ти лю́ди о́коло огня́ бы́ли бра́тья-ме́сяцы. Челове́к, кото́рый говори́л с На́стей, был Янва́рь, а **ю́ноша**, кото́рый хоте́л помо́чь На́сте, — Март.

Март сказа́л Январю́:

— Брат, дай мне твоё ме́сто на 1 час.

Но Янва́рь отве́тил ему́:

— Не могу́, брат. По́сле января́ идёт февра́ль, а не март.

Тогда́ Февра́ль сказа́л:

— Бра́тья, мы все хорошо́ зна́ем На́стю. Она́ о́чень **трудолюби́вая** де́вочка. Мы ча́сто её встреча́ем в саду́, в лесу́, в **по́ле**, на реке́. Я то́же хочу́ помо́чь ей.

Тогда́ Янва́рь дал Февралю́ ме́сто, где он сиде́л, Февра́ль дал Ма́рту ме́сто, где он сиде́л. Когда́ Март сел о́коло огня́ там, где сиде́л Февра́ль, в лесу́ сра́зу **ста́ло** тепло́ и появи́лись подсне́жники. На́стя начала́ бы́стро собира́ть их.

Когда́ На́стя с **корзи́ной**, где лежа́ли цветы́, пришла́ домо́й, она́ рассказа́ла ма́чехе с сестро́й, что с ней случи́лось. Ма́чеха снача́ла удиви́лась, но пото́м сказа́ла до́чери Мо́тре:

— Иди́ в лес! Ты должна́ попроси́ть о́вощи и фру́кты.

Мо́тря пошла́ в лес. Она́ нашла́ в лесу́ ме́сто, где вокру́г огня́ сиде́ли бра́тья-ме́сяцы. Но Мо́тря не поздоро́валась с ни́ми, а сра́зу сказа́ла:

— Ию́нь, дай мне све́жие фру́кты! Ию́ль, дай мне све́жие о́вощи!

Янва́рь объясни́л ей, что ле́то быва́ет то́лько по́сле весны́, а весна́ по́сле зимы́. Но Мо́тря **гру́бо** сказа́ла ему́, что она́ пришла́ не к нему́, — она́ пришла́ к Ию́ню и к Ию́лю.

Янва́рь **рассерди́лся** и **по́днял** ру́ку. Сра́зу пошёл си́льный снег. Мо́тря ничего́ не ви́дела и не могла́ сде́лать да́же два **шага́**. Она́ **упа́ла** в снег и **замёрзла**.

Ма́чеха до́лго ждала́ дочь, пото́м оде́лась и пошла́ в лес иска́ть Мо́трю. Она́ ходи́ла-ходи́ла в лесу́, но не нашла́ дочь и то́же замёрзла.

А На́стя жила́ до́лго. У неё была́ хоро́шая семья́, хоро́ший дом, а вокру́г до́ма — большо́й сад, где всегда́ бы́ли ра́зные фру́кты и о́вощи и **цвели́** краси́вые цветы́. Лю́ди в её дере́вне говори́ли, что к На́сте в го́сти прихо́дят сра́зу все двена́дцать ме́сяцев.

ю́ноша	少年	трудолюби́вый	勤勞的
по́ле	田地、田野		
стать (完；ста́нет; ста́ло)		(無人稱動詞) 變成	
корзи́на	籃、簍	гру́бо	(副) 粗魯地、不禮貌地
серди́ться (未完；сержу́сь, се́рдишься)/ рассерди́ться (完；рассержу́сь, рассе́рдишься)		生氣、發怒	
поднима́ть (未完；поднима́ю, поднима́ешь)/ подня́ть (完；подниму́, подни́мешь) кого́-что		抬起、舉起	
шаг	步伐		
па́дать (未完；па́даю, па́даешь)/ упа́сть (完；упаду́, упадёшь; упа́л, упа́ла)		跌倒、倒下	
замерза́ть (未完；замерза́ю, замерза́ешь)/ замёрзнуть (完；замёрзну, замёзрнешь; замёрз, замёрзла)		結凍、凍死	
цвести́ (未完；цвету́, цветёшь; цвёл, цвела́)		開花	

Отве́тьте на вопро́сы:

1. Кто таки́е лю́ди, кото́рые бы́ли о́коло огня́?
2. Почему́ бра́тья-ме́сяцы хоте́ли помо́чь На́сте?

3. Что сде́лали бра́тья-ме́сяцы, что́бы помо́чь На́сте? И что случи́лось пото́м?

4. Когда́ На́стя рассказа́ла ма́чехе с сестро́й, что с ней случи́лось, что сказа́ла ма́чеха Мо́тре?

5. Когда́ Мо́тря пришла́ в лес, что она́ сказа́ла Ию́ню и Ию́лю?

6. Почему́ Ию́нь и Ию́ль не да́ли ей фру́кты и о́вощи?

7. Почему́ Янва́рь рассерди́лся? И что случи́лось пото́м?

8. Ма́чеха до́лго ждала́ дочь, но она́ не пришла́ домо́й. Что реши́ла сде́лать ма́чеха?

9. Что случи́лось с ма́чехой пото́м?

10. Почему́ в саду́ На́сти всегда́ бы́ли ра́зные фру́кты и о́вощи и цвели́ краси́вые цветы́?

В гости́нице

Диало́г-1 ▶ MP3-57

Администра́тор: Здра́вствуйте! **Добро́ пожа́ловать**!

Никола́й: Скажи́те, пожа́луйста, у вас есть свобо́дные места́? Я хоте́л бы **снять** но́мер.

Администра́тор: **Одноме́стный** и́ли **двухме́стный**?

Никола́й: Одноме́стный с телефо́ном.

Администра́тор: **Надо́лго**? На неде́лю? На ме́сяц?

Никола́й: На ме́сяц. Ско́лько э́то бу́дет сто́ить?

Администра́тор: 25000 рубле́й.

Никола́й: Меня́ э́то **устра́ивает**.

Администра́тор: Тогда́ **запо́лните**, пожа́луйста, бланк. Вот ваш ключ.

Никола́й: Спаси́бо.

администра́тор	管理人、負責人	Добро́ пожа́ловать!	歡迎光臨！
снима́ть (未完；снима́ю, снима́ешь)/ снять (完；сниму́, сни́мешь) кого́-что			租下
одноме́стный	單人的	двухме́стный	雙人的
надо́лго	(副) 長期地、很久地		
устра́ивать (未完；устра́иваю, устра́иваешь)/ устро́ить (完；устро́ю, устро́ишь) кого́-что			使滿意、對⋯合適
меня́ э́то устра́ивает		這適合我	
заполня́ть (未完；заполня́ю, заполня́ешь)/ запо́лнить (完；запо́лню, запо́лнишь) что			填寫

Диало́г-2 ▶ MP3-58

Никола́й: **Извини́те за беспоко́йство**. Мо́жно вас спроси́ть?

Администра́тор: Да, пожа́луйста.

Никола́й: Скажи́те, где здесь мо́жно купи́ть ка́рту го́рода?

Администра́тор: В кио́ске на пе́рвом этаже́. Там **же обме́н валю́ты**, **бюро́ обслу́живания**, **парикма́херская** и кио́ск с сувени́рами.

Никола́й: Где по́чта? Я хочу́ купи́ть конве́рты и **отпра́вить** письмо́.

Администра́тор: По́чта ря́дом, на у́лице за **угло́м**.

Никола́й: А где мо́жно **сдать** бельё в **сти́рку**?

Администра́тор: **Пра́чечная внизу́**, в ко́мнате 101, а **погла́дить** ве́щи мо́жно в ко́мнате 102.

Никола́й: И после́дний вопро́с. Здесь есть бассе́йн?

Администра́тор: Да, ну́жно спусти́ться вниз. Там же **са́уна** и **тренажёрный зал**.

Никола́й: Огро́мное вам спаси́бо. Вы о́чень **любе́зны**. У вас замеча́тельная гости́ница!

Администра́тор: Прия́тно э́то слы́шать. А что ещё вас интересу́ет?

Никола́й: Где здесь мо́жно поза́втракать?

Администра́тор: В рестора́не на второ́м этаже́ с семи́ до десяти́ часо́в и́ли в буфе́те на пя́том этаже́.

Никола́й: Благодарю́ вас.

беспоко́йство	麻煩、煩擾		
извини́те за беспоко́йство		抱歉打擾了	
же	(語氣) 也是、就是	обме́н	交換、兌換
валю́та	貨幣、外幣	бюро́ (оно́,不變)	局、處、所
обслу́живание	服務	парикма́херская	美髮院
отправля́ть (未完；отправля́ю, отправля́ешь)/ отпра́вить (完；отпра́влю, отпра́вишь) кого́-что		寄、寄去	
у́гол	角落、(街)拐角處		
сдава́ть (未完；сдаю́, сдаёшь)/ сдать (完；сдам, сдашь, сдаст, сдади́м, сдади́те, сдаду́т) что во что			交出、送…去
сти́рка	洗、洗衣服	пра́чечная	洗衣房、洗衣店
внизу́	(副) 在下面		

<table>
</table>

погла́дить (完；погла́жу, погла́дишь) что		熨一熨、熨一會兒	
са́уна	三溫暖	тренажёрный	練習的
тренажёрный зал　健身房			
любе́зны (形容詞短尾，長尾：любе́зный)		殷勤的、盛情的	

語法

1. 名詞的第五格

	單數第一格	單數第五格	註解	複數第五格	註解
陽性	студе́нт врач музе́й писа́тель	студе́нтом врачо́м музе́ем писа́телем	子音 － -ом -й － -ем -ь － -ем	студе́нтами врача́ми музе́ями писа́телями	子音 － -ами -й － -ями -ь － -ями
中性	окно́ по́ле собра́ние	окно́м по́лем собра́нием	-о － -ом -е － -ем -ие － -ием	о́кнами поля́ми собра́ниями	-о － -ами -е － -ями -ие － -иями
陰性	кни́га сестра́ пе́сня ле́кция тетра́дь	кни́гой сестро́й пе́сней ле́кцией тетра́дью	-а － -ой -я － -ей -ия － -ией -ь － -ью	кни́гами сёстрами пе́снями ле́кциями тетра́дями	-а － -ами -я － -ями -ия － -иями -ь － -ями

例外：брат　　－ бра́тья　　－ бра́тьями
　　　друг　　－ друзья́　　－ друзья́ми
　　　сосе́д　　－ сосе́ди　　－ сосе́дями
　　　челове́к － лю́ди　　　－ людьми́
　　　ребёнок － де́ти　　　－ детьми́
　　　　　　　роди́тели － роди́телями
　　　мать　　－ ма́тери　　－ матеря́ми (單數：мать － ма́терью)
　　　дочь　　－ до́чери　　－ дочерьми́ (單數：дочь － до́черью)

2. 形容詞的第五格

	陽性		中性		陰性		複數	
第一格	но́вый	си́ний	но́вое	си́нее	но́вая	си́няя	но́вые	си́ние
第五格	но́вым	си́ним	но́вым	си́ним	но́вой	си́ней	но́выми	си́ними
詞尾	-ым/-им		-ым/-им		-ой/-ей		-ыми/-ими	

3. 物主代詞的第五格

	陽性		中性		陰性		複數	
第一格	мой	наш	моё	на́ше	моя́	на́ша	мои́	на́ши
第五格	мои́м	на́шим	мои́м	на́шим	мое́й	на́шей	мои́ми	на́шими
詞尾	**-им**	**-им**	**-им**	**-им**	**-ей**	**-ей**	**-ими**	**-ими**

4. 指示代詞、限定代詞的第五格

	陽性		中性		陰性		複數	
第一格	э́тот	весь	э́то	всё	э́та	вся	э́ти	все
第五格	э́тим	всем	э́тим	всем	э́той	всей	э́тими	все́ми
詞尾	**-им**	**-ем**	**-им**	**-ем**	**-ой**	**-ей**	**-ими**	**-еми**

例句：В клу́бе мы познако́мились с изве́стными журнали́стами.

Я поздоро́вался с на́шими но́выми студе́нтами.

5. 要求第五格的前置詞

	1) пе́ред 表示「在…前面」、「臨…之前」 Пе́ред Моско́вским университе́том стои́т па́мятник Ломоно́сову. На́до мыть ру́ки пе́ред обе́дом.
	2) за 表示「在…後面」、「去買、取…物」或「去請…人」 В кино́ Ви́тя сиде́л за на́ми. Он зайдёт за мной по́сле обе́да.
	3) над 表示「在…上面」 Над пи́сьменным столо́м виси́т карти́на.
	4) под 表示「在…下面」 Под дива́ном лежи́т соба́ка.

句型

1. ..., где ...

關聯詞 где 用於說明主句中地點意義的名詞

..., где ...	
Она́ нашла́ в лесу́ ме́сто,	где вокру́г огня́ сиде́ли бра́тья-ме́сяцы. 她在森林裡找到月份兄弟圍著火光坐著的地方。
Я зна́ю го́род,	где он жил ра́ньше. 我知道他以前住的城市。
Вчера́ мы бы́ли на пло́щади,	где нахо́дится Большо́й теа́тр. 昨天我們去了大劇院所在的廣場。
Как называ́ется го́род,	где ты роди́лся? 你出生的城市叫什麼？
Я был на фа́брике,	где рабо́тает мой оте́ц. 我去了我父親工作的工廠。

練習測驗

1. 填充題

1) На столе́ лежа́т _____. (све́жие газе́ты)

2) На ве́чере мы познако́мились _____. (молоды́е арти́сты)

3) Оте́ц купи́л игру́шки _____. (свой де́ти)

4) _____ рабо́тают молоды́е инжене́ры. (больши́е заво́ды)

5) _____ есть телефо́н. (все мой друзья́)

6) На вы́ставке мы встре́тили _____. (тала́нтливые худо́жники)

2. 填充題

1) изве́стные учёные

   a. В э́том университе́те рабо́тают _____.

b. Студе́нты подари́ли цветы́ _____.

c. В газе́те была́ статья́ _____.

d. Утром мы встре́тились _____.

e. В за́ле вися́т портре́ты _____.

2) э́ти краси́вые города́
   a. Совсе́м неда́вно на ка́рте не́ было _____.

   b. Три доро́ги иду́т _____.

   c. _____ живу́т гостеприи́мные лю́ди.

   d. _____ на берегу́ мо́ря.

   e. _____ до́лго стро́или.

   f. Ле́том мы ча́сто е́здили _____.

3) ста́рые друзья́
   a. Я до́лжен написа́ть пи́сьма _____.

   b. В суббо́ту ко мне прие́дут _____.

   c. Я познако́мил бра́та _____.

   d. У меня́ мно́го _____.

   e. Она́ рассказа́ла нам _____.

   f. Я хорошо́ зна́ю _____.

4) иностра́нные журнали́сты
   a. Студе́нты пригласи́ли _____ в клуб.

   b. Мы разгова́ривали _____ на ве́чере.

   c. Сего́дня к нам в шко́лу прие́хали _____.

   d. Мы показа́ли шко́лу _____.

   e. На уро́ке мы говори́ли _____.

f. Ско́лько _____ на пресс-конфере́нции?

5) э́ти чёрные ру́чки

   a. Нет черни́л (墨水) _____.

   b. На столе́ лежа́т _____.

   c. Очень хорошо́ писа́ть _____.

   d. Вы не хоти́те купи́ть _____?

   e. В кио́ске не́ было _____.

3. 請依示例改寫下列句子

   Образе́ц: Я хожу́ в бассе́йн с но́вым студе́нтом.

   → *Я хожу́ в бассе́йн с но́выми студе́нтами.*

   1) Он был в кино́ со свои́м ста́рым дру́гом.

   _____

   2) В Росси́и мы познако́мились с ру́сской де́вушкой.

   _____

   3) Ле́том я пое́ду на да́чу со свое́й мла́дшей сестро́й.

   _____

   4) Вчера́ мы встре́тились с интере́сным челове́ком.

   _____

   5) Оле́г был на ю́ге со шко́льным това́рищем.

   _____

4. 請依示例改寫下列句子

   Образе́ц: Я хожу́ в бассе́йн с но́выми студе́нтами.

   → *Я хожу́ в бассе́йн с но́вым студе́нтом.*

   1) Она́ поздоро́валась со свои́ми подру́гами.

   _____

   2) В клу́бе мы познако́мились с изве́стными худо́жниками.

   _____

3) Ле́том она́ была́ на мо́ре со свои́ми ста́ршими бра́тьями.

_____

4) Мать горди́тся свои́ми у́мными дочерьми́.

_____

5) Я не знако́м с э́тими молоды́ми врача́ми.

_____

5. 請選填適當的前置詞 под/ над

1) Ла́мпа виси́т _____ столо́м.

2) Мой каранда́ш лежа́л _____ ва́шей тетра́дью.

3) Фотогра́фия виси́т _____ дива́ном.

4) Ко́шка сиди́т _____ столо́м.

5) Самолёт лети́т _____ городо́м.

6. 請依示例改寫下列句子

Образе́ц: Наш авто́бус останови́лся за музе́ем.
　　　→ *Наш авто́бус останови́лся пе́ред музе́ем.*

1) В кла́ссе пе́редо мной сиде́л Вади́м.

_____

2) Маши́на останови́лась за вокза́лом.

_____

3) В теа́тре Ма́ша сиде́ла за на́ми.

_____

4) Шко́ла нахо́дится пе́ред до́мом.

_____

5) Кио́ск нахо́дится за магази́ном.

_____

7. 請依示例回答下列句子

Образец: на́ши но́вые преподава́тели

Кто э́то? → *На́ши но́вые преподава́тели.*

1) иностра́нные студе́нты

   a. Кто у́чится на ку́рсах ру́сского языка́? _____

   b. С кем вы познако́мились в институ́те? _____

   c. Кого́ ты ча́сто ви́дишь? _____

   d. Куда́ ты идёшь? _____

   e. Где вы бы́ли вчера́? _____

   f. О ком ты рассказа́л в письме́ домо́й? _____

2) популя́рные арти́сты

   a. О ком вы говори́ли на уро́ке? _____

   b. У кого́ хоро́ший го́лос? _____

   c. Кому́ Ле́на ча́сто пи́шет пи́сьма? _____

   d. С кем сфотографи́ровалась Инна? _____

   e. Кто понра́вится друзья́м Фе́ди? _____

   f. Кого́ вы о́чень лю́бите? _____

3) совреме́нные многоэта́жные зда́ния

   a. Чего́ нет в ма́ленькой дере́вне? _____

   b. Что нахо́дится в це́нтре го́рода? _____

   c. Где живу́т жи́тели го́рода? _____

   d. Что постро́или в го́роде неда́вно? _____

   e. Чем интересу́ется э́тот архите́ктор? _____

4) цветны́е карандаши́

   a. Что вы купи́ли в кио́ске? _____

b. Чем лю́бит рисова́ть ва́ша сестра́? _____

c. Чего́ у вас нет? _____

d. Что лежи́т на столе́? _____

5) замеча́тельные молоды́е компози́торы
   a. Кто написа́л э́ти пе́сни? _____

   b. С кем была́ встре́ча в клу́бе? _____

   c. Чья фотогра́фия виси́т на стене́? _____

   d. Кому́ подари́ла цветы́ Анна? _____

   e. Кого́ поздра́вила с Рождество́м Ни́на? _____

   f. О чём пи́шут в газе́те? _____

8. 連詞成句

1) Я, пригласи́ть, на, день, рожде́ние, мой, бли́зкий, друзья́.

   _____

   _____

2) Студе́нты, ча́сто, получа́ть, пи́сьма, от, свой, родно́й, бра́тья.

   _____

   _____

3) Мой, сестра́, с, удово́льствие, занима́ться, иностра́нный, языки́.

   _____

   _____

4) Игорь, звони́ть, свой, роди́тели, ка́ждый, неде́ля.

   _____

   _____

5) Неда́вно, я, быть, у, но́вый, знако́мые, кото́рый, жить, в, ра́зный, общежи́тия.

   _____

   _____

6) Наш, учи́тельница, пожела́ть, мы, успе́хи, в, но́вый, уче́бный, год.

_____

_____

7) Ка́ждый, наро́д, горди́ться, свой, изве́стный, и, тала́нтливый, лю́ди.

_____

_____

9. 聽力測驗 ▶MP3-59

1) День рожде́ния был _____.
   a. в воскресе́нье   b. сего́дня   c. вчера́

2) Это был день рожде́ния _____.
   a. Ива́на   b. Ле́ны   c. Та́ни

3) Бы́ло _____ госте́й.
   a. 8   b. 7   c. 6

4) Ле́не о́чень понра́вились _____.
   a. цветы́   b. золоты́е часы́   c. кни́ги

5) Ка́тя _____.
   a. игра́ла на гита́ре b. пригото́вила у́жин   c. пе́ла

6) Го́сти ушли́ в _____ часо́в.
   a. 12   b. 11   c. 10

練習測驗解答

1. 填充題

1) све́жие газе́ты.
2) с молоды́ми арти́стами.
3) свои́м де́тям.
4) На больши́х заво́дах.
5) У всех мои́х друзе́й.
6) тала́нтливых худо́жников.

2. 填充題

1) изве́стные учёные, изве́стным учёным, об изве́стных учёных, с изве́стными учёными, изве́стных учёных.

2) э́тих краси́вых городо́в, к э́тим краси́вым города́м, В э́тих краси́вых города́х, Эти краси́вые города́, Эти краси́вые города́, в э́ти краси́вые города́.

3) ста́рым друзья́м, ста́рые друзья́, со ста́рыми друзья́ми, ста́рых друзе́й, о

ста́рых друзья́х, ста́рых друзе́й.

4) иностра́нных журнали́стов, с иностра́нными журнали́стами, иностра́нные журнали́сты, иностра́нным журнали́стам, об иностра́нных журнали́стах, иностра́нных журнали́стов.

5) в э́тих чёрных ру́чках, э́ти чёрные ру́чки, э́тими чёрными ру́чками, э́ти чёрные ру́чки, э́тих чёрных ру́чек.

3. 請依示例改寫下列句子

1) Он был в кино́ со свои́ми ста́рыми друзья́ми.

2) В Росси́и мы познако́мились с ру́сскими де́вушками.

3) Ле́том я пое́ду на да́чу со свои́ми мла́дшими сёстрами.

4) Вчера́ мы встре́тились с интере́сными людьми́.

5) Оле́г был на ю́ге со шко́льными това́рищами.

4. 請依示例改寫下列句子

1) Она́ поздоро́валась со свое́й подру́гой.

2) В клу́бе мы познако́мились с изве́стным худо́жником.

3) Ле́том она́ была́ на мо́ре со свои́м ста́ршим бра́том.

4) Мать горди́тся свое́й у́мной до́черью.

5) Я не знако́м с э́тим молоды́м врачо́м.

5. 請選填適當的前置詞под/ над

1) над   2) под   3) над   4) под   5) над

6. 請依示例改寫下列句子

1) В кла́ссе за мной сиде́л Вади́м.

2) Маши́на останови́лась пе́ред вокза́лом.

3) В теа́тре Ма́ша сиде́ла пе́ред на́ми.

4) Шко́ла нахо́дится за до́мом.

5) Кио́ск нахо́дится пе́ред магази́ном.

7. 請依示例回答下列句子

1) Иностра́нные студе́нты, С иностра́нными студе́нтами, Иностра́нных студе́нтов, К иностра́нным студе́нтам, У иностра́нных студе́нтов, Об иностра́нных студе́нтах.

2) О популя́рных арти́стах, У популя́рных арти́стов, Популя́рным арти́стам, С популя́рными арти́стами, Популя́рные арти́сты, Популя́рных арти́стов.

3) Совреме́нных многоэта́жных зда́ний, Совреме́нные многоэта́жные зда́ния, В совреме́нных многоэта́жных зда́ниях, Совреме́нные многоэта́жные зда́ния, Совреме́нными многоэта́жными зда́ниями.

4) Цветны́е карандаши́, Цветны́ми карандаша́ми, Цветны́х карандаше́й, Цветны́е карандаши́.

5) Замеча́тельные молоды́е компози́торы, С замеча́тельными молоды́ми компози́торами, (Фотогра́фия) замеча́тельных молоды́х компози́торов, Замеча́тельным молоды́м компози́торам, Замеча́тельных молоды́х компози́торов, О замеча́тельных молоды́х компози́торах.

8. 連詞成句

1) Я пригласи́л на день рожде́ния мои́х (свои́х) бли́зких друзе́й.

2) Студе́нты ча́сто получа́ют пи́сьма от свои́х родны́х бра́тьев.

3) Моя́ сестра́ с удово́льствием занима́ется иностра́нными языка́ми.

4) И́горь звони́т свои́м роди́телям ка́ждую неде́лю.

5) Неда́вно я был у но́вых знако́мых, кото́рые живу́т в ра́зных общежи́тиях.

6) На́ша учи́тельница пожела́ла нам успе́хов в но́вом уче́бном году́.

7) Ка́ждый наро́д горди́тся свои́ми изве́стными и тала́нтливыми людьми́.

9. 聽力測驗

1) c   2) b   3) a   4) b   5) c   6) a

Вчера́ был день рожде́ния Ле́ны. Она́ и её сестра́ Та́ня пригото́вили у́жин, накры́ли стол. Пришли́ го́сти, 8 челове́к. У ка́ждого был пода́рок. Ле́не о́чень понра́вились ма́ленькие золоты́е часы́. Бы́ли ещё кни́ги, карти́ны, цветы́. Го́сти сиде́ли до́лго. Ка́тя пе́ла, Ива́н игра́л на гита́ре. Все танцева́ли. Ушли́ го́сти то́лько в 12 часо́в.

Уро́к 11

本課學習目標：1. 課文：Моско́вский Худо́жественный теа́тр

Алекса́ндр Серге́евич Пу́шкин

2. 對話：Хо́бби

3. 語法：-ся 動詞

4. 句型：кто/ что счита́ется одни́м из са́мых ...

кому́ прихо́дится/ пришло́сь ＋動詞不定式

Текст-1 ▶ MP3-60

Моско́вский **Худо́жественный** теа́тр

Пье́су «**Ча́йка**» написа́л Анто́н Па́влович Че́хов в 1896 году́. Эта пье́са была́ осо́бенно дорога́ Че́хову, потому́ что в ней писа́тель впервы́е рассказа́л о **нелёгкой судьбе́** люде́й, кото́рые, как и сам Че́хов, вы́брали **тво́рческую** профе́ссию. Геро́и пье́сы — де́вушка, кото́рая мечта́ет стать вели́кой **актри́сой**, и молодо́й челове́к, кото́рый хо́чет быть писа́телем. **Оба** они́ мечта́ют о **сла́ве**, **ве́рят** в свой тала́нт и в свои́ си́лы, но ещё не зна́ют, каки́е **тру́дности** встре́тят они́ на своём нелёгком **пути́**.

Впервы́е «Ча́йку» **поста́вили** в 1896 году́ в Санкт-Петербу́рге. **К сожале́нию**, пье́са не **име́ла успе́ха**, потому́ что её не по́няли **зри́тели**. Анто́н Па́влович Че́хов о́чень **пережива́л** э́ту **неуда́чу**. Поэ́тому, когда́ **режиссёр** Моско́вского Худо́жественного теа́тра Константи́н Серге́евич Станисла́вский предложи́л Че́хову поста́вить «Ча́йку» в Москве́, он согласи́лся не сра́зу. Он пришёл в теа́тр, познако́мился с **арти́стами**, чита́л им свою́ пье́су, был на **репети́циях** спекта́кля и **убеди́лся**, что **иде́ю** его́ пье́сы пра́вильно по́няли режиссёр и молоды́е тала́нтливые арти́сты. Так начала́сь тво́рческая **дру́жба** писа́теля с теа́тром.

В 1898 году́ **че́ховскую** пье́су «Ча́йка» поста́вили на **сце́не** Моско́вского Худо́жественного теа́тра. Пье́са име́ла огро́мный успе́х. Её хорошо́ встре́тили зри́тели. Они́ до́лго **аплоди́ровали**, броса́ли цветы́ на сце́ну и не хоте́ли **уходи́ть** из теа́тра. С тех пор **летя́щая** ча́йка ста́ла **си́мволом** Моско́вского Худо́жественного теа́тра. Э́тот си́мвол и сейча́с мо́жно уви́деть на зда́нии э́того теа́тра, на его́ **за́навесе** и театра́льных биле́тах.

худо́жественный	藝術的	ча́йка	海鷗
нелёгкий	不容易的、艱鉅的	судьба́	命運
тво́рческий	創作的、創造的	актри́са (陽性：актёр)	演員
о́ба	(集合) 兩者都	сла́ва	榮耀、名聲、名譽
ве́рить (未完；ве́рю, ве́ришь)/ пове́рить (完；пове́рю, пове́ришь) во что			相信
тру́дность (она́)	困難、艱難		
путь (он; пути́, пути́, путь, путём, о пути́)			道路
ста́вить (未完；ста́влю, ста́вишь)/ поста́вить (完；поста́влю, поста́вишь) кого́-что			上演、演出
сожале́ние	遺憾、抱歉	к сожале́нию	可惜、抱歉、遺憾
име́ть успе́х	有成就、受到歡迎	зри́тель (он)	觀眾
пережива́ть (未完；пережива́ю, пережива́ешь)/ пережи́ть (完；переживу́, переживёшь) что			經歷、感受、體驗
неуда́ча	挫折、失敗	режиссёр	導演
арти́ст	演員	репети́ция	排演、排練
убежда́ться (未完；убежда́юсь, убежда́ешься)/ убеди́ться (完；不用單數第一人稱；убеди́шься, убеди́тся) в чём			確信
иде́я	思想、主題思想	дру́жба	友誼
че́ховский	契訶夫的	сце́на	舞台
аплоди́ровать (未完；аплоди́рую, аплоди́руешь) кому́-чему́			鼓掌、拍手
уходи́ть (未完；ухожу́, ухо́дишь)/ уйти́ (完；уйду́, уйдёшь; ушёл, ушла́)			離開、走開
летя́щий	飛翔的	си́мвол	象徵
за́навес	(舞台的)幕		

Отве́тьте на вопро́сы:

1. Когда́ Анто́н Па́влович Че́хов написа́л пье́су «Ча́йка»?

2. Почему́ э́та пье́са была́ осо́бенно дорога́ Че́хову?

3. Кто геро́и пье́сы «Ча́йка»?

4. О чём мечта́ют геро́и «Ча́йки»? Во что они́ ве́рят? А чего́ они́ не зна́ют?

5. Когда́ и где впервы́е поста́вили «Ча́йку»?

6. Почему́ пье́са не име́ла успе́ха?

7. Что де́лал Анто́н Че́хов, что́бы иде́ю пье́сы «Ча́йка» пра́вильно по́няли режиссёр и арти́сты?

8. Где поста́вили че́ховскую пье́су «Ча́йка» в 1898 году́?

9. Как пье́су встре́тили зри́тели?

10. Что ста́ло си́мволом Моско́вского Худо́жественного теа́тра с тех пор?

11. Где мо́жно уви́деть э́тот си́мвол?

Текст-2 ▶ MP3-61

Алекса́ндр Серге́евич Пу́шкин

Алекса́ндр Пу́шкин роди́лся 6 ию́ня 1799 го́да в Москве́ в **небога́той дворя́нской** семье́. В семье́ бы́ло **тро́е** дете́й: ста́ршая сестра́ Ольга, Алекса́ндр и мла́дший брат Лев. Роди́тели ма́ло **забо́тились** о **воспита́нии** дете́й. Их **воспи́тывали гуверёры** и **гуверна́нтки**. Обы́чно э́то бы́ли **иностра́нцы**.

Серге́й Льво́вич, оте́ц Пу́шкина, занима́лся литерату́рой, в его́ до́ме ча́сто быва́ли изве́стные ру́сские писа́тели. Когда́ **собира́лись** писа́тели, Алекса́ндр обы́чно сиде́л в уголке́ и с интере́сом слу́шал разгово́ры о литерату́ре, о поэ́зии. Бога́тая библиоте́ка отца́ — **в основно́м** на францу́зском языке́ — игра́ла большу́ю роль в его́ жи́зни. Свои́ пе́рвые стихи́ Алекса́ндр написа́л в **ра́ннем** де́тстве на францу́зском языке́.

В 1811 году́ недалеко́ от Санкт-Петербу́рга, в Ца́рском **Селе́** (сейча́с э́то го́род Пу́шкин) откры́лся **лице́й**, где Пу́шкин провёл 6 прекра́сных лет. В лице́е у него́ появи́лись друзья́ на всю жизнь. Здесь Пу́шкин на́чал понима́ть, что он — поэ́т. Он око́нчил лице́й в 1817 году́ и **стал серьёзно** занима́ться литерату́рой.

Пу́шкин жени́лся дово́льно по́здно, в 1831 году́. Его́ жену́ зва́ли Ната́лья Никола́евна. Она́ **счита́лась** одно́й из са́мых краси́вых же́нщин Росси́и. Пу́шкин впервы́е уви́дел **шестнадцатиле́тнюю краса́вицу** на **балу́** в Москве́ в декабре́ 1828 го́да и сра́зу же влюби́лся в неё. Но Ната́лья была́ сли́шком молода́, и её мать не дала́ **согла́сия** на **брак**. То́лько че́рез 2 го́да Пу́шкин смог жени́ться на Ната́лье Никола́евне.

У Пу́шкина бы́ло мно́го друзе́й, но и мно́го **враго́в**, кото́рые **зави́довали** сла́ве поэ́та. Что́бы **защити́ть** свою́ **честь** и честь свое́й жены́, ему́ пришло́сь дра́ться на дуэ́ли. На дуэ́ли Пу́шкина **смерте́льно ра́нил** францу́зский **эмигра́нт** Данте́с, и че́рез три дня, 10 февраля́ 1837 го́да, Пу́шкин **сконча́лся**. Он поги́б в **во́зрасте** 37 лет.

небога́тый	不富有的	дворя́нский	貴族的
тро́е ＋複數第二格	(集合數) 三、三個		
забо́титься (未完；забо́чусь, забо́тишься)/ позабо́титься (完；позабо́чусь, позабо́тишься) о ком-чём			關心、操心、憂慮
воспита́ние	教養、撫養、培養		
воспи́тывать (未完；воспи́тываю, воспи́тываешь)/ воспита́ть (完；воспита́ю, воспита́ешь) кого́-что			教養、教育、培養
гуверне́р (陰性：гуверна́нтка)		家庭教師	
иностра́нец	外國人		
собира́ться (未完；собира́юсь, собира́ешься)/ собра́ться (完；соберу́сь, соберёшься)			聚集、集合、聚會
основно́й	基本的、主要的	в основно́м	基本上、大體上
ра́нний	早的	село́	村莊、農村、鄉下
лице́й	中學(舊俄為貴族子弟設立的中高等學校)		
стать (完；ста́ну, ста́нешь)＋未完成體不定式		(助動) 著手、開始	
серьёзно	(副) 認真地、鄭重地		
счита́ться (未完；счита́юсь, счита́ешься) кем-чем		(被)認為、算是	
шестнадцатиле́тний	十六歲的	краса́вица	美女、美人
бал	舞會	согла́сие	同意、贊同、許可
дать согла́сие на что	對⋯表示同意	брак	婚姻、結婚
враг	敵人		
зави́довать (未完；зави́дую, зави́дуешь) кому́-чему́		羨慕、嫉妒	
защища́ть (未完；защища́ю, защища́ешь)/ защити́ть (完；защищу́, защити́шь) кого́-что		保護、維護	
честь (она́)	名譽、光榮		

192

дра́ться (未完；деру́сь, дерёшься) с кем		搏鬥	
дуэ́ль (она́)	決鬥	смерте́льно	(副) 致命地
ра́нить (未完；ра́ню, ра́нишь) кого́-что		打傷、使受傷	
эмигра́нт	移民		
сконча́ться (完；сконча́юсь, сконча́ешься)		去世、逝世	
во́зраст	年齡、年紀		

Отве́тьте на вопро́сы:

1. Когда́ и где роди́лся Алекса́ндр Серге́евич Пу́шкин?

2. У Алекса́ндра бы́ли сестра́ и брат?

3. Что вы узна́ли о воспита́телях Алекса́ндра Пу́шкина?

4. Что вы узна́ли о его́ отце́?

5. Что обы́чно де́лал Алекса́ндр, когда́ писа́тели собира́лись в его́ до́ме?

6. На како́м языке́ написа́л Алекса́ндр свои́ пе́рвые стихи́ в ра́ннем де́тстве?

7. Когда́ и где откры́лся лице́й, где учи́лся Пу́шкин?

8. Что вы узна́ли о жи́зни Пу́шкина в лице́е?

9. Когда́ он стал серьёзно занима́ться литерату́рой?

10. Когда́ и на ком жени́лся Пу́шкин?

11. Что вы узна́ли о жене́ Пу́шкина?

12. Почему́ Пу́шкин дра́лся на дуэ́ли?

13. Когда́ сконча́лся Пу́шкин?

14. Почему́ сконча́лся Пу́шкин?

Хо́бби

Диало́г-1 ▶ MP3-62

Инна: Что вы бу́дете де́лать в воскресе́нье ве́чером?

Игорь: Мы пойдём на конце́рт.

Инна: Куда́?

Игорь: В **конце́ртный** зал «Росси́я».

Инна: И что там бу́дет? Како́й конце́рт?

Игорь: **Эстра́дный**. Ты же зна́ешь, мы лю́бим **эстра́ду**.

Инна: И кто в **програ́мме**?

Игорь: На́ши эстра́дные звёзды — **певцы́**, **певи́цы** и ра́зные гру́ппы со свои́ми **хита́ми**.

Инна: По-мо́ему, всё э́то мо́жно посмотре́ть по телеви́зору.

Игорь: Коне́чно, мо́жно. Но конце́рт — э́то пра́здник. Осо́бенно для жены́, она́ де́лает **причёску, надева́ет наря́дный** костю́м.

Инна: Понима́ю. А я хоте́ла пригласи́ть вас в музе́й. **Ну что ж, как-нибу́дь в друго́й раз**. Приве́т жене́.

Игорь: Спаси́бо.

хо́бби (оно́,不變)	愛好、癖好	конце́ртный	音樂會的
эстра́дный	舞台的	эстра́да	舞台
програ́мма	節目單	певе́ц (певи́ца)	男(女)歌手
хит	暢銷曲	причёска	髮型
надева́ть (未完；надева́ю, надева́ешь)/ наде́ть (完；наде́ну, наде́нешь) что	穿上、戴上		
наря́дный	漂亮的、盛裝的	ну что ж	(口語) 嗯，是啊
как-нибу́дь	(口語) (近期)隨便什麼時候		
в друго́й раз	下次		

Диало́г-2 ▶ MP3-63

Со́ня: Ван Мин, у вас есть хо́бби?

Ван Мин: Да, есть.

Со́ня: А како́е?

Ван Мин: Моё хо́бби — теа́тр. Я о́чень люблю́ ходи́ть в теа́тры, смотре́ть спекта́кли, о́перы, бале́ты. Мне нра́вится ру́сский бале́т. А ещё я собира́ю фотогра́фии **арти́стов**, театра́льные **афи́ши** и **програ́ммки**, всё-всё о теа́тре. У меня́ уже́ больша́я колле́кция.

Со́ня: А в моско́вских теа́трах вы бы́ли?

Ван Мин: Коне́чно, был.

Со́ня: А в каки́х?

Ван Мин: В Большо́м, в Ма́лом, в Теа́тре **сати́ры** и в други́х. Я **да́же** был в Музе́е театра́льного иску́сства.

Со́ня: А что вы смотре́ли в Большо́м теа́тре?

Ван Мин: О́перу «Евге́ний Оне́гин»[1] и бале́т «Жизе́ль»[1].

Со́ня: Вам понра́вилось?

Ван Мин: О́чень. Прекра́сные арти́сты, краси́вая му́зыка!

Со́ня: Ван Мин, каки́е у вас пла́ны на воскресе́нье?

Ван Мин: Никаки́х.

Со́ня: Дава́йте пойдём на бале́т «Лебеди́ное о́зеро»[1].

Ван Мин: С удово́льствием.

[1] «Евге́ний Оне́гин» 為普希金作品《尤金 ‧ 奧涅金》，«Жизе́ль» 為芭蕾舞劇《吉賽兒》，«Лебеди́ное о́зеро» 為芭蕾舞劇《天鵝湖》。

о́пера	歌劇	арти́ст	演員
афи́ша	廣告、海報、傳單	програ́ммка	(小)節目單
всё-всё	全部	сати́ра	諷刺、譏刺
да́же	(語氣) 甚至…也		

Диало́г-3 ▶ MP3-64

Ни́на: Ван Мин, чем ты занима́ешься в свобо́дное вре́мя?

Ван Мин: Моё люби́мое **заня́тие** — **кулинари́я**.

Ни́на: Кулинари́я? **Мужчи́на** и кулинари́я? Это удиви́тельно.

Ван Мин: Нет, э́то не удиви́тельно. Хоро́ший **кулина́р** и́менно мужчи́на. Я люблю́ гото́вить. И могу́ хорошо́ пригото́вить ра́зные блю́да.

Ни́на: А ты собира́ешь **каки́е-нибу́дь кулина́рные реце́пты**?

Ван Мин: Да, у меня́ уже́ есть больша́я колле́кция.

Ни́на: А кака́я национа́льная ку́хня тебе́ нра́вится?

Ван Мин: Коне́чно, кита́йская. Кита́йские блю́да о́чень оригина́льные, вку́сные и **поле́зные**.

Ни́на: А что ты лю́бишь гото́вить бо́льше всего́?

Ван Мин: Я люблю́ гото́вить ры́бные блю́да. Так что приглаша́ю в го́сти!

Ни́на: Спаси́бо за **приглаше́ние**! Обяза́тельно приду́!

заня́тие	活動、事	кулинари́я	烹飪、烹調
мужчи́на	男人、成年男人	кулина́р	廚師
како́й-нибу́дь	(不定代) 任何的	кулина́рный	烹飪的、烹調的
реце́пт	製法、作法	поле́зный	有益的、有好處的
приглаше́ние	邀請		

語法

1. -ся動詞

大部分 -ся 動詞是由及物動詞加 -ся 構成，其主要意義如下：

（1）表示反身，有 себя́ 的意義，如：мы́ться (洗澡), умыва́ться (洗頭、洗臉), одева́ться, купа́ться (游泳、洗澡)等。

請比較：

-ся 動詞		及物動詞＋кого́/ что	
	Ребёнок одева́ется.		Ма́ма одева́ет ребёнка.
	Ви́ктор умыва́ется.		Ма́ма умыва́ет ребёнка.
	Ви́ктор мо́ется.		Врач мо́ет ру́ки.

（2）表示相互反身，如：встреча́ться, целова́ться（相吻）, ви́деться, знако́миться 等。

請比較：

-ся 動詞		及物動詞＋кого́/ что	
	На вокза́ле лю́ди встреча́ются друг с дру́гом.		Ива́н встреча́ет дру́га на вокза́ле.
	Молоды́е лю́ди целу́ются.		Ма́ма целу́ет ребёнка.

（3）表示被動，如：стро́иться（蓋），изуча́ться，продава́ться（賣），организова́ться，гото́виться，создава́ться，объясня́ться，реша́ться，де́латься，передава́ться，собира́ться，выбира́ться 等。

請比較：

事物＋-ся 動詞(＋кем)	人＋及物動詞＋кого́/ что
Дом стро́ится (рабо́чими).	Рабо́чие стро́ят дом.

（4）表達主體本身的行為或狀態，行為不及於客體，如：открыва́ться，закрыва́ться 等。

請比較：

-ся 動詞		及物動詞＋кого́/ что	
	Был си́льный ве́тер, и окно́ откры́лось.		Он не мо́жет откры́ть дверь, у него́ нет ключа́.

（5）只存在帶 -ся 形式的動詞，如：занима́ться，смея́ться，ложи́ться，улыба́ться 等。

	Мы смотре́ли о́чень весёлый фильм и смея́лись.
	Ка́ждый день Оле́г ложи́тся в 11 часо́в.
	Воло́дя улыба́ется краси́вой де́вушке.

句型

1. кто/ что счита́ется одни́м из са́мых .... 人/物被認為是最…之一

> Васи́лий счита́ется одни́м из са́мых у́мных студе́нтов в на́шей гру́ппе.
>
> 瓦希利被認為是我們班最聰明的學生之一。

> Байка́л (貝加爾湖) счита́ется одни́м из са́мых глубо́ких озёр в ми́ре.
>
> 貝加爾湖被認為是世界上最深的湖泊之一。

> Во́лга счита́ется одно́й из са́мых дли́нных (長的) рек в Росси́и.
>
> 窩瓦河被認為是俄羅斯最長的河流之一。

2. кому́ прихо́дится/ пришло́сь ＋動詞不定式 (人)不得不，只好…

прихо́дится	Сего́дня лифт на ремо́нте, и нам прихо́дится идти́ по ле́стнице пешко́м. 今天電梯在檢修，所以我們只好走樓梯。 Иногда́ ей прихо́дится е́хать с переса́дкой (換乘). 有時候她不得不換車。
пришло́сь	Вчера́ Мари́не пришло́сь взять такси́. 昨天瑪莉娜不得不搭計程車。 Ива́ну пришло́сь пое́хать на юг. 伊凡不得不前往南方。

練習測驗

1. 請依示例改寫下列句子

Образе́ц: Не́сколько раз в день моско́вское ра́дио передаёт после́дние изве́стия.

→ *Не́сколько раз в день после́дние изве́стия передаю́тся моско́вским ра́дио.*

1) Рабо́чие стро́ят дом.

_____

2) Хи́мики создаю́т но́вые ви́ды пластма́сс (塑膠).

_____

3) Студе́нты ста́рших ку́рсов изуча́ют ру́сскую литерату́ру.

_____

4) Врачи́ э́той больни́цы де́лают опера́ции на се́рдце.

_____

5) Наш клуб гото́вит большу́ю вы́ставку.

_____

6) Экскурсио́нное бюро́ (觀光局) организу́ет экску́рсии по го́роду.

_____

2. 請依示例改寫下列句子

Образец: Не́сколько раз в день после́дние изве́стия передаю́тся моско́вским
       ра́дио.

→ *Не́сколько раз в день моско́вское ра́дио передаёт после́дние изве́стия.*

1) На уро́ке но́вая грамма́тика объясня́ется преподава́телем.

_____

2) До́лгие го́ды колле́кция музе́я Эрмита́ж собира́лась ца́рской семьёй.

_____

3) В Росси́и президе́нт (總統) выбира́ется наро́дом оди́н раз в 4 го́да.

_____

4) Журна́л «Семья́ и шко́ла» чита́ется роди́телями.

_____

5) Энциклопе́дии и словари́ покупа́ются студе́нтами и шко́льниками.

_____

6) Все уче́бные вопро́сы реша́ются дека́ном (系主任).

_____

3. 請填入適當的動詞

1) (начина́ть/ начина́ться) На́ши ле́кции _____ в де́вять часо́в.

Они́ _____ рабо́тать в де́вять часо́в утра́.

2) (открыть/ открыться) Дверь _____, и вошёл преподаватель.

Девушка _____ дверь и вошла в класс.

3) (мыть/ мыться) Мать _____ маленького сына.

Сын _____ сам.

4) (одеть/ одеться) Марина _____ и вышла на улицу.

Мать _____ дочку и вышла с ней на улицу.

5) (встречать/ встречаться) Каждое воскресенье мы _____ с друзьями на вокзале.

Мы часто _____ этого человека на остановке автобуса.

6) (видеть/ видеться) Раньше мы редко _____ со своими друзьями.

Родители не _____ своих детей три месяца.

7) (купать/ купаться) Брат отдыхает, играет в волейбол, _____.

Каждый вечер мать _____ детей.

8) (кончить/ кончиться) Алла _____ свою работу и пошла домой.

Зима _____, и наступила (來臨) весна.

9) (учить/ учиться) Максим хорошо _____.

Сейчас он _____ стихи Пушкина.

10) (закрыть/ закрыться) Сестра _____ дверь и вышла на улицу.

Был сильный ветер, и дверь _____.

11) (познакомить/ понакомиться) Я _____ с ней в прошлом году.

Я _____ её со своим братом.

12) (умыва́ть/ умыва́ться) Утром оте́ц _____ холо́дной водо́й.

Мать _____ свою́ ма́ленькую до́чку.

4. 請填入適當的動詞

Моя́ сестра́ _____ (учи́ть/ учи́ться) в шко́ле в 11-ом кла́ссе. Обы́чно она́ встаёт в 7 часо́в у́тра. Она́ _____ (умыва́ть/ умыва́ться), _____ (одева́ть/ одева́ться) и сади́тся за́втракать. Шко́ла, где _____ (учи́ть/ учи́ться) моя́ сестра́, нахо́дится недалеко́. В 9 часо́в _____ (начина́ть/ начина́ться) пе́рвый уро́к. Уро́ки _____ (продолжа́ть/ продолжа́ться) до трёх часо́в. Когда́ уро́ки _____ (конча́ть/ конча́ться), моя́ сестра́ идёт домо́й. Ве́чером она́ гото́вит дома́шнее зада́ние. Она́ мно́го занима́ется иностра́нным языко́м. Снача́ла она́ _____ (учи́ть/ учи́ться) слова́ и пра́вила, пото́м _____ (де́лать/ де́латься) упражне́ния. По́сле у́жина моя́ сестра́ занима́ется свои́ми дела́ми. Она́ о́чень _____ (интересова́ть/ интересова́ться) фи́зикой и хи́мией. Когда́ она́ _____ (ко́нчить/ ко́нчиться) шко́лу, она́ бу́дет поступа́ть в университе́т.

5. 連詞成句

1) Мы, познако́миться, на, экску́рсия, с, Не́вский проспе́кт, с, Зи́мний дворе́ц.

_____

_____

2) Ка́ждый, у́тро, Никола́й, встава́ть, одева́ться, умыва́ться, и, за́втракать.

_____

_____

3) Мой, кварти́ра, на, тре́тий, эта́ж. Обы́чно, я, поднима́ться, и, спуска́ться, по, ле́стница.

_____

_____

4) Вчера́, я, говори́ть, по, телефо́н, с, мой, роди́тели.

_____

_____

5) Ма́ленький, де́ти, люби́ть, рисова́ть, цветно́й, карандаши́.

_____

_____

6) Экскурсово́д, рассказа́ть, иностра́нный, тури́сты, исто́рия, петербу́ргский, мосты́.

_____

_____

7) В, на́ша, гру́ппа, почти́, весь, студе́нты, испо́лниться, два́дцать, год.

_____

_____

6. 聽力測驗 ▶ MP3-65

A.

1) Мы е́дем во Влади́мир _____.

a. два часа́   b. три часа́   c. четы́ре часа́

2) Мы бу́дем обе́дать _____.

a. во Влади́мире   b. в Москве́   c. до́ма

3) Мы бу́дем во Влади́мире _____.

a. не́сколько часо́в   b. два дня   c. три дня

Б.

4) Ле́на е́здит к сестре́ _____.

a. ка́ждый день   b. ка́ждую неде́лю   c. ка́ждый ме́сяц

5) Дéти сестры́ _____.

    a. ýчатся в университéте   b. ýчатся в шкóле   c. ещё не ýчатся

B.

6) Мой друг _____.

    a. рýсский   b. Япóнец   c. тайвáнец

7) Мой друг бýдет жить _____.

    a. у нас   b. в гостѝнице   c. в общежѝтии

8) Он бýдет жить в Тайбэ́е _____.

    a. пять дней   b. шесть дней   c. недéлю

練習測驗解答

1. 請依示例改寫下列句子

    1) Дом стрóится рабóчими.

    2) Нóвые вѝды пластмáсс создаю́тся хѝмиками.

    3) Рýсская литератýра изучáется студéнтами стáрших кýрсов.

    4) Операции на сéрдце дéлаются врачáми э́той больнѝцы.

    5) Большáя вы́ставка готóвится нáшим клýбом.

    6) Экскýрсии по гóроду организýются экскурсиóнным бюрó.

2. 請依示例改寫下列句子

    1) На урóке преподавáтель объясня́ет нóвую граммáтику.

    2) Дóлгие гóды цáрская семья́ собирáла коллéкцию музéя Эрмитáж.

    3) В Росси́и нарóд выбирáет президéнта одѝн раз в 4 гóда.

    4) Роди́тели читáют журнáл «Семья́ и шкóла».

    5) Студéнты и шкóльники покупáют энциклопéдии и словари́.

    6) Декáн решáет все учéбные вопрóсы.

3. 請填入適當的動詞

    1) начинáются, начинáют.   2) откры́лась, откры́ла.   3) мóет, мóется.

    4) одéлась, одéла.   5) встречáемся, встречáем. 6) вѝделись, вѝдели.

    7) купáется, купáет.   8) кóнчила, кóнчилась.   9) ýчится, ýчит.

  10) закры́ла, закры́лась. 11) познакóмился, познакóмил.

12) умыва́ется, умыва́ет.

4. 請填入適當的動詞

учи́ться, умыва́ется, одева́ется, у́чится, начина́ется, продолжа́ются, конча́ются, у́чит, де́лает, интересу́ется, ко́нчит.

5. 連詞成句

1) Мы познако́мились на экску́рсии с Не́вским проспе́ктом, с Зи́мним дворцо́м.

2) Ка́ждое у́тро Никола́й встаёт, одева́ется, умыва́ется и за́втракает.

3) Моя́ кварти́ра на тре́тьем этаже́. Обы́чно я поднима́юсь и спуска́юсь по ле́стнице.

4) Вчера́ я говори́л по телефо́ну с мои́ми (свои́ми) роди́телями.

5) Ма́ленькие де́ти лю́бят рисова́ть цветны́ми карандаша́ми.

6) Экскурсово́д рассказа́л иностра́нным тури́стам исто́рию петербу́ргских мосто́в.

7) В на́шей гру́ппе почти́ всем студе́нтам испо́лнилось два́дцать лет.

6. 聽力測驗

1) c   2) a   3) a   4) b   5) c   6) b   7) a   8) c

А. Сего́дня в де́вять утра́ мы е́дем на экску́рсию во Влади́мир. Мы должны́ прие́хать туда́ в час дня, а ве́чером вернёмся домо́й.

Б. Ка́ждую суббо́ту Ле́на е́здит к сестре́. У сестры́ совсе́м ма́ленькие де́ти, и Ле́на помога́ет ей.

В. К нам прие́хал мой друг из Япо́нии. Он бу́дет жить у нас семь дней. Я покажу́ ему́ са́мые краси́вые места́ Тайбэ́я.

Уро́к 12

本課學習目標：1. 課文：Кра́сная пло́щадь、Храм Христа́ Спаси́теля
2. 對話：Друг из Тайбэ́я
3. 語法：名詞、形容詞、物主代詞、
指示代詞與限定代詞的複數各格
4. 句型：так что、Как кто долете́л/ дое́хал/ дошёл?

Текст-1 ▶ MP3-66

Кра́сная пло́щадь

Все зна́ют, что центр Москвы́ — э́то Кра́сная пло́щадь. Кра́сная пло́щадь получи́ла своё назва́ние от сло́ва «кра́сный», кото́рое в древнеру́сском языке́ **зна́чило**: краси́вый, прекра́сный. Но бы́ло и друго́е **объясне́ние**: кра́сная зна́чит **крова́вая**, потому́ что здесь на пло́щади **пролило́сь** мно́го **кро́ви**. Здесь происходи́ли **жесто́кие бои́** и **сраже́ния** с врага́ми. На Кра́сной пло́щади есть **ло́бное ме́сто**. С э́того ме́ста чита́ли ца́рские указы́, в кото́рых цари́ обраща́лись к **просты́м лю́дям** и **сообща́ли** им свои́ **реше́ния**.

Собо́р Васи́лия Блаже́нного постро́или в 1552 году́, при царе́ Ива́не **Гро́зном** в честь **побе́ды над Каза́нью**. Собо́р **состои́т** из девяти́ церкве́й с золоты́ми **купола́ми**. Сейча́с собо́р **явля́ется** одни́м из са́мых краси́вых собо́ров в Москве́, **украше́нием** Кра́сной пло́щади.

Напро́тив собо́ра Васи́лия Блаже́нного нахо́дится Истори́ческий музе́й, где

205

храня́тся па́мятники ру́сской исто́рии и культу́ры. Ра́ньше на э́том ме́сте была́ стари́нная кита́йская апте́ка и кита́йский рестора́н. Пото́м в э́том зда́нии находи́лся Моско́вский университе́т, кото́рый откры́лся в 1755 году́. А в семидеся́тые го́ды XIX ве́ка на э́том ме́сте постро́или но́вое зда́ние, где сейча́с нахо́дится Истори́ческий музе́й.

В 1520 году́ на пло́щади постро́или **ка́менный Гости́ный** двор, где мо́жно бы́ло купи́ть всё. Сейча́с на ме́сте Гости́ного двора́ нахо́дится оди́н из са́мых больши́х магази́нов в Москве́ — ГУМ (гла́вный универса́льный магази́н).

Все больши́е пра́здники и вели́кие побе́ды страны́ отмеча́ли на Кра́сной пло́щади. Здесь проходи́ли **многочи́сленные пара́ды** и **демонстра́ции**, поэ́тому назва́ние «кра́сный» получи́ло ещё одно́ значе́ние. «Кра́сная» зна́чит **пра́здничная, пара́дная**. В апре́ле 1961 го́да на Кра́сной пло́щади, с ра́достными улы́бками, с **буке́тами весе́нних** цвето́в вся страна́ встреча́ла пе́рвого в ми́ре космона́вта Юрия Алексе́евича Гага́рина.

Кра́сная пло́щадь — э́то ме́сто, кото́рое как **магни́т притя́гивает** всех — и тури́стов, и москвиче́й. **Так что** сего́дня на Кра́сной пло́щади по-пре́жнему **торгу́ют**, гуля́ют, пра́зднуют, **развлека́ются** и отдыха́ют.

зна́чить (未完；зна́чит, зна́чат)		意思是、意味著	
объясне́ние	解釋	крова́вый	血腥的、浴血的
пролива́ться (未完；пролива́ется, пролива́ются)/ проли́ться (完；прольётся, проль́ются)			濺出、溢出、流出
кровь (она́)	血	жесто́кий	殘酷的、殘忍的
бой	作戰、戰役	сраже́ние	交戰、會戰
ло́бный	前額的	ло́бное ме́сто	宣諭台
просто́й	普通的、簡單的	просты́е лю́ди	普通人
сообща́ть (未完；сообща́ю, сообща́ешь)/ сообщи́ть (完；сообщу́, сообщи́шь) кому́-чему́ о чём			通知、報導、宣布
реше́ние	決定、決議、決策	гро́зный	恐怖的、可怕的
побе́да над+кем	勝利、戰勝		
над+кем-чем	在…上方、指征服的對象		
Каза́нь (она́)	喀山		
состоя́ть (未完；состои́т, состоя́т) из+кого́-чего́			由…組成

ку́пол (複數：купола́)		圓頂	
явля́ться (未完；явля́юсь, явля́ешься)/ яви́ться (完；явлю́сь, я́вишься)＋кем-чем		是、成為	
украше́ние	飾品、裝飾品	напро́тив＋кого́-чего́	在…對面
храни́ться (未完；храни́тся, храня́тся)		保存在、收藏在	
па́мятник＋кому́-чему́		紀念碑、雕像	
ка́менный	石頭(砌造)的	гости́ный	商人的、貿易的
многочи́сленный	眾多的	пара́д	盛大的檢閱、遊行
демонстра́ция	遊行示威	пра́здничный	節日的、高興的
пара́дный	閱兵的、檢閱的	буке́т	花束
весе́нний	春天的	магни́т	磁鐵
притя́гивать (未完；притя́гиваю, притя́гиваешь) кого́-что		吸引、誘惑	
так что	所以		
торгова́ть (未完；торгу́ю, торгу́ешь) кем-чем		作買賣、經商	
развлека́ться (未完；развлека́юсь, развлека́ешься)/ развле́чься (完；развлеку́сь, развлечёшься; развлёкся, развлекла́сь)		消遣、娛樂、散心	

Отве́тьте на вопро́сы:

1. Почему́ гла́вную пло́щадь страны́ называ́ют Кра́сной пло́щадью?

2. Что тако́е ло́бное ме́сто? Что говори́тся об э́том ме́сте?

3. Когда́ и почему́ постро́или собо́р Васи́лия Блаже́нного?

4. Из чего́ состои́т собо́р Васи́лия Блаже́нного?

5. Где нахо́дится Истори́ческий музе́й?

6. Что ра́ньше находи́лось на ме́сте Истори́ческого музе́я?

7. Когда́ постро́или Гости́ный двор на Кра́сной пло́щади? Что нахо́дится на ме́сте Гости́ного двора́ сейча́с?

8. Где отмеча́ли больши́е пра́здники и вели́кие побе́ды Росси́и?

9. Что произошло́ в апре́ле 1961 го́да на Кра́сной пло́щади?

10. Почему́ Кра́сная пло́щадь притя́гивает тури́стов и москвиче́й?

Храм Христа́ Спаси́теля[1]

Два́дцать пя́того декабря́ 1812 го́да ко́нчилась война́ Росси́и с Наполео́ном[2]. По́сле э́того Алекса́ндр I изда́л ука́з постро́ить па́мятник храм Христа́ Спаси́теля, что́бы лю́ди не забыва́ли о вели́кой побе́де над Наполео́ном. Этот храм стал **всенаро́дным** си́мволом и простоя́л мно́го лет.

В 1816 году́ росси́йская **Акаде́мия худо́жеств объяви́ла ко́нкурс** на лу́чший **прое́кт** хра́ма, в кото́ром уча́ствовали изве́стные ру́сские и иностра́нные худо́жники и архите́кторы. **Победи́телем** ко́нкурса стал Алекса́ндр Лавре́нтьевич Ви́тберг, **выпускни́к** Акаде́мии худо́жеств.

Ви́тберг реши́л постро́ить храм на Воробьёвых гора́х[3] (ме́сто, где сейча́с нахо́дится **высо́тное** зда́ние МГУ). Но, к сожале́нию, он не смог **осуществи́ть** свой прое́кт, потому́ что в 1825 году́ **импера́тор** Алекса́ндр I у́мер, а в 1827 году́ **строи́тельство останови́ли**.

Но́вый ру́сский импера́тор Никола́й I вы́брал ме́сто на берегу́ Москвы́-реки́, ря́дом с Кремлём, так как Воробьёвы го́ры нахо́дятся **сли́шком** далеко́ от це́нтра Москвы́. Но́вым архите́ктором хра́ма стал Константи́н Андре́евич Тон. К.А. Тон был не то́лько хоро́шим архите́ктором, но и тала́нтливым **строи́телем-те́хником**.

В 1838 году́ по прое́ктам К.А. То́на на́чали но́вое строи́тельство хра́ма Христа́ Спаси́теля. Храм стро́или о́чень ме́дленно. В 1859 году́ строи́тельство **зако́нчилось**, и начала́сь рабо́та худо́жников, кото́рая продолжа́лась 20 лет. Золоты́е купола́ хра́ма бы́ли **видны́ издалека́** с любо́й **то́чки** го́рода. Это бы́ло са́мое высо́кое зда́ние, его́ **высота́** была́ 103 **ме́тра**. **Вокру́г** хра́ма был небольшо́й **балко́н**, с кото́рого мо́жно бы́ло уви́деть **панора́му** Москвы́.

В тридца́тые го́ды XX ве́ка **сове́тское прави́тельство** реши́ло постро́ить на ме́сте хра́ма **Дворе́ц** Сове́тов[4]. Храм **разру́шили**. Но Дворе́ц Сове́тов так и не постро́или, потому́ что начала́сь Вели́кая Оте́чественная война́[5]. По́сле войны́ на ме́сте хра́ма появи́лся **откры́тый** бассе́йн «Москва́».

Осенью 1994 го́да прави́тельство Москвы́ реши́ло восстанови́ть храм Христа́ Спаси́теля на наро́дные де́ньги. Но́вый храм стро́ила не то́лько Москва́, ты́сячи люде́й **присыла́ли** де́ньги со всей Росси́и. В **двухты́сячном** году́ строи́тельство хра́ма **зако́нчили**. На Рождество́ все уви́дели золоты́е купола́ хра́ма и услы́шали, как сно́ва **зазвони́ли** его́ **колокола́**.

[1] Храм Христа́ Спаси́теля 救世主大教堂－世界上最高的東正教教堂。

[2] Наполео́н 指拿破崙一世。

[3] Воробьёвы го́ры 麻雀山－位於俄羅斯莫斯科市的西南處，也是莫斯科市的至高點，最高處海拔高度為 220 米。

[4] Дворе́ц Сове́тов 蘇維埃宮殿 －1930年代開始策劃的紀念建築，經過 25 年的方案設計與修訂，始終未能建成。

[5] Вели́кая Оте́чественная война́ 即二次世界大戰，蘇聯稱這場戰爭為「偉大的衛國戰爭」。

всенаро́дный	全體的、全體人民的	акаде́мия	學院
худо́жество	藝術		
объявля́ть (未完；объявля́ю, объявля́ешь)/ объяви́ть (完；объявлю́, объя́вишь) что			宣布
ко́нкурс	競賽、遴選	прое́кт	方案、設計、設計圖
победи́тель (он)	勝利者、優勝者	выпускни́к	畢業生
высо́тный	很高的、多層的		
осуществля́ть (未完；осуществля́ю, осуществля́ешь)/ осуществи́ть (完；осуществлю́, осуществи́шь) что			使實現、實行
импера́тор	皇帝	строи́тельство	施工、建築
остана́вливать (未完；остана́вливаю, остана́вливаешь)/ останови́ть (完；остановлю́, остано́вишь) кого́-что			使停止、使中斷
сли́шком	(副) 太、過於	строи́тель (он)	建築(工作)人員
те́хник	技師、技術人員		

заканчиваться (未完；заканчивается, заканчиваются)/ заканчиться (完；закончится, закончатся)		完成、完竣、結束	
видный (виден, видна, видно)		可以看見的、顯眼的	
издалека	(副) 從遠處	точка	點、地點
высота	高度	метр	公尺
вокруг + кого-чего	在…周圍	балкон	陽台
панорама	全景	советский	蘇聯的、蘇維埃的
правительство	政府	дворец	宮殿、皇宮、宮
разрушать (未完；разрушаю, разрушаешь)/ разрушить (完；разрушу, разрушишь) что		拆毀、毀壞	
открытый	露天的、開放的		
присылать (未完；присылаю, присылаешь)/ прислать (完；пришлю, пришлёшь) кого-что		寄來、捎來、(派人)送來	
двухтысячный	第兩千的		
заканчивать (未完；заканчиваю, заканчиваешь)/ закончить (完；закончу, закончишь) что		做完、完成、結束	
зазвонить (完；зазвоню, зазвонишь)		響起鈴(鐘)來、開始搖鈴(鳴鐘)	
колокол	鐘		

Ответьте на вопросы:

1. Что произошло 25 декабря 1825 года?

2. Зачем Александр I издал указ построить памятник храм Христа Спасителя?

3. Когда российская Академия художеств объявила конкурс на лучший проект храма?

4. Кто участвовал в конкурсе? Кто стал победителем?

5. Какое место выбрал автор проекта? Смог ли он осуществить свой проект? Почему?

6. Где решил строить храм император Николай I? Почему?

7. Кто стал новым архитектором храма?

8. Кто такой Константин Андреевич Тон?

9. Когда началось новое строительство храма Христа Спасителя?

10. Сколько лет строили храм?

11. Что вы узнали о храме Христа Спасителя?

12. Что случилось с храмом в тридцатые годы XX века?

13. Когда и как правительство начало восстанавливать храм Христа Спасителя?

Друг из Тайбэ́я

Диало́г-1 ▶ MP3-68

Ли Дун: Приве́т, Лю Фэнь! Это Ли Дун.

Лю Фэнь: Приве́т, Ли Дун! Ты отку́да звони́шь, ты в Москве́?

Ли Дун: Нет, я **прилета́ю** в Москву́ в суббо́ту. Ты не мо́жешь меня́ встре́тить? Я ведь пло́хо говорю́ по-ру́сски и не зна́ю го́род.

Лю Фэнь: Коне́чно, встре́чу. Како́й у тебя́ **рейс**?

Ли Дун: Рейс № 261 из То́кио.

прилета́ть (未完；прилета́ю, прилета́ешь)/ прилете́ть (完；прилечу́, прилети́шь)	飛來、飛到
рейс	航班

Диало́г-2 ▶ MP3-69

Лю Фэнь: Алло́, **спра́вочная** Аэрофло́та[1]?

Дежу́рная: Спра́вочная Аэрофло́та, слу́шаю вас.

Лю Фэнь: Скажи́те, пожа́луйста, когда́ прилета́ет рейс № 261 из То́кио?

Дежу́рная: Мину́ту... Рейс № 261 из То́кио прилета́ет в 17.10 в Шереме́тьево[2].

Лю Фэнь: Спаси́бо.

[1] Аэрофло́т 俄羅斯航空，是俄羅斯的國家航空公司。

[2] Шереме́тьево 謝列梅捷沃國際機場，是位於俄羅斯莫斯科的民用機場，也是俄羅斯境內的第二大機場。

спра́вочная	詢問處、服務台	дежу́рная	值班人員

Диало́г-3 ▶ MP3-70

Лю Фэнь: Све́та, мне ну́жен твой сове́т.

Све́та: Да, пожа́луйста.

Лю Фэнь: Как бы́стро **добра́ться** до **аэропо́рта** Шереме́тьево?

Све́та: Мо́жно дое́хать на метро́ до ста́нции «**Речно́й** вокза́л» — э́то **коне́чная**, а пото́м сесть на **маршру́тное** такси́, кото́рое идёт до аэропо́рта.

Лю Фэнь: А где **остана́вливается** маршру́тное такси́?

Све́та: Пря́мо на пло́щади у вы́хода из метро́. Но е́сли ты **спеши́шь**, возьми́ такси́.

Лю Фэнь: Ты не зна́ешь, э́то до́рого?

Све́та: Такси́ всегда́ до́рого. Реша́й сама́.

Лю Фэнь: Вре́мя у меня́ есть, я пое́ду на метро́.

добира́ться (未完；добира́юсь, добира́ешься)/ добра́ться (完；доберу́сь, добере́шься) до кого́-чего́			艱困緩慢地到、 好不容易到
аэропо́рт	機場	речно́й	河流的
коне́чный	在盡頭的、最後的	маршру́тный	路線的、直達的
маршру́тное такси́		定線出租汽車	
остана́вливаться (未完；остана́вливаюсь, остана́вливаешься)/ останови́ться (完；остановлю́сь, остано́вишься)			停下、站住、停止
спеши́ть (未完；спешу́, спеши́шь)		急於(完成某事)、急忙趕著	

Диало́г-4 ▶MP3-71

Лю Фэнь: Ли Дун, как я ра́да тебя́ ви́деть! Как **долете́л**?

Ли Дун: Всё хорошо́! Спаси́бо, что встре́тила.

Лю Фэнь: Каки́е у тебя́ сейча́с пла́ны?

Ли Дун: Снача́ла пое́дем в гости́ницу. Ты зна́ешь хоро́шую и недорогу́ю гости́ницу?

Лю Фэнь: Пое́дем в **оте́ль «Ю́жный»** на Ле́нинском проспе́кте.

Ли Дун: Хорошо́.

Лю Фэнь: Такси́!

долета́ть (未完；долета́ю, долета́ешь)/ долете́ть (完；долечу́, долети́шь) до кого́-чего́			飛到(某處)
оте́ль (он)	旅館	ю́жный	南方的

Диало́г-5 ▶MP3-72

Лю Фэнь: Приве́т, Ли Дун! Ну, **как тебе́ Москва́**?

Ли Дун: Москва́ о́чень понра́вилась! Кремль, Кра́сная пло́щадь, храм Христа́ Спаси́теля, Воробьёвы го́ры... Тепе́рь хочу́ посмотре́ть Петербу́рг.

Лю Фэнь: Хоро́шая иде́я. Петербу́рг – о́чень краси́вый го́род. Там мно́го **достопримеча́тельностей**. В

Петребу́рге сейча́с о́чень краси́во — бе́лые но́чи. Я бы то́же с удово́льствием пое́хала.

Ли Дун: **Дава́й пое́дем вме́сте!**

Как тебе́ Москва́?	你喜歡莫斯科嗎？
достопримеча́тельность (она́)	名勝古蹟
Дава́й пое́дем вме́сте!	我們一起去吧！

語法

1. 名詞的複數各格

性	單數第一格	複數第二格	複數第三格	複數第四格	複數第五格	複數第六格
陽	-子音	-ов	-ам	同一或二	-ами	-ах
陽	-й	-ев	-ям	同一或二	-ями	-ях
陽	-ь	-ей	-ям	同一或二	-ями	-ях
中	-о	去尾	-ам	-а	-ами	-ах
中	-е	-ей	-ям	-я	-ями	-ях
中	-ие	-ий	-иям	-ия	-иями	-иях
陰	-а	去尾	-ам	同一或二	-ами	-ах
陰	-я	去尾	-ям	同一或二	-ями	-ях
陰	-ия	-ий	-иям	同一或二	-иями	-иях
陰	-ь	-ей	-ям	同一或二	-ями	-ях

2. 形容詞的六格變化

	陽性		中性		陰性		複數	
第一格	-ый	-ий	-ое	-ее	-ая	-яя	-ые	-ие
第二格	-ого	-его	-ого	-его	-ой	-ей	-ых	-их
第三格	-ому	-ему	-ому	-ему	-ой	-ей	-ым	-им
第四格	同一或二		-ое	-ее	-ую	-юю	同一或二	
第五格	-ым	-им	-ым	-им	-ой	-ей	-ыми	-ими
第六格	-ом	-ем	-ом	-ем	-ой	-ей	-ых	-их

3. -ч, -ж, -ш, -щ 與詞尾重音的形容詞的六格變化

	陽性		中性		陰性		複數
	-ч, -ж, -ш, -щ	詞尾重音	-ч, -ж, -ш, -щ	詞尾重音	-ч, -ж, -ш, -щ	詞尾重音	
第一格	-ий	-о́й	-ее	-о́е	-ая	-а́я	-ие
第二格	-его	-о́го	-его	-о́го	-ей	-о́й	-их
第三格	-ему	-о́му	-ему	-о́му	-ей	-о́й	-им
第四格	同一或二		-ее	-о́е	-ую	-у́ю	同一或二
第五格	-им	-и́м	-им	-и́м	-ей	-о́й	-ими
第六格	-ем	-о́м	-ем	-о́м	-ей	-о́й	-их

4. -к, -г, -х 與詞尾重音的形容詞的六格變化

	陽性		中性		陰性		複數
	-к, -г, -х	詞尾重音	-к, -г, -х	詞尾重音	-к, -г, -х	詞尾重音	
第一格	-ий	-о́й	-ое	-о́е	-ая	-а́я	-ие
第二格	-ого	-о́го	-ого	-о́го	-ой	-о́й	-их
第三格	-ому	-о́му	-ому	-о́му	-ой	-о́й	-им
第四格	同一或二		-ое	-о́е	-ую	-у́ю	同一或二
第五格	-им	-и́м	-им	-и́м	-ой	-о́й	-ими
第六格	-ом	-о́м	-ом	-о́м	-ой	-о́й	-их

5. 指示代詞與限定代詞的六格變化

	陽性		中性		陰性		複數	
第一格	э́тот	весь	э́то	всё	э́та	вся	э́ти	все
第二格	э́того	всего́	э́того	всего́	э́той	всей	э́тих	всех
第三格	э́тому	всему́	э́тому	всему́	э́той	всей	э́тим	всем
第四格	同一或二		э́то	всё	э́ту	всю	同一或二	
第五格	э́тим	всем	э́тим	всем	э́той	всей	э́тими	все́ми
第六格	об э́том	обо всём	об э́том	обо всём	об э́той	обо всей	об э́тих	обо всех

6. 物主代詞的六格變化

	陽性		中性		陰性		複數	
第一格	мой	наш	моё	на́ше	моя́	на́ша	мои́	на́ши
第二格	моего́	на́шего	моего́	на́шего	мое́й	на́шей	мои́х	на́ших
第三格	моему́	на́шему	моему́	на́шему	мое́й	на́шей	мои́м	на́шим
第四格	同一或二		моё	на́ше	мою́	на́шу	同一或二	
第五格	мои́м	на́шим	мои́м	на́шим	мое́й	на́шей	мои́ми	на́шими
第六格	о моём	о на́шем	о моём	о на́шем	о мое́й	о на́шей	о мои́х	о на́ших

例句

第一格	— Каки́е города́, у́лицы, зда́ния вам нра́вятся? — Мне нра́вятся э́ти стари́нные ру́сские города́, у́лицы, зда́ния.
第二格	— Фотогра́фии каки́х городо́в, у́лиц, зда́ний мо́жно уви́деть на вы́ставке? — На вы́ставке мо́жно уви́деть фотогра́фии э́тих стари́нных ру́сских городо́в, у́лиц, зда́ний.
第三格	— По каки́м города́м, у́лицам, площадя́м вы лю́бите гуля́ть? — Я люблю́ гуля́ть по э́тим стари́нным ру́сским города́м, у́лицам, площадя́м.
第四格	— Каки́е города́, у́лицы, зда́ния вы с удово́льствием фотографи́руете? — Я с удово́льствием фотографи́рую э́ти стари́нные ру́сские города́, у́лицы, зда́ния.

	第五格 — Каки́ми города́ми, у́лицами, зда́ниями вы интересу́етесь? — Я интересу́юсь э́тими стари́нными ру́сскими города́ми, у́лицами, зда́ниями.
	第六格 — О каки́х города́х, у́лицах, зда́ниях вы лю́бите чита́ть? — Я люблю́ чита́ть об э́тих стари́нных ру́сских города́х, у́лицах, зда́ниях.

句型

1. так что

так что 表示結果，只能置於主句之後。

В э́том году́ я ча́сто боле́л, так что ре́дко быва́л на заня́тиях.
今年我常常生病，所以很少去上課。
На у́лице бы́ло шу́мно, так что мы закры́ли окно́.
外面很吵，所以我們關窗。

2. Как кто долете́л/ дое́хал/ дошёл?

— Здра́вствуйте, Анна Петро́вна, как вы долете́ли? 您好，安娜・彼得洛芙娜，您一路飛行順利嗎？	— Спаси́бо, о́чень **хорошо́**. 很好，謝謝。
— Как вы дое́хали? 您一路上好嗎？	— Мы дое́хали **благополу́чно** (順利地). 我們順利抵達。
Вы нам так хорошо́ объясни́ли доро́гу, что мы дошли́ до ва́шего до́ма **без труда́**. 您這麼清楚地為我們說明路線，所以我們毫無困難地抵達您家。	

練習測驗

1. 填充題

1) В го́роде постро́или _____. (многоэта́жные дома́)

2) Они́ лю́бят расска́зывать друзья́м _____. (свой ма́ленькие де́ти)

3) Я пишу́ пи́сьма _____. (бли́зкие това́рищи)

4) Москва́ и Петербу́рг явля́ются _____. (кру́пные совреме́нные города́)

5) В за́ле вися́т портре́ты _____. (вели́кие ру́сские писа́тели)

6) В го́роде есть _____. (но́вые высо́кие зда́ния)

2. 填充题

1) мла́дшие бра́тья

a. У Оле́га 5 _____.

b. Он хорошо́ зна́ет _____.

c. Он ча́сто занима́ется _____.

d. Он чита́ет расска́зы _____.

e. _____ Оле́га о́чень лю́бят игра́ть в футбо́л.

f. Оле́г ча́сто говори́т друзья́м _____.

2) мои́ ста́рые друзья́

a. На э́той у́лице нахо́дятся дома́ _____.

b. _____ мне звони́ли.

c. Ле́том я встре́тился _____ в Росси́и.

d. _____ понра́вился э́тот америка́нский фильм.

e. Я ча́сто ду́маю _____.

f. Я давно́ не ви́дел _____.

3) э́ти молоды́е худо́жники

a. Я о́чень люблю́ _____.

b. Портре́ты рису́ют _____.

c. Я ви́дел мно́го карти́н _____.

d. Я вошёл в музе́й и поздоро́вался _____.

e. Мы подари́ли цветы́ _____.

f. В газе́те писа́ли _____.

4) музыка́льные теа́тры

    a. В про́шлом году́ на́ши друзья́ бы́ли _____.

    b. Молоды́е лю́ди интересу́ются _____.

    c. В го́роде мно́го _____.

    d. В свобо́дное вре́мя лю́ди ча́сто хо́дят _____.

    e. В це́нтре го́рода нахо́дятся _____.

5) городски́е библиоте́ки

    a. Мы ча́сто хо́дим _____.

    b. Де́ти беру́т кни́ги _____.

    c. В э́том го́роде не́сколько _____.

    d. До́лго стро́или _____.

    e. Жи́телям нра́вятся _____.

3. 請依示例改寫下列句子

Образе́ц: Они́ говори́ли об э́том конце́рте.

    → *Они́ говори́ли об э́тих конце́ртах.*

1) Я посове́товала школьной подру́ге посмотре́ть э́тот фильм.

_____

2) В клу́бе мы познако́мились с изве́стным журнали́стом.

_____

3) Это кни́ги на́шего ста́рого преподава́теля.

_____

4) Он зна́ет стари́нную ру́сскую це́рковь.

_____

5) Мы покупа́ем кни́ги в <u>э́том кни́жном магази́не</u>.

_____

4. 請依示例改寫下列句子

    Образе́ц: Они́ говори́ли <u>об э́тих конце́ртах</u>.
       → *Они́ говори́ли об э́том конце́рте.*
    1) Они́ живу́т в <u>студе́нческих общежи́тиях</u>.

_____

    2) На ле́кции мы встре́тили <u>на́ших но́вых студе́нтов</u>.

_____

    3) Наш го́род нра́вится <u>иностра́нным тури́стам</u>.

_____

    4) Вчера́ мы встре́тились с <u>э́тими до́брыми людьми́</u>.

_____

    5) Мы чита́ем расска́зы <u>молоды́х ру́сских писа́телей</u>.

_____

5. 選擇題

    a. вошли́   b. вы́шли   c. прие́хали   d. ушли́   e. подошли́
    f. отошли́   g. прошли́   h. перешли́   i. зашли́

    1) Фильм ко́нчился, и зри́тели _____ из кинотеа́тра.

    2) Мы _____ к кио́ску и купи́ли газе́ты.

    3) Студе́нты _____ в аудито́рию, и ле́кция начала́сь.

    4) Они́ _____ ми́мо меня́ и не поздоро́вались.

    5) Когда́ мы шли на по́чту, по доро́ге мы _____ в апте́ку.

    6) Шко́льники _____ от окна́ и се́ли занима́ться.

    7) Вчера́ мы _____ из университе́та в 5 часо́в.

    8) Де́ти _____ у́лицу и вошли́ в магази́н.

    9) Ван Мин и Лю Фень _____ в Москву́ два го́да наза́д.

6. 請填入適當的運動動詞（加前綴或不加前綴）

1) Вчера́ _____ моя́ подру́га из Су́здаля. Она́ ча́сто _____ ко мне. С вокза́ла мы _____ домо́й, пообе́дали и реши́ли _____ на стадио́н. Когда́ мы _____ из до́ма, мы встре́тили Ива́на. Он _____ с на́ми до остано́вки. Когда́ _____ наш авто́бус, Ива́н реши́л _____ с на́ми. Все вме́сте мы _____ на стадио́н. Домо́й мы _____ по́здно.

2) В су́бботу мы _____ за́ город. Мы вста́ли ра́но, и в 7 часо́в мы уже́ _____ из до́ма. Когда́ мы _____ к остано́вке, там нас уже́ жда́ли на́ши друзья́. Мы се́ли в авто́бус и _____ на вокза́л. В 8 часо́в мы бы́ли в по́езде. Че́рез час мы _____ до на́шей ста́нции и _____ из ваго́на. Недалеко́ от ста́нции был лес. Мы _____ в лес. Мы до́лго гуля́ли в лесу́. В пять часо́в мы _____ на ста́нцию. Когда́ мы _____ на ста́нцию, бы́ло уже́ 7 часо́в. Домо́й мы _____ в 9 часо́в. Тепе́рь мы реши́ли ка́ждую суббо́ту _____ за́ город.

7. 連詞成句

1) Никола́й, интересова́ться, ру́сский, бале́т, и, ча́сто, говори́ть, о, ру́сский, бале́т.

_____

_____

2) Приходи́ть, к, я, в, го́сти, когда́, у, вы, быть, вре́мя.

_____

_____

3) Когда́, Ни́на, войти́, в, гости́ная, её, брат, игра́ть, на, компью́тер.

_____

_____

4) Когда́, студе́нты, уходи́ть, из, аудито́рия, они́, всегда́, закрыва́ть, дверь.

_____

_____

5) Мы, с, Алексе́й, встреча́ться, ча́сто, когда́, он, рабо́тать, в, наш, го́род, инжене́р.

_____

_____

6) Когда́, оте́ц, верну́ться, домо́й, с, рабо́та, сын, де́лать, упражне́ния, по, матема́тика.

_____

_____

7) Когда́, ты, прие́хать, сюда́, в, сле́дующий, ме́сяц, мы, здесь, уже́, не, быть.

_____

_____

8. 選擇題

a. продолжа́лся   b. ко́нчился.   c. начался́   d. забо́тились

e. познако́мились   f. верну́лись   g. жени́ться   h. встре́титься

1) Ра́ньше они́ не зна́ли друг дру́га, они́ _____ в Москве́.

2) Мы договори́лись _____ у теа́тра в 6 часо́в.

3) Вчера́ мы _____ домо́й в 9 часо́в ве́чера.

4) Зри́тели вошли́ в кинотеа́тр, и че́рез 5 мину́т фильм _____.

5) Фильм _____, и мы пошли́ домо́й.

6) Мой брат хо́чет _____ на на́шей сосе́дке.

7) Роди́тели Пу́шкина ма́ло _____ о воспита́нии дете́й.

8) Спекта́кль _____ 2 часа́.

9. 聽力測驗 ▶MP3-73

А.

1) Ната́ша не пошла́ на заня́тия, потому́ что она́ _____.
   a. больна́   b. занята́   c. пое́хала на да́чу

2) Она́ позвони́ла _____.
   a. сестре́   b. ма́ме   c. подру́ге

Б.

3) Ми́ша бо́льше всего́ лю́бит _____.
   a. суббо́ту   b. воскресе́нье   c. сре́ду

4) Он не лю́бит _____.
   a. спать   b. ходи́ть на заня́тия   c. смотре́ть телеви́зор

В.

5) Ма́ма купи́ла карти́ну _____.
   a. на вы́ставке   b. на по́чте   c. в магази́не

6) На карти́не нет _____.
   a. до́ма   b. со́лнца   c. маши́ны

Г.

7) В про́шлом году́ мы отдыха́ли _____.
   a. в Япо́нии   b. в Росси́и   c. во Фра́нции

8) На́ша гости́ница находи́лась _____.
   a. в це́нтре го́рода   b. на берегу́ мо́ря   c. в гора́х

練習測驗解答

1. 填充題

1) многоэта́жные дома́.

2) о свои́х ма́леньких де́тях.

3) бли́зким това́рищам.

4) кру́пными совреме́нными города́ми.

5) вели́ких ру́сских писа́телей.

6) но́вые высо́кие зда́ния.

2. 填充題

   1) мла́дших бра́тьев, мла́дших бра́тьев, с мла́дшими бра́тьями, мла́дшим
      бра́тьям, мла́дшие бра́тья, о мла́дших бра́тьях.

   2) мои́х ста́рых друзе́й, Мои́ ста́рые друзья́, с мои́ми (свои́ми) ста́рыми
      друзья́ми, Мои́м ста́рым друзья́м, о мои́х (свои́х) ста́рых друзья́х, мои́х
      (свои́х) ста́рых друзе́й.

   3) э́тих молоды́х худо́жников, э́ти молоды́е худо́жники, э́тих молоды́х
      худо́жников, с э́тими молоды́ми худо́жниками, э́тим молоды́м худо́жникам,
      об э́тих молоды́х худо́жниках.

   4) в музыка́льных теа́трах, музыка́льными теа́трами, музыка́льных теа́тров, в
      музыка́льные теа́тры, музыка́льные теа́тры.

   5) в городски́е библиоте́ки, в городски́х библиоте́ках, городски́х библиоте́к,
      городски́е библиоте́ки, городски́е библиоте́ки.

3. 請依示例改寫下列句子

   1) Я посове́товала шко́льным подру́гам посмотре́ть э́тот фильм.

   2) В клу́бе мы познако́мились с изве́стными журнали́стами.

   3) Это кни́ги на́ших ста́рых преподава́телей

   4) Он зна́ет стари́нные ру́сские це́ркви.

   5) Мы покупа́ем кни́ги в э́тих кни́жных магази́нах.

4. 請依示例改寫下列句子

   1) Они́ живу́т в студе́нческом общежи́тии.

   2) На ле́кции мы встре́тили на́шего но́вого студе́нта.

   3) Наш го́род нра́вится иностра́нному тури́сту.

   4) Вчера́ мы встре́тились с э́тим до́брым челове́ком.

   5) Мы чита́ем расска́зы молодо́го ру́сского писа́теля.

5. 選擇題

   1) b   2) e   3) a   4) g   5) i   6) f   7) d   8) h   9) c

6. 請填入適當的運動動詞（加前綴或不加前綴）

   1) прие́хала, приезжа́ет, прие́хали, пое́хать, вы́шли, дошёл, подошёл, пое́хать,
      пое́хали, прие́хали.

   2) пое́хали, вы́шли, подошли́, пое́хали, дое́хали, вы́шли, пошли́, пошли́,
      пришли́, прие́хали, е́здить.

7. 連詞成句

1) Никола́й интересу́ется ру́сским бале́том, и ча́сто говори́т о ру́сском бале́те.

2) Приходи́те ко мне в го́сти, когда́ у вас бу́дет вре́мя.

3) Когда́ Ни́на вошла́ в гости́ную, её брат игра́л на компью́тере.

4) Когда́ студе́нты ухо́дят из аудито́рии, они́ всегда́ закрыва́ют дверь.

5) Мы с Алексе́ем встреча́лись ча́сто, когда́ он рабо́тал в на́шем го́роде инжене́ром.

6) Когда́ оте́ц верну́лся домо́й с рабо́ты, сын де́лал упражне́ния по матема́тике.

7) Когда́ ты прие́дешь сюда́ в сле́дующем ме́сяце, нас здесь уже́ не бу́дет.

8. 選擇題

1) e   2) h   3) f   4) c   5) b   6) g   7) d   8) a

9. 聽力測驗

1) a   2) c   3) b   4) b   5) a   6) c   7) c   8) b

А. Вчера́ Ири́на почу́вствовала себя́ пло́хо и не пошла́ на заня́тия. Она́ позвони́ла подру́ге и сказа́ла, что она́ больна́.

Б. За́втра воскресе́нье — люби́мый день Ми́ши. Мо́жно не ду́мать о заня́тиях, до́лго спать и весь день смотре́ть телеви́зор.

В. Эту карти́ну ма́ма купи́ла на вы́ставке. Оля не понима́ет, почему́ она́ ей так понра́вилась: обы́чный дом, обы́чная река́ и ма́ло со́лнца.

Г. В про́шлом году́ мы отдыха́ли во Фра́нции. На́ша гости́ница находи́лась на берегу́ мо́ря.

單詞索引

ваго́н 車廂 (8)

валю́та 貨幣、外幣 (10)

Вам како́й? 您要哪一種？(7)

введённый 被實行的、被實施的 (6)

вда́ли (副) 在遠處 (7)

везти́ (未完/定向)/ вози́ть (未完/不定向) кого́-что (用交通工具)載、運輸 (7)

век 世紀 (5)

вели́кий 偉大的 (9)

величина́ 大小、尺寸 (10)

верблю́д 駱駝 (7)

ве́рить (未完)/ пове́рить (完) во что相信 (5)

ве́рно (副) 可靠地、靠得住地 (7)

вертолёт 直升機 (2)

весе́нний 春天的 (12)

вести́ (未完/定向)/ води́ть (未完/不定向) кого́-что, 引導、帶領、給…帶路 (7)

вести́ за́ руку 牽手 (7)

вестибю́ль (он) 入口處的大廳 (8)

ве́тер 風 (2)

вид 種類、類型 (7)

ви́дный 可以看見的、顯眼的 (12)

включа́ть (未完)/ включи́ть (完) кого́-что 列入、包括 (10)

вку́сно (副) 美味地 (6)

влюбля́ться (未完)/ влюби́ться (完) в кого́-что 愛上… (4)

вниз (副) 往下、向下 (8)

внизу́ (副) 在下面 (10)

вноси́ть (未完)/ внести́ (完) что 拿進、搬進、帶入 (8)

во́время (副) 及時 (2)

води́тельские права́ 駕照 (8)

води́тельский 駕駛員的 (8)

води́ть маши́ну 開車 (8)

во́здух 空氣 (6)

во́зраст 年齡、年紀 (11)

война́ 戰爭 (5)

вокза́л 火車站 (8)

вокру́г (副) 周圍、四周 (1)

вокру́г＋кого́-чего́ 在…周圍 (12)

воспита́ние 教養、撫養、培養 (11)

воспи́тывать (未完)/ воспита́ть (完) кого́-что 教養、教育、培養 (11)

восстана́вливать (未完)/ восстанови́ть (完) кого́-что 恢復、重建 (5)

впервы́е (副) 初次、第一次 (5)

впереди́ (副) 在前面 (9)

враг 敵人 (11)

вре́мя доро́же де́нег 時間比金錢珍貴 (7)

всё ху́же и ху́же 愈來愈差 (1)

всё-всё 全部 (11)

всего́ хоро́шего 祝一切順利 (6)

всенаро́дный 全體的、全體人民的 (12)

вско́ре (副) 很快(就) (4)

вспомина́ть (未完)/ вспо́мнить (完) кого́-что, о ком-чём 想起、回憶起 (3)

встре́ча 迎接、會見 (6)

входи́ть (未完)/ войти́ (完) 進入 (4)

выбира́ть (未完)/ вы́брать (完) что 選擇、挑選 (4)

выздора́вливать (未完)/ вы́здороветь (完) 痊癒、康復、復原 (9)

вызыва́ть (未完)/ вы́звать (完) кого-что 召請、找來 (2)

выпускни́к 畢業生 (12)

вырази́тельный 富於表情的 (3)

высота́ 高度 (12)

высо́тный 很高的、多層的 (12)

выходи́ть (未完)/ вы́йти (完) из/с чего 走出、出來、出去 (8)

Герма́ния 德國 (4)

геро́й 主角、英雄 (9)

герои́ческий 英雄的、英勇的 (10)

гимна́зия (舊俄的)中學 (4)

го́лос 聲音 (4)

гондо́ла 威尼斯遊船 (7)

гора́ 山 (1)

горди́ться (未完) кем-чем 以…為榮 (7)

го́ре 痛苦、悲傷 (3)

горе́ть (未完)/ сгоре́ть (完) 燃燒、起火、著火 (9)

го́рло 喉嚨、咽喉 (9)

горя́чий 熱的 (9)

гостеприи́мный 好客的、殷勤的 (5)

гостеприи́мство 殷勤招待 (6)

гости́ный 商人、貿易 (12)

госуда́рство 國家 (5)

гра́дус 度數 (3)

грамм 公克 (7)

гриб 蘑菇 (4)

гро́зный 恐怖的、可怕的 (12)

гру́бо (副) 粗魯地、不禮貌地 (10)

грузови́к 卡車、貨車 (7)

гуверне́р (гуверна́нтка) 男(女)家庭教師 (11)

Дава́й пое́дем вме́сте! 我們一起去吧！ (12)

да́же (語氣) 甚至…也 (11)

далёкий 久遠的 (5)

да́та 日期 (5)

дать согла́сие на что 對…表視同意 (11)

дви́гаться (未完)/ дви́нуться (完) 走動、運動 (7)

движе́ние 交通 (8)

дворе́ц 宮殿、宮廷 (5)

дворя́нский 貴族的 (11)

двухме́стный 雙人的 (10)

двухты́сячный 第兩千的 (12)

дед 祖父、外祖父 (2)

дежу́рный (дежу́ная) 值班人員 (12)

де́ло 事情、事務 (9)

демонстра́ция 遊行示威 (12)

де́нежный 錢的、貨幣的 (3)

де́ньги (они́) 金錢 (7)

дереве́нский 鄉村的 (4)

деревя́нный 木製的、木頭的 (7)

десятиле́тие 十年 (3)

де́тский 兒童的 (2)

де́тский сад 幼稚園 (7)

дешёвый 便宜的 (5)

для + кого-чего 為了、給… (1)

днём (副) 白天時 (3)

до сих пор 直到現在 (6)

до＋кого́-чего́ 到(表示時間、空間的距離) (3)

Добро́ пожа́ловать! 歡迎光臨 (10)

дово́льно (副) 相當地、頗 (8)

догова́риваться (未完)/ договори́ться (完) 達成協議 (5)

доезжа́ть (未完)/ дое́хать (完) до чего́ 來到、抵達(某處) (8)

до́ктор 醫生、大夫 (9)

До́ктор Жива́го 齊瓦哥醫生 (4)

докуме́нт 文獻 (5)

до́лгий 長久的 (3)

долета́ть (未完)/ долете́ть (完) до кого́-чего́ 飛到(某處) (12)

до́лжен 應該、必定 (2)

дома́шний 家庭的 (4)

до́рого (副) 貴 (2)

достопримеча́тельность (она́) 名勝古蹟 (12)

доходи́ть (未完)/ дойти́ (完) до кого́-чего́ 保存到、流傳到 (5)；走到 (8)

древнеру́сский 古俄羅斯的 (5)

дре́вний 古老的 (5)

друг дру́га 彼此、互相 (1)

дру́жба 友誼 (11)

дружи́ть (未完) с кем 作朋友 (1)

дуть (未完) 颳、吹 (2)

дуэ́ль (она́) 決鬥 (11)

еда́ 食物、食品 (4)

ежего́дно (副) 每年地 (10)

ежедне́вно (副) 每天地 (7)

ей ста́ло лу́чше 她的病情好轉 (2)

ёлка 樅樹 (6)

ещё раз 再次 (1)

жа́ловаться (未完) на кого́-что 抱怨、說(有病、疼痛等) (9)

жаль (插入語) 遺憾、可惜 (5)

жа́реный 烤的 (6)

жа́рко (副) 炎熱地 (3)

же (語氣) 也是、就是 (10)

жела́ть (未完) 想、欲、希望 (4)

жени́ться (未完)/ пожени́ться (完) на ком 娶…為妻 (3)

же́нщина 婦女、女性 (2)

жесто́кий 殘酷的、殘忍的 (12)

живо́й 靈活的、生動的 (2)

живопи́сный 如畫的 (1)

живо́т 肚子 (9)

жи́зненный 生命的、生活的 (4)

жизнь (она́) 生命、生活 (2)

жи́тель (он) 居民 (6)

за ＋ что 在…時間內 (6)；用、花(若干錢) (7)

заболе́ть (完) 得病、患病 (1)

забо́та 擔心、憂慮、煩惱 (9)

забо́титься (未完)/ позабо́титься (完) о ком-чём 關心、操心、憂慮 (11)

забыва́ть(未完)/ забы́ть (完) кого́-что, о ком-чём 忘記 (3)

зави́довать (未完) кому́-чему́ 羨慕、嫉妒 (11)

задо́лго (副) 遠在…之前、老早 (6)

зазвони́ть (完) 響起鈴(鐘)來、開始搖鈴(鳴鐘) (12)

заказ 點定、訂購 (4)

заказывать (未完)/ заказать (完) что 點定、訂購 (4)

заканчивать (未完)/ закончить (完) что 做完、完成、結束 (12)

заканчиваться (未完)/ закончиться (完) 完成、完竣、結束 (12)

закрываться (未完)/ закрыться (完) 歇業、結束 (5)

закуска 冷盤 (4)

зал 大廳、廳堂 (4)

замерзать (未完)/ замёрзнуть (完) 結凍、凍死 (10)

замечательный 出色的 (1)

занавес (舞台的)幕 (11)

занятие 活動、事 (11)

запад 西方 (10)

заплакать (完) 哭了起來、開始哭泣 (9)

заполнять (未完)/ заполнить (完) что 填寫 (10)

зарабатывать (未完)/ заработать (完) что 掙得(工錢) (9)

затем (副) 然後、後 (8)

заходить (未完)/ зайти (完) в/ на что, за кем-чем 順路走到、去取(東西)、去(找人) (8)

защищать (未完)/ защитить (完) кого-что 保護、維護 (11)

звезда 星星 (3)

звонить (未完)/ позвонить (完) кому 打電話 (1)

здороваться (未完)/ поздороваться (完) с кем 打招呼、問好 (9)

здоровый 健康的 (1)

здоровье 健康、身體狀況 (9)

земля 土地 (5)

зимний 冬天的、冬季的 (10)

знаменитый 著名的 (2)

значение 意義 (4)

значить (未完) 意思是、意味著 (12)

золотой 金黃色的 (1)

зоопарк 動物園 (3)

зритель (он) 觀眾 (11)

И ту, и другую. 兩個都要。 (4)

играть (未完)/ сыграть (完) 扮演(角色) (5)

играть большую роль 扮演重要角色 (5)

игрушка 玩具 (6)

идея 中心思想、主題思想 (11)

изба 農村木屋 (4)

известность (она) 名聲、聲望 (1)

извините за беспокойство 抱歉打擾了 (10)

издавать (未完)/ издать (完) что 頒佈、公佈 (6)

издалека (副) 從遠處 (12)

изделие 產品、製品 (2)

икона 聖像 (5)

именно (語氣) 正是、恰恰是 (2)

иметь (未完) кого-что 有、擁有 (3)

иметь своё лицо 有自己的特色 (3)

иметь успех 有成就、受到歡迎 (11)

иметь успех у читателей 受到讀者歡迎 (4)

император 皇帝 (12)

императрица 女皇 (6)

и́мя 名字 (3)

иностра́нец 外國人 (11)

интеллиге́нция 知識份子 (9)

интересова́ть (未完) кого́-что 使感興趣、引起興趣 (9)

интересова́ться (未完) кем-чем 對…感興趣 (1)

йо́гурт 優格 (7)

иска́ть (未完) 尋找 (1)

испо́льзовать (未完,完) кого́-что 利用、使用、運用 (7)

истори́ческий 歷史的 (5)

к сожале́нию 可惜、(非常)抱歉、遺憾 (11)

ка́ждую неде́лю 每個星期 (2)

Каза́нь (она́) 喀山 (12)

как две ка́пли воды́ 非常像 (3)

Как тебе́ Москва́? 你喜歡莫斯科嗎？(12)

как-нибу́дь (口語) (近期)隨便什麼時候 (11)

какой-нибу́дь (不定代) 任何的 (11)

календа́рь (он) 曆法、曆 (6)

ка́менный 石頭的、石頭砌造的 (12)

ка́пля 一滴、滴 (3)

ка́рта 地圖 (1)

ката́ться на лы́жах 滑雪 (9)

ката́ться (未完) 滾動 (9)

ка́ша 稠粥 (6)

ка́шель (он) 咳嗽 (9)

кварти́ра 房子、住所 (10)

ки́евский 基輔的 (8)

кирпи́ч 磚 (5)

класси́ческий 古典的、經典的 (10)

класть (未完)/ положи́ть (完) кого́-что 平放、放置 (6)

когда́-то (副) 曾經(在某個時候) (3)

колбаса́ 香腸 (6)

коли́чество 數目、數量 (6)

колле́кция 收藏品 (5)

ко́локол 鐘 (12)

комплиме́нт 讚美的話 (6)

компози́тор 作曲家 (3)

компози́торский 作曲的 (4)

коне́ц 結尾、末尾 (5)

ко́нкурс 競賽、遴選 (12)

консервато́рия 音樂學院 (4)

конфе́та 糖果 (9)

конце́ртный 音樂會的 (11)

кора́бль (он) 船舶、艦艇 (7)

корзи́на 籃、簍 (10)

космона́вт 太空人 (2)

ко́смос 宇宙 (2)

костёр 營火、火堆 (9)

краса́вица 美女、美人 (11)

Кремлёвский 克里姆林宮的 (6)

крепостно́й (用作名詞) 農奴 (9)

крестья́нин (複數: крестья́не) 農民 (9)

крова́вый 血腥的、浴血的 12

кровь (она́) 血 (12)

кро́ме＋кого́-чего́ 除…之外 (8)

кро́ме того́ 此外 (8)

кру́пный 大的、人數眾多的 (5)

кулина́р 廚師 (11)

кулинари́я 菜餚、熟食品 (9)；烹飪、烹調 (11)

кулина́рный 烹飪的、烹調的 (11)

культу́ра 文化 (5)

культу́рный 文化的 (10)

ку́пол 圓頂 (12)

кура́нты (они́) 有音樂裝置的自鳴鐘 (6)

кусо́к 一塊、一片 (6)

ла́вка 小鋪 (9)

ла́вочник 小鋪老闆 (9)

леге́нда 傳說、傳奇 (10)

лёгкий 輕的 (2)

легко́ (副) 容易地 (8)

лени́вый 懶惰的 (9)

ле́стница 樓梯 (8)

лете́ть (未完/定向) 飛 (2)

ле́тний 夏天的、夏季的 (10)

лётчик 飛行員 (7)

летя́щий 飛翔的 (11)

лечи́ть (未完) кого́-что 醫治、治療 (9)

ли (連) 是不是、是否 (1)

литерату́рный 文學的 (3)

лифт 電梯、升降梯 (8)

лице́й 中學(舊俄為貴族子弟設立的中高等學校) (11)

лицо́ 臉 (2)；面貌、特徵 (3)

ли́чный 個人的 (6)

ло́бное ме́сто 宣諭台 (12)

ло́бный 前額的 (12)

ло́дка 小船、舟艇 (7)

ло́шадь (она́) 馬 (7)

лу́чший 最好的、(最)優秀的 (3)

лы́жи (они́) 滑雪板 (9)

любе́зный 殷勤的、客氣的、盛情的 (10)

люби́мый (用作名詞) 喜愛的人 (4)

магни́т 磁鐵 (12)

ма́лый 小的 (8)

мандари́н 柑、橘 (7)

марино́ванный 醋漬的 (4)

маршру́т 路線 (7)

матрёшка 俄羅斯套娃 (2)

ма́чеха 後母、繼母 (9)

ме́жду кем-чем 在…之間 (6)

ме́лкий 淺的 (2)

ме́лочь (она́) (集) 零錢 (7)

ме́ньше 較少 (比較級) (3)

меню́ (оно́, 不變格) 菜單 (4)

меня́ э́то устра́ивает 這適合我 (10)

меня́ть (未完) кого́-что 改變、變更 (10)

метр 公尺 (12)

меша́ть (未完) кому́ 打擾、妨礙 (2)

ми́мо + кого́-чего́ (不停留地)從旁邊(過去) (8)

ми́нус 負號、負數 (3)

мирово́й 世界的 (3)

Мне повезло́. 我運氣好。(4)

мно́гие 許多的、很多的 (4)

многовеково́й 很多世紀的 (3)

многочи́сленный 眾多的 (12)

многоэта́жный 許多樓層的 (3)

моде́ль (она́) 模型 (2)

мо́дный 時髦的、流行的 (7)

Мо́жно Ната́шу? 可以請娜塔莎聽電話嗎？ (1)

молодёжь (она́) (集) 青年、年輕人 (6)

молча́ть (未完) 沈默 (4)

моро́з 嚴寒、零下氣溫 (3)

москви́ч 莫斯科人 (3)

моско́вский 莫斯科的 (3)

мужчи́на 男人、成年男人 (11)

мыть (未完)/ вы́мыть (完) кого́-что 洗、洗濯 (9)

На что жа́луетесь? 您哪兒不舒服？ (9)

наве́рное (插入語) 大約、大概 (5)

наве́рх (副) 往上、向上 (8)

над＋кем-чем 在…上方、指征服的對象 (12)

надева́ть (未完)/ наде́ть (完) что 穿上、戴上 (11)

наде́жда 希望 (6)

наде́яться (未完) на что 希望 (4)

на́до ＋ 動詞不定式 (副) 應該、應當 (1)

надо́лго (副) 長期地、很久地 (10)

наза́д (副) 以前、之前 (2)

назва́ние 名稱 (3)

называ́ть (未完)/ назва́ть (完) кого́-что 稱為、稱做 (5)

наибо́лее (副) 最 (1)

накрыва́ть (未完)/ накры́ть (完) что 蓋上、覆上 (6)

накрыва́ть стол 擺桌(準備開飯) (6)

налива́ть (未完)/ нали́ть (完) что 盛、倒(滿) (6)

напро́тив＋кого́-чего́ 在…對面 (12)

напряжённый 緊張的、緊繃的 (9)

наря́дный 漂亮的、盛裝的 (11)

на́сморк 傷風、鼻炎 (9)

национа́льный 民族的 (3)

нача́ло 開端、起點、開始 (5)

не мог сказа́ть ей ни одного́ сло́ва 連一個字也無法對她說 (4)

не случа́йно 並非偶然 (5)

не́бо 天空 (7)

небога́тый 不富有的 (11)

неде́ля 星期 (5)

недёшево (副) 不便宜地 (7)

недо́рого (副) 不貴地 (7)

нездоро́вый 有病的、身體不舒服的 (7)

не́который 某、某一 (4)

нелёгкий 不容易的、艱鉅的 (11)

немолодо́й 年紀不輕的、中年的 (4)

необы́чный 特殊的、不尋常的 (8)

непо́лный 不完全的、不充分的 (5)

несве́жий 不新鮮的、壞了的 (9)

не́сколько (數) 一些、幾個 (4)

нести́ (未完/定向) кого́-что 提著、舉著、扛著、抱著 (7)

неуда́ча 挫折、失敗 (11)

нигде́ ... не 哪兒也不(沒) (1)

никогда́ не 從未… (2)

нового́дний 新年的 (6)

ноль (或нуль; он) 數字「零」 (3)

носи́ть и́мя кого́ 以…命名 (5)

носи́ть кого́-что (未完) 提著、舉著 (5)

ночь (она́) 夜間、夜裡 (6)

ну что ж (口語) 嗯，是啊，然後那… (11)

ну́жно (短尾形容詞) 需要的、必須的 (1)；＋不定式 (謂語副) 須、要、需要 (9)

о́ба (集合) 兩者都 (11)

обме́н 交換、兌換 (10)

образова́ние 教育 (4)

обраща́ться (未完)/ обрати́ться (完) к кому́ 找…、向…表示 (9)

обслу́живание 服務 (10)

объявля́ть (未完)/ объяви́ть (完) что 宣布 (12)

объясне́ние 解釋 (12)

обы́чный 平常的、普通的 (9)

овощно́й 蔬菜的 (4)

ого́нь (он) 火、火焰、火光 (9)

огро́мный 巨大的、龐大的 (2)

одева́ться (未完)/ оде́ться (完) 穿上衣服 (9)

оди́н раз 有一次 (1)

одна́ко (連) 然而、可是 (7)

одноме́стный 單人的 (10)

ока́нчивать (未完)/ око́нчить (完) что 完成、結束 (4)

оконча́ние 完畢、結束、畢業 (9)

окра́ина 郊區 (8)

опа́здывать (未完)/ опозда́ть (完) 遲到 (8)

о́пера 歌劇 (11)

опера́ция 手術 (2)

о́пыт 經驗、閱歷 (4)

организова́ть (未完,完) что 籌備、舉辦 (5)

оригина́льный 獨創的、原創的 (2)

основа́тель (он) 創始人、創立者 (5)

основно́й 基本的、主要的 (11)

осно́вывать (未完)/ основа́ть (完) что 建立、設立 (5)

остана́вливать (未完)/ останови́ть (完) кого-что 使停止、使中斷 (12)

остана́вливаться (未完)/ останови́ться (完) 停下、站住、停止 (12)

осуществля́ть (未完)/ осуществи́ть (完) что 使實現、實行、實施 (12)

отдава́ть (未完)/ отда́ть (完) кого-что 交給、送給 (4)

отде́л 部門 (7)

оте́ль (он) 旅館 (12)

открыва́ться (未完)/ откры́ться (完) 開始營業、開始工作 (5)

откры́тый 坦率的、露天的、開放的 (2)

отмеча́ться (未完)/ отме́титься (完) (被)慶祝 (6)

отправля́ть (未完)/ отпра́вить (完) кого-что 寄、寄去 (10)

отправля́ться (未完)/ отпра́виться (完) в/ на что 到…去、前往 (8)

отсю́да (副) 從這裡、從此地 (8)

отходи́ть (未完)/ отойти́ (完) от кого-чего 走開、離開(若干距離) (8)

охо́та 打獵、狩獵 (5)

па́дать (未完)/ упа́сть (完) 跌倒、倒下 (10)

паке́т 紙包、紙袋、紙盒 (7)

па́мятник ＋кому́-чему́ 紀念碑、雕像 (12)

панора́ма 全景 (12)

пара́д 盛大的檢閱、盛大的慶祝遊行 (12)

пара́дный 閱兵的、檢閱的 (12)

парикма́херская 美髮院 (10)

парохо́д 輪船、汽船 (7)

пассажи́р 乘客 (8)

па́чка 一包、一束 (7)

па́хнуть (未完) 有…氣味 (6)

певе́ц (певи́ца) 男(女)歌手 (11)

перево́д 翻譯 (4)

передава́ть (未完)/ переда́ть (完) 轉播、播報 (3)

передвиже́ние 移動、遷移 (7)

пережива́ть (未完)/ пережи́ть (完) что 經歷、感受、體驗 (11)

перезва́нивать (未完)/ перезвони́ть (完) 重打一次電話 (1)

переу́лок 小巷 (3)

переходи́ть (未完)/ перейти́ (完) что, че́рез что 走過、越過 (8)

печь (未完)/ испе́чь (完) что 烘、烤 (6)

пиани́ст(ка) 男(女)鋼琴家 (4)

пи́во 啤酒 (4)

пик 頂峰 (7)

пиро́г (烤的)大餡餅 (6)

план 計畫 (6)

плане́та 星球 (2)

плати́ть (未完)/ заплати́ть (完) что 支付、付錢 (4)

плати́ть за у́жин 付晚餐的費用 (4)

плато́к 頭巾、手帕 (2)

плот 木筏 (7)

по величине́ 按照大小 (10)

побе́да (над+кем) 勝利、戰勝 (12)

победи́тель (он) 勝利者、優勝者 (12)

по́весть (она́) 中篇小說 (4)

повторя́ть (未完)/ повтори́ть (完) что 重複、重說 (1)

погиба́ть (未完)/ поги́бнуть (完) (非自然)死亡 (2)

погла́дить (完) что 熨一熨、熨一會兒 (10)

поднима́ть (未完)/ подня́ть (完) кого-что 抬起、舉起 (10)

поднима́ться (未完)/ подня́ться (完) 登上、走上 (8)

подно́с 托盤 (2)

по-дома́шнему 家常地 (4)

подсне́жник 雪花蓮 (9)

подходи́ть (未完)/ подойти́ (完) к кому-чему 走近 (4)

подъезжа́ть (未完)/ подъе́хать (完) к кому́-чему́ 駛近、(車等)開到 (8)

по-европе́йски (副) 依照歐洲 (6)

по́езд 火車 (7)

пое́сть (完) 吃一點兒 (4)

по́здно (副) 遲地、晚地 (6)

поздравля́ть (未完)/ поздра́вить (完) кого-что с чем 祝賀、道喜 (6)

по́ле 田地、田野 (10)

поле́зный 有益的、有好處的 (11)

полёт 飛行 (2)

полете́ть (完) 飛往、起飛 (2)

полкилогра́мма 半公斤 (7)

полови́на 一半 (5)

получа́ть (未完)/ получи́ть (完) что 得到、獲得 (3)

получи́ть призна́ние 獲得承認 (3)

поля́на 林中草地、林中曠地 (9)

по́мнить (未完) кого-что, о ком-чём 記得、記住 (4)

по́мощь (она́) 幫助 (2)

попада́ть (未完)/ попа́сть (完) в/ на что (偶然)身處(某境遇、狀態)、陷入 (8)

по-пре́жнему (副) 依然、仍然 (7)

популя́рный 受歡迎的 (6)

пора́ 時候、時刻 (6)

пора́ + (кому) (人)該…了 (6)

порабо́тать (完) 工作一些時候 (1)

портфе́ль (он) 皮包、公事包 (7)

по́рция 一份(食物) (4)

посвяща́ть (未完)/ посвяти́ть (完) что кому́-чему́ 貢獻、獻給 (3)

посеща́ть (未完)/ посети́ть (完) кого-что 拜訪、訪問 (5)

по́сле + кого-чего́ 在…之後 (3)

послеза́втра (副) 後天 (3)

постоя́нный 經常的、常設的 (5)

поступле́ние 進入 (4)

похо́ж (形容詞短尾) на кого-что 像…的、相似、類似 (2)

похо́жи одно́ на друго́е 彼此相似 (3)

по-ца́рски 沙皇式地 (4)

почти́ (副) 差不多、將近 (5)

поэ́зия 詩、詩歌 (3)

поэте́сса 女詩人 (3)

появля́ться (未完)/ появи́ться (完) 出現 (3)

права́ (они́) 許可證、證書 (8)

пра́вда 真話、實話 (6)

прави́тельство 政府 (12)

пра́во 權利、法律 (8)

правосла́вный 東正教的 (6)

пра́вый 右邊的 (1)

пра́здничный 節日的、快樂的、高興的 (12)

пра́здновать (未完) что 慶祝節日 (6)

пра́чечная 洗衣房、洗衣店 (10)

предлага́ть (未完)/ предложи́ть (完) что 提議、提出、邀請 (6)

предлага́ть тост за кого-что 為(祝)…舉杯 (6)

предме́т 科目 (4)

предпочита́ть (未完)/ предпоче́сть (完) кого-что 更喜歡 (7)

представле́ние 概念、認識 (5)

пре́жде + чего́ 在…以前、比…早 (9)

пре́жде всего́ 首先 (9)

пре́жний 以前的、過去的 (5)

преподава́ть (未完) что кому́ 教授 (2)

при ком-чём 在…時候、…在世時 (3)

приближа́ться (未完)/ прибли́зиться (完) к кому́-чему́ 靠近、即將到來 (6)

приве́тливый 和藹親切的 (2)

приглаше́ние 邀請 (11)

Прие́дем — уви́дим. 到了就知道。 (5)

прие́зд 到來 (8)

призва́ние 承認、讚揚 (3)；天賦、天職 (4)

прилета́ть (未完)/ прилете́ть (完) 飛來、飛抵達 (8)

принима́ть (未完) / приня́ть (完) кого-что 接受、收下 (6)

принима́ть/ приня́ть душ 洗淋浴 (8)

принима́ть/ приня́ть табле́тки 服用藥片 (9)

присыла́ть (未完)/ присла́ть (完) кого-что 寄來、捎來、(派人)送來 (12)

притя́гивать (未完) кого-что 吸引、誘惑 (12)

прихо́дится кому́＋動詞不定式 (無人稱) 不得不、只好、有必要 (8)

приходи́ть (未完)/ прийти́ (完) 來到 (4)

причёска 髮型 (11)

Прия́тного аппети́та! 用餐愉快！(4)

прия́тный 令人愉快的 (6)

про́бка 交通堵塞 (7)

про́бовать (未完)/ попро́бовать (完) что 品、嚐 (4)

програ́мма 節目單 (11)

програ́ммка (指小)節目單 (11)

продолжа́ть (未完) что/動詞不定式 繼續 (4)

продолжа́ться (未完) 持續(一段時間) (4)

проезжа́ть (未完)/ прое́хать (完) что, че́рез что, ми́мо чего́ 駛過、從…旁駛過 (8)

прое́кт 方案、設計、設計圖 (12)

прожива́ть (未完)/ прожи́ть (完) 居住(若干時間) (3)

произведе́ние 作品 (1)

происходи́ть (未完)/ произойти́ (完) 發生 (2)

пролива́ться (未完)/ проли́ться (完) 濺出、溢出、流出 (12)

промы́шленный 工業的 (10)

прослу́шать (完) кого-что 聽完(某大專院校的課程) (4)

проспе́кт 大街、大道 (8)

прости́те 對不起 (8)

про́сто (語氣) 只是 (7)

просто́й 普通的、一般的、簡單的 (12)

простоя́ть (完) 停留(若干時間) (7)

простуди́ться (完)/ простужа́ться (未完) 傷風、著涼、受涼 (9)

просты́е лю́ди 普通人 (12)

прохла́дно (副) 涼爽地 (3)

проходи́ть (未完)/ пройти́ (完) 走過去、通過 (2)；(事件的)進行 (6)

про́шлое (用作名詞) 過去 (3)

проща́ть (未完)/ прости́ть (完) кого-что 原諒、饒恕 (8)

пря́мо (副) 一直、筆直地 (8)

публикова́ть (未完)/ опубликова́ть (完) что 刊載、發表 (3)

пусть (語氣) 與動詞第三人稱連用，構成第三人稱命令式 (6)

путь (он) 道路 (11)

рабо́чий 工人 (8)

ра́достный 令人高興的、快樂的 (6)

ра́дость (она́) 喜悅 (3)

раз 次數 (9)

разви́тие 發展 (9)

развлека́ться (未完)/ развле́чься (完) 消遣、娛樂、散心 (12)

разгово́р 交談、談話 (1)

разгово́р по телефо́ну 電話交談 (1)

разделя́ть (未完)/ раздели́ть (完) что 同意、贊同 (3)

ра́зница 不同 (6)

разреша́ть (未完)/ разреши́ть (完) кому́ ＋不定式 准許、批准、許可 (8)

Разреши́те пройти́. 請讓我過去、借過。(8)

разруша́ть (未完)/ разру́шить (完) что 拆毀、毀壞 (12)

ра́нить (未完) кого́-что 打傷、使受傷 (11)

ра́нний 早的 (11)

рассма́тривать (未完)/ рассмотре́ть (完) кого́-что 察看、觀察 (4)

расстоя́ние 距離 (8)

режиссёр 導演 (11)

рейс 航班 (12)

река́ 河 (1)

ремо́нт 修理 (8)

репети́ция 排演、排練 (11)

реце́пт 製法、作法 (11)

реше́ние 決定、決議、決策 (12)

ро́вно (語氣) 正好、整整 (6)

ро́дственник 親戚 (6)

рожде́ственский 耶誕節的 (6)

Рождество́ 耶誕節 (6)

роль (она́) 角色 (5)

рома́н 長篇小說 (4)

романти́ческий 浪漫的 (4)

росси́йский 俄羅斯的 (2)

руи́на 遺址、廢墟 (5)

рука́ 手 (7)

Русь (она́) 古羅斯 (5)

рыба́к 漁夫 (2)

ры́бный 魚的 (4)

ры́нок 市場 (2)

с да́вних времён 很久以來 (7)

с интере́сом 感興趣地 (4)

С Но́вым го́дом! 新年快樂！(6)

с тех пор 從那時起 (6)

с утра́ до ве́чера 從早到晚 (7)

с чего́ на что (表示時間)從⋯到⋯(6)

самова́р 俄式茶炊 (2)

самолёт 飛機 (2)

сати́ра 諷刺、譏刺 (11)

са́уна 三溫暖 (10)

сбо́рник 集、彙編 (9)

сва́дьба 婚禮 (3)

свети́ть (未完) 發光、照耀 (3)

свини́на 豬肉 (6)

свобо́дный 空著的、未被佔用的 (4)

свя́зан (短尾形容詞) 與⋯有關 (1)

свято́й 神聖的 (10)

сдава́ть (未完)/ сдать (完) что во что 交出、送⋯去 (10)

сда́ча 找回的錢 (5)

сде́лать опера́цию 動手術 (2)

се́верный 北方的 (10)

сего́дняшний 今日的、現在的 (5)

село́ 村莊、農村、鄉下 (11)

се́льский 鄉村的、農村的 (9)

серди́ться (未完)/ рассерди́ться (完) 生氣、發怒 (10)

се́рдце 心臟、中心、樞紐 (5)

серьёзно (副) 認真地、鄭重地 (11)

си́ла 力氣、力量 (9)

си́льно (副) 強烈地、嚴重地 (5)

си́льный 強烈的、強壯的 (2)

си́мвол 象徵 (11)

симпати́чный 可愛的 (2)

симфо́ния 交響樂 (10)

Ско́лько вам биле́тов? 您要幾張票？(5)

Ско́лько с нас? 我們要付多少錢？(4)

сконча́ться (完) 去世、逝世 (11)

скоростно́й 高速的 (7)

скоростно́й по́езд 高速列車 (7)

ско́рость (она́) 速度 (7)

скро́мный 微薄的、微不足道的 (6)

сла́ва 榮耀、名聲、名譽 (11)

сла́дости (они́) 糖果、甜食 (6)

сле́довать (未完) 接著出現、跟在後面 (9)

сле́дующий 下一個的、後繼的 (8)

сли́шком (副) 太、過於 (12)

слон 大象 (7)

слу́жащий 職員 (1)

слу́жба (宗) 做禮拜、祈禱 (6)

служи́ть (未完) кому́-чему́ 為…服務、為…工作 (9)

случа́йно (副) 偶然地 (5)

случа́ться (未完)/ случи́ться (完) 發生 (9)

сме́лый 勇敢的 (2)

смерте́льно (副) 致命地 (11)

смерть (она́) 死亡 (3)

смета́на 酸奶 (7)

снима́ть (未完)/ снять (完) кого́-что 租下 (10)

собира́ть (未完)/ собра́ть (完) кого́-что 收集、蒐集 (5)

собира́ться (未完)/ собра́ться (完) 聚在一起、聚集、集合、集中 (11)

собо́р 大教堂 (5)

сове́товать (未完)/ посове́товать (完) кому́＋動詞不定式 建議 (2)

сове́тский 蘇聯的、蘇維埃的 (12)

совсе́м (副) 完全、十分 (9)

согла́сие 同意、贊同、許可 (11)

согла́сный с кем-чем 贊同的 (4)

соглаша́ться (未完)/ согласи́ться (完) на что 同意、答應 (2)

сожале́ние 遺憾、抱歉 (11)

сообща́ть (未完)/ сообщи́ть (完) кому́-чему́ о чём 通知、報導、宣布 (12)

сорт 種、類 (7)

соси́ска 小灌腸、小香腸 (7)

состоя́ть (未完) из＋кого́-чего́ 由…組成、由…構成 (12)

сохраня́ться (未完)/ сохрани́ться (完) 保存下來 (5)

сочиня́ть (未完)/ сочини́ть (完) что 編寫 (3)

специа́льный 專門的、特別的 (5)

спеши́ть (未完) 急於(完成某事)、急忙趕著 (12)

спра́вочная 詢問處、服務台 (12)

спуска́ться (未完)/ спусти́ться (完) 下去、下來 (8)

сраже́ние 交戰、會戰 (12)

сра́зу (副) 馬上、立刻、一下子 (8)

сре́дство 工具、方式、方法 (7)

сре́дство передвиже́ния 交通工具 (7)

ста́вить (未完)/ поста́вить (完) кого-что 上演、演出 (11)

старина́ 古代 (6)

стари́нный 古老的 (1)

стать (完) (無人稱動詞)變成 (10)；＋ 未完成體不定式 (助動) 著手、開始 (11)

стесня́ться (未完) 客氣、靦腆 (6)

стиль (он) 曆(法) (6)

стира́ть (未完)/ вы́стирать (完) что 用肥皂洗(衣服等) (9)

сти́рка 洗、洗衣服 (10)

столе́тие 百年、世紀 (5)

столи́ца 首都 (6)

столо́вый 桌子的、吃飯用的 (3)

сторона́ 一邊、一側 (8)

стоя́нка 停泊處 (8)

стоя́нка такси́ 計程車招呼站 (8)

страда́ть (未完)/ пострада́ть (完) 遭受損害 (5)

страна́ 國家 (9)

страни́ца 頁 (3)

стро́йный 苗條的 (4)

строи́тель (он) 建築師、建築(工作)人員 (12)

строи́тельство 施工、建築 (12)

студе́нческий 學生的 (5)

студе́нческий биле́т 學生證 (5)

судьба́ 命運 (11)

су́мка 包、手提包 (7)

су́тки (они́) 一晝夜 (6)

сце́на 舞台 (11)

счастли́вый 幸福的、有福氣的 (1)

сча́стье 幸福、福氣 (6)

счёт 帳單 (4)

счита́ть (未完) 認為 (2)

счита́ться (未完) кем-чем (被)認為、算是 (11)

сюда́ (副) 到這裡、往這裡 (4)

табле́тка 藥片 (9)

так как (連) 因為 (7)

так что 所以 (12)

тако́й ..., что 如此…，以至於 (1)

тво́рческий 創作的、創造的 (11)

тво́рчество 創作、作品 (3)

театра́льный 劇院的 (8)

телеви́дение 電視 (6)

те́ма 主題 (10)

темно́ (副) 沒有光線、暗地 (9)

температу́ра 溫度、氣溫 (3)

те́ннис 網球 (2)

тепло́ (副) 溫暖地 (3)

тёплый 溫暖的 (2)

террито́рия 領土、版圖 (5)

те́сно (副) 緊密地 (1)

те́хник 技師、技術人員 (12)

те́хникум 中等技術學校 (7)

тече́ние 水流、流 (3)

ти́хий 寧靜的 (1)

ти́хо (副) 安靜地 (7)

Тише е́дешь — да́льше бу́дешь. 寧靜致遠。(7)

тогда́ (副) 那時候 (2)

торгова́ть (未完) кем-чем 作買賣、經商 (12)

тост 舉杯 (6)

то́чка 點、地點 (12)

то́чно (副) 準確地、精確地 (5)

тради́ция 傳統 (6)

трансли́ровать (未完,完) что 實況轉播 (6)

тра́нспорт 運輸工具 (7)

тренажёрный 練習的 (10)

тренажёрный зал 健身房 (10)

тро́е＋複數第二格 (集合數) 三、三個 (11)

тролле́йбус 無軌電車 (7)

труд 勞動、工作、操勞 (9)

тру́дность (она́) 困難、艱難 (11)

трудово́й 勞動的、工作的 (9)

трудолюби́вый 勤勞的 (10)

турнике́т 旋轉閘門 (8)

тысячеле́тие 一千年 (5)

тысячеле́тний 一千年的、千百年的 (5)

тяжело́ (副) 嚴重 (2)

у кого́ золоты́е ру́ки …有一雙巧手 (6)

убежда́ться (未完)/ убеди́ться (完) в чём 確信 (11)

уве́рен 確信的(短尾形容詞) (2)

уви́деть свои́ми глаза́ми 親眼目睹 (1)

у́гол 角落、(街道)拐角處 (10)

уголо́к 小角落 (3)

угоща́ть (未完)/ угости́ть (完) кого́ 請客 (4)

угоща́ться (未完)/ угости́ться (完) 吃(喝)別人請的東西 (6)

удиви́тельный 驚人的、非常好的 (6)

удивля́ться (未完)/ удиви́ться (完) кому́-чему́ (感到)驚訝、覺得奇怪 (9)

узнава́ть (未完)/ узна́ть (完) кого́-что, о ком-чём 得知、發現 (4)

ука́з (國家元首的)命令 (6)

украша́ть (未完)/ укра́сить (完) кого́-что чем 裝飾、使美化 (6)

украше́ние 飾品、裝飾品 (12)

улыба́ться (未完)/ улыбну́ться (完) кому́-чему́ 微笑、對…笑 (6)

улы́бка 微笑 (2)

уме́ть (未完)/ суме́ть (完)＋動詞不定式 會、能夠 (6)

умира́ть (未完)/ умере́ть (完) 死亡 (9)

упако́вка (包裝的)盒子、箱子 (7)

упомина́ться (未完) 提及、提到 (5)

успе́х 歡迎、讚許、成就、成功 (4)

устра́ивать (未完)/ устро́ить (完) что 舉辦、舉行 (6) ; кого́-что 使滿意、對…合適 (10)

у́тка 鴨子 (7)

уха́ 鮮魚湯 (4)

уходи́ть (未完)/ уйти́ (完) 離開、走開 (11)

уча́ствовать (未完) в чём 參與、參加、加入 (11)

учёба 學習 (6)

ую́тный 舒適的 (3)

факульте́т 科系 (9)

фанта́стика 奇幻作品 (2)

фейерве́рк 煙火 (6)

фестива́ль (он) 聯歡節 (10)

филосо́фия 哲學 (4)

хара́ктер 性格、個性 (2)

хиты́ 暢銷曲 (11)

хле́бный 麵包的 (3)

хо́бби (оно́,不變) 愛好、癖好 (11)

ходи́ть/ идти́ (е́здить/ е́хать) к кому́ в го́сти 去…家作客 (6)

ходьба́ 走路、步行 (8)

хоте́ться (未完,無人稱動詞) + 不定式 想要、希望、想 (9)

храм 教堂、廟宇 (6)

храни́ть (未完) что 保存 (3)

храни́ться (未完) 保存在、收藏在 (12)

худо́жественный 藝術的 (11)

худо́жество 藝術 (12)

ца́рский 沙皇的 (5)

царь (он) 沙皇 (1)

цвести́ (未完) 開花 (10)

центр 中心 (5)

центра́льный 中央的、主要的、基本的 (8)

церко́вный 教會的 (6)

ча́йка 海鷗 (11)

час пик 尖峰時刻 (7)

чёрный 黑色的 (7)

черта́ 面容、臉龐 (3)

честь (она́) 名譽、光榮 (11)

че́ховский 契訶夫的 (11)

число́ 數量、數目 (3)

чита́тель (он) 讀者 (4)

Что ей переда́ть? 有什麼要轉告她的？ (1)

Что ещё? 還要些什麼？ (4)

что-нибу́дь (代) 隨便什麼東西

что тако́е 究竟是什麼 (2)

чу́вство 感覺 (3)

чуде́сный 神奇的、非常好的 (3)

шаг 步伐 (10)

шарф 圍巾 (7)

шерстяно́й 毛製的、毛織的 (7)

шестнадцатиле́тний 十六歲的 (11)

широ́кий 寬闊的、廣大的 (1)

шкату́лка (放貴重物品的)小匣子 (2)

шу́мный 喧嘩的、吵雜的 (3)

экзо́тика 異國情調 (7)

эконо́мика 經濟 (2)

экспози́ция 陳列品 (5)

эмигра́нт 移民 (11)

эскала́тор 手扶梯 (8)

эстра́да 舞台 (11)

эстра́дный 舞台的 (11)

ю́жный 南方的 (12)

國家圖書館出版品預行編目資料

進階外語 俄語篇 / 江慧婉、茅慧青編著
-- 初版 -- 臺北市：瑞蘭國際, 2020.12
248面；19 × 26公分 --（外語學習系列；87）
ISBN：978-957-9138-96-3（平裝）
1.俄語 2.讀本

806.18   109013179

外語學習系列87

進階外語　俄語篇

編著者｜江慧婉、茅慧青
責任編輯｜潘治婷、王愿琦
校對｜江慧婉、茅慧青、潘治婷、王愿琦

俄語錄音｜Виталий Андреев（衛大力）、Анна Бобкова（王智玫）、
　　　　　伊凡・尤命、茅慧青
錄音室｜純粹錄音後製有限公司
封面設計、版型設計、內文排版｜陳如琪
美術插畫｜KKDRAW

瑞蘭國際出版
董事長｜張暖彗・社長兼總編輯｜王愿琦
編輯部
副總編輯｜葉仲芸・副主編｜潘治婷・文字編輯｜鄧元婷
美術編輯｜陳如琪
業務部
副理｜楊米琪・組長｜林湲洵・專員｜張毓庭

出版社｜瑞蘭國際有限公司・地址｜台北市大安區安和路一段104號7樓之一
電話｜(02)2700-4625・傳真｜(02)2700-4622・訂購專線｜(02)2700-4625
劃撥帳號｜19914152 瑞蘭國際有限公司
瑞蘭國際網路書城｜www.genki-japan.com.tw

法律顧問｜海灣國際法律事務所　呂錦峯律師

總經銷｜聯合發行股份有限公司・電話｜(02)2917-8022、2917-8042
傳真｜(02)2915-6275、2915-7212・印刷｜科億印刷股份有限公司
出版日期｜2020年12月初版1刷・定價｜550元・ISBN｜978-957-9138-96-3